Keltenkult und Kuckucksuhren

Roland Weis

Roland Weis

Keltenkult und Kuckucksuhren

Sternwald Verlag

Die Deutsche Bibliothek – CIP-Einheitsaufnahme
Schwarzwaldkrimi: Keltenkult und Kuckucksuhren
Freiburg: Sternwald-Verlag, 2003
ISBN 3-9808633-9-5
NE: Roland Weis

Sternwaldstraße 26
D-79102 Freiburg
Tel. (07 61) 3 14 14
Fax (07 61) 2 43 02
www.sternwaldverlag.de

Titelgestaltung: Boris Pfetzing, KonText
Satz: Boris Pfetzing, KonText
Herstellung: freiburger graphische betriebe • fgb

INHALT

ENTWARNUNG

„Alle Personen in diesem Roman sind frei erfunden. Ähnlichkeiten mit tatsächlich lebenden Personen sind rein zufällig und vom Autor in keiner Weise beabsichtigt." Kennen Sie diesen Spruch? Schon mal irgendwo gelesen? Das nervt doch, oder? Jeder weiß, dass Ähnlichkeiten mit lebenden Personen fast nie zufällig sind, sondern beabsichtigt, und dass Autoren diesen Spruch nur wegen der Rechtsanwälte in ihre Vorworte schreiben.
Also, bei diesem Krimi ist es so: Die Ganoven sind alle frei erfunden. Die restlichen Akteure gibt es fast alle wirklich, manche sind ein bisschen unkenntlich gemacht, manche sind literarisch überhöht, manche sind genmanipuliert und aus mehreren Originalpersonen zu einer fiktiven Romanfigur zusammengefügt. Amtspersonen wie Bürgermeister oder Polizisten oder Gastwirte sind dem tatsächlichen Leben entnommen. In einem Hochschwarzwald-Krimi kann man keinen guten Feldberg-Bürgermeister erfinden, wenn es in der Realität schon einen Namens Stefan Wirbser gibt.
Alle Kneipen, alle Seen, alle Berge, alle Sechser-Sessellifte und alle Uhrengeschäfte in diesem Roman sind ebenfalls echt.
Die Geschichte selbst ist so nie passiert. Aber gut erfunden!

Roland Weis, Titisee-Neustadt, August 2003

TOD IM SECHSER-SESSELLIFT

Als die drei Männer an der Talstation am Seebuck ihre Plätze im Sechser-Sessellift eingenommen hatten, da sahen sie für jeden Beobachter aus, wie drei harmlose asiatische Touristen. Die Kamera um den Hals, teure Regenponchos über die Schultern, Anzughosen, beschlagene Nickelbrillen, lächerliche Hütchen auf dem Kopf und das ewige Honigkuchengrinsen im Gesicht.

Als sie oben an der Bergstation aussteigen sollten, da entsprachen nur noch zwei von ihnen diesem Bild. Der dritte kippte vornüber, schlug mit den Zähnen an der Sessellift-Kante auf, dass es knackte wie beim Wallnuss-Öffnen, rutschte wie ein Sack Reis über den Liftausstieg, überschlug sich zweimal an der Böschung und bliebt dann, vom Regenponcho gnädig bedeckt, im Herbstgras liegen. Die beiden anderen Herren sahen sich stumm an, dann blickten sie in Richtung ihres abgegangenen dritten Partners, waren einige Sekundenbruchteile sprachlos, um dann, umso vehementer, laut und durcheinander, in Höllentempo und hoher Stimmlage miteinander zu zetern und zu kauderwelschen.

Achim Laber, der großgewachsene Feldberg-Ranger, ein Kerl, blond, blauäugig, wie aus einem Lassie-Film, der, wie der Zufall so will, sich just zu diesem Zeitpunkt an der Bergstation des Sesselliftes aufhielte, konnte dem Lärmbrei zunächst wenig entnehmen. Er hatte mit dem Rücken zum Liftausstieg gestanden und deshalb nicht gleich mitbekommen, dass dort eine Leiche ausgestiegen war. Aber das aufgeschreckte Geschnatter der beiden Japaner - oder waren es Chinesen? - machte ihn aufmerksam, dass irgendetwas passiert sein musste.

Da drunten im Gras, direkt unter dem Sechser-Sessellift, lag eine Leiche. Mitten im Naturschutzgebiet. Das war nicht nur

ungewöhnlich, das war sogar ganz und gar gegen die Naturschutzverordnung. Und da es zu Achim Labers Aufgaben gehörte, über genau deren Einhaltung zu wachen, war es auch seine Aufgabe, sich um diese Leiche zu kümmern.
Er gab Sepp, dem diensthabenden Mitarbeiter der Liftbetriebe an der Bergstation, der eigentlich über den ordnungsgemäßen Ausstieg der Passagiere zu wachen hatte, im entscheidenden Moment aber durch die Lektüre eines zweifelhaften Magazins abgelenkt gewesen war, durch Zeichen und lautes Rufen zu verstehen, dass er den Sechser-Sessellift stoppen sollte. Dies geschah so abrupt, dass im nächstfolgenden Sechser-Sessel ein harmloser Fahrgast namens Konrad Horch, seines Zeichens Lehrer für Deutsch, Geschichte und allgemeine Lebenskunst an der Realschule im nahen Titisee-Neustadt, ebenfalls schier auf die Almwiese des Seebuck katapultiert worden wäre. Eigentlich wollte er nur seinen Nachmittag nutzen, um einen magischen Stein zu suchen, von dessen Existenz auf dem Feldberggipfel er bei einem Vortragsabend erfahren hatte. Konrad Horch war nämlich ein Anhänger der Theorie von den magischen Steinen, welche Heimat von unergründlichen Kraftquellen und Energieströmen sein sollen. Solch ein magischer Stein sei in der Lage, die Menschen in seiner Nähe positiv mit Kraft und Energie zu beeinflussen, so hieß es. Konrad Horch, selbst in Wesen und Verhalten eine Art Fels in der Zivilisation, fühlte sich zu derartigen magisch-mystischen Steinen hingezogen. Er spürte sie überall im Schwarzwald auf, wo es nur den geringsten Hinweis auf ihre Existenz gab. Dieser magische Stein, dem er nunmehr auf der Spur war, befand sich angeblich im Fundament des Bismarck-Denkmals. Da das ganze Denkmal aus großen Steinbrocken bestand, die man einst auf dem Seebuck aufeinander geschichtet hatte, war die genaue Identifizierung des Wundersteins noch nicht gelungen.

Konrad Horchs Traum vom Ruhm, Erster und damit vielleicht sogar Namensgeber zu sein, bei der Entdeckung dieses mystischen Steines, wurde aber nun jäh unterbrochen durch die Ereignisse im Sessellift, dem – dies nebenbei bemerkt – der skeptische Pädagoge sich von Anfang an nur widerwillig anvertraut hatte. Er wurde jetzt vom Abflug kopfüber in die Wiese nur deshalb verschont, weil sich sein Anorak im Schließbügel des Sechser-Sessels verfangen hatte und deshalb wirkte wie ein Sicherheitsgurt. Allerdings wurde Horch heftig stranguliert. Er befand sich für den Bruchteil einer Sekunde auf dem schmalen Grat zwischen zwei gleichermaßen unangenehmen Todesgefahren, denen er aber entkam, weil der ganze Sechser-Sessellift mit seinem verwirrenden Geflecht von Führungs-, Halte-, Sicherungs- und Transportseilen in einem sanften Schaukeln zur Ruhe kam. Der Sechser-Sessel hüpfte mitsamt seinem Fahrgast wie ein Gummiball. Konrad Horch würgte kurz in seinen zottigen Vollbart hinein, zerrte den gewaltig strapazierten aber unbesiegten Anorak wieder in seine Ausgangsposition und verfolgte von seinem schaukelnden Hochsitz aus die weiteren Ereignisse, die sich unmittelbar drei Meter unter seinen baumelnden Beinen abspielten.

Dort hatte Achim Laber den fernöstlichen Leichnam inzwischen in eine vorbildliche stabile Seitenlage manövriert und ihm unerschrocken die erdigen Grasbüschel aus dem zerschlagenen Gebiss entfernt. Soweit war Achim Laber also schon zur Mund-zu-Mund-Beatmung vorgedrungen, als ihm aufging, dass derartige Rettungsversuche zu spät kamen. Dem unbekannten Unglücksraben tropfte Blut aus Mund und Nase, die Augen, auch wenn es Schlitzaugen waren, waren geweitet und starr. „So kann nur ein Toter schauen", fuhr es Laber durch den Kopf. Und als Naturmensch, der er war, blieb er bei dieser Erkenntnis nüchtern und unaufgeregt. Tod war für ihn kein Schrecken, der ihm die Trapperstiefel ausgezogen hätte. In der Natur war immer Tod. Das gehörte zum Leben.

Inzwischen hatte sich um den wackeren Feldberg-Ranger ein Grüppchen neugieriger Wanderer angesammelt. Sie diskutierten eifrig das Ereignis. Die Ansichten klafften weit auseinander und reichten von „Die Sessellifte sind halt doch nicht sicher" bis zu „Japaner können halt nicht Sessellift fahren." Bis es Achim Laber, der in dieser Lage so etwas wie die amtliche Autorität verkörperte, zu bunt wurde: „Der Mann war schon tot. Er ist aus dem Sessellift gefallen und war schon tot. Das können seine zwei Begleiter bestätigen ..." Er sah sich nach den zwei anderen Touristen um. Gerade eben hatten sie doch noch oben am Ausstieg gestanden. Wo waren sie geblieben?

Achim Laber konnte es von seinem Platz aus bei der Leiche nicht sehen. Aber Konrad Horch, oben in seinem luftigen Sitz, hatte die beiden anderen Männer nicht aus den Augen verloren. Einen Moment lang hatten sie sich hektisch unterhalten, es schien sogar, als würden sie sich streiten. Das konnte Horch aber nicht genau identifizieren, erstens, weil er das asiatische Kauderwelsch der beiden Männer nicht verstehen konnte, zweitens, weil das Gefuchtel und Geschnatter durchaus auch als schockbedingte Aufregung hätte interpretiert werden können. Während der Feldberg-Ranger sich um das unglückselige Opfer gekümmert hatte, waren die beiden überlebenden Asiaten offenbar einvernehmlich zu der Überzeugung gekommen, dass es besser für sie sei, den Ort des Geschehens klammheimlich zu verlassen. So stahlen sie sich davon, indem sie – harmlose Wanderer markierend – bergwärts über die verregnete Kuppe in Richtung alter Fernsehturm davonschlenderten, obwohl dieser in dichten Nebelwolken lag und nicht einmal als Schemen erkennbar war. Wussten die beiden Fremden, auf was sie sich einließen? Schon manch ein übermütiger oder unvorsichtiger Wanderer hat sich bei Schneegestöber oder Nebel auf dem Feldberg verirrt. Da gab es manche heimtückische Senke, manchen toten Dobel, manchen schroffen Abhang, manche unbezwingbare Felswand. Doch zu spät. Weg waren sie, die beiden Herren in ihren Regenponchos, vom Nebel verschluckt. Nur Konrad Horch hatte ihren Abgang bemerkt. Er war aber schon wieder abgelenkt, denn just in diesem Moment setzte sich mit einem sanften Ziehen der Sechser-Sessellift wieder in Bewegung und trug Horch die letzten Meter nach oben bis zur Bergstation. Er betrachtete es nunmehr als seine selbstverständliche Pflicht als staatsbürgerlich engagierter Pädagoge, sich unverzüglich in das Geschehen einzumischen. Zunächst einmal musste ja wohl mal jemand diesem zivilisationsfernen Naturburschen von Feldberg-Ranger klar machen, dass es sich hier um eine Leiche handelte, und nicht um einen toten Hasen. Und folglich mussten alle unbefugten Wanderer und Schaulustigen, zu denen er sich selbst natürlich nicht zählte, vom Ort des Geschehens ferngehalten werden. Wobei es für Konrad Horch klar war, dass es sich bei diesem Ort um einen „Tatort" handelte. Bei dem Toten folglich um ein Opfer. Bei dem ganzen Ereignis um einen Mord.

ALFRED DER SENSATIONSREPORTER

Von dummen Zufällen spricht man, wenn durch den Zusammenfall von völlig willkürlichen und voneinander unabhängigen Ereignissen plötzlich ein Sachverhalt eintritt, den man gezielt so nie hätte herstellen können. Wie es also der Zufall (und der Verfasser) so wollen, fügte es sich, dass zur gleichen Zeit etwa, als oben auf dem Feldberggipfel ein toter Asiate aus dem Sechser-Sessellift kippte, im Rathaus in Altglashütten ein junger Zeitungsreporter namens Alfred bei Bürgermeister Stefan Wirbser seine Aufwartung machte. Es handelte sich bei Alfred um den neuen Lokalredakteur beim „Hochschwarzwald-Kurier", einem Wochenblättchen aus Titisee-Neustadt. Alfred, schlaksig, mit linkischen Bewegungen, schmalem Gesicht, struppigen, fast schwarzen Haarfransen, wachen Dackelaugen, insgesamt ein Frauentyp, war als Lokalredakteur beim Kurier erst seit einer Woche im Amt. Diese eine Woche hatte er genutzt, um in völliger Unkenntnis der tatsächlichen Lage und Verhältnisse, nur befruchtet von seinen Vorurteilen und den Einflüsterungen eines Kumpels, einem Freiburger, der irgendwo im Landtagsbüro der Grünen Mitarbeiter war, einen saftigen Artikel über die Umweltverschandelungen am Feldberg zu schreiben. Dieser wehrlose Berg, wie er von Touristen, der Skiindustrie, den Events und dem Ehrgeiz des Bürgermeisters zur Umweltruine ramponiert werde, geschändet von Zeitgeist und Modetrends, im Stich gelassen von Politikern, dem Massentourismus zum Fraß vorgeworfen, – oh ja, es war ein prächtiger Artikel, den er da geschrieben hatte, engagiert, betroffen, kritisch. Einziger Makel: Dieser Artikel war überhaupt nicht recherchiert gewesen. Null! Alfred war in seinem ganzen Leben noch nie auf dem Feldberg gewesen. Das hatte er dem Feldberger Bürger-

meister natürlich nicht erzählt, als dieser ihn zornbebend am Telefon zusammengeschissen hatte. Seine kleinlauten und unbedarften Entschuldigungs- und Erklärungsversuche hatten den Rathauschef keineswegs zufrieden gestellt. Alfred, dessen Vorstellung von Bürgermeistern im Hochschwarzwald bisher über ein diffuses Bild von trinkfesten und verstockten, bestenfalls bauernschlauen Provinzgrößen nicht hinausging, duckte sich unter dem Telefonhörer zusammen wie ein geprügelter Hund. Um aus dem Anschiss irgendwie wieder herauszukommen, versprach er schließlich den allumfassenden Widerruf in Form einer mehrteiligen und in jeder Beziehung positiven Feldberg-Reportage. Dieses Wohlwollen wurde von Bürgermeister Stefan Wirbser sofort auf die Probe gestellt, indem er Alfred zum Interview bestellte. Für nächsten Nachmittag, 15.30 Uhr, Rathaus Altglashütten.
Und da saß er nun, unser betröpfelter Sensationsreporter Alfred, und ließ sich gerade widerstandslos vom immer noch in höchster Rage befindlichen Feldberger Bürgermeister alle Feldberger Errungenschaften der letzten zehn Jahre in den Block diktieren, bis hin zum hölzernen Hinweisschild an irgendeiner entlegenen Wegkreuzung, als unvermittelt des Bürgermeisters Handy klingelte.
„Ja, Wirbser!" Kurzes Lauschen. „Achim, du bist es? Was ist los?" Längeres Lauschen. Dann ein knappes „Ich komme!"
Stefan Wirbser schnellte hinter seinem Schreibtisch hervor wie ein Hinterzartener Skispringer und warf sich seinen Kampfjanker über die Schultern. Alfred registrierte, dass er es mit einem durchaus jugendlichen und sportlichen Rathauschef zu tun hatte, wenngleich die Last des Amtes, die kalten und finsteren Winternächte, der lange Arm des Landrates, die Last gesellschaftlicher Pflichttermine und der Neid der

Nachbarbürgermeister schon so manche Furche in sein kantiges Gesicht gemeißelt hatten.
„Kommen Sie mit“, rief Wirbser dem verdatterten Reporter im Vorbeihetzen zu: „Wir fahren zum Seebuck, dort hat's einen Toten gegeben.“
Alfred hechelte hinterher. Er war zwar nun kein Sportsmann, wie Stefan Wirbser augenscheinlich einer war, aber die Rathaustreppen schaffte er trotzdem im gleichen Tempo, wenngleich nicht ganz so elegant. Draußen vor der Pforte stutzte der Bürgermeister kurz, als wäre ihm jetzt erst ein bedeutsames Detail eingefallen, dann wandte er sich zum rasenden Reporter um: „Haben Sie ein Auto dabei?“
Alfred nickte zögernd. Das Zögern kam aus zweierlei Gründen. Zum einen war sein Auto sein Heiligtum, der einzige Luxus, den er sich leistete. Ein roter zweisitziger Flitzer mit Cabrio-Verdeck. Zweimal die Woche Waschanlage und Aussaugen. Da durfte längst nicht jeder mitfahren. Zum anderen erschien es ihm seltsam, dass der Bürgermeister vom Feldberg für eine offensichtlich dienstliche Fahrt einen soeben kennen gelernten Reporter um Mitfahrgelegenheit bat. „Ist was mit ihrem Auto?“ fragte er deshalb vorsichtig. Der Bürgermeister verzog missmutig die Mundwinkel: „Das ist jetzt kein Thema, erzähl ich Ihnen ein andermal“, würgte er die weiteren Fragen ab und schob Alfred vor sich her auf den Rathausplatz hinunter.
Alfred hatte im absoluten Halteverbot geparkt, wie es seine Art war, weil er in dem Glauben lebte, ein besonderes Auto zöge auch besondere Vergünstigungen und Extrawürste im Straßenverkehr nach sich. Diese Überzeugung bezog sich vor allem auf Park- und Überholregeln. Jedenfalls klebte ein Strafzettel unter der Windschutzscheibe. Alfred zerrte ihn

hervor und hielt ihn dem Feldberger Bürgermeister entgegen: „Könnten Sie das übernehmen?“
Da es Bürgermeister Wirbser in diesem Augenblick um Wichtigeres ging und Eile geboten war, schnappte er sich den Zettel mit einem unwirschen „Geben Sie her“ und stopfte ihn sich in die Jankertasche. Alfred zog verschwörerisch eine Augenbraue nach oben. Dann fuhren sie los.
Dirigiert vom Rathauschef erreichten sie auf kürzestem Wege – über den eigentlich verbotenen August-Euler-Weg – den Großparkplatz am Seebuck. Hier herrschte kahle Leere, denn jetzt, im unwirtlichen Herbst, war nichts los auf dem Höchsten. Die Ruhe vor dem Sturm! Ein paar verirrte Touristenautos verloren sich auf der gewaltigen Parkfläche. Regenpfützen dämmerten trübe vor sich hin. Eine leere Bierdose verbreitete traurige Hinterhofstimmung.
Alfred, der ja immerhin eine seitenlange Reportage über die touristische Übervölkerung des Feldberges geschrieben hatte, fand wenig Zeit, seine Enttäuschung zum Ausdruck zu bringen, denn der Bürgermeister eilte bereits im leichten Jogging-Schritt zur Talstation des Sechser-Sesselliftes. Alfred hetzte hinterher. Als sie schon in der Sechser-Kabine saßen, fiel ihm ein, dass er die Kamera im Auto vergessen hatte. Journalistenpech! Das passierte ihm häufiger. Deswegen war er ja auch mit seinen 23 Jahren beim Hochschwarzwald-Kurier gelandet, und nicht etwa beim „Stern“ oder beim „Spiegel“.
Oben an der Bergstation stand immer noch eine Traube Neugieriger herum. Es waren vorwiegend regenvermummte Touristen, Mitarbeiter der Liftgesellschaft, Achim Laber, der Feldbergranger, und das Personal des Naturschutzzentrums Feldberg, das sich aus seinen warmen Büros am Fuße des Seebucks auf den Gipfel hatte locken lassen, nachdem die Neuigkeit von der Leiche erst einmal die Runde gemacht hatte.

Über den toten Passagier des Sechser-Sesselliftes hatte inzwischen jemand gnädig einen Regenponcho gebreitet, so dass Alfred nur noch zwei Beine erkennen konnte, die in jahreszeitlich völlig unpassenden Slippern steckten und seltsam verdreht unter dem Regenkawai herauslugten.
Während der Bürgermeister sofort mit dem Feldbergranger in eine eingehende Erörterung der Lage eintrat und dabei auch die Angestellten der Liftbetriebe mit einbezog, blieb Alfred etwas verloren am Rande des Geschehens zurück. Neben sich bemerkte er einen untersetzten, etwas rundlichen Mann, der trollartig unter seinem Regenumhang verborgen war, – nur ein rundes Vollbartgesicht lugte heraus. Der Mann beobachtete aus aufmerksamen, flinken Augen die Szenerie.
„Haben Sie gesehen, was da passiert ist?" fragte Alfred vorsichtig.
Sein Gegenüber lächelte weise: „Ich hab alles genau gesehen. Ich saß ja direkt im Sechser-Sessellift dahinter!"
Alfred stellte sich vor: „Gestatten, Alfred, vom Hochschwarzwald-Kurier. Darf ich Ihnen ein paar Fragen stellen?"
Offenbar hatte er einen falschen Knopf gedrückt, denn der Regentroll lachte gekünstelt auf und schimpfte: „Das Schmierblättle, ha! Da kenn ich noch so ein paar Schreiberlinge. Alles Schmierfinken. Außerdem schreibt ihr doch nur von der Badischen Zeitung ab. Bei euch hab ich schon lange nichts Gescheites mehr gelesen. Euch lese ich überhaupt nicht."
„Halt, halt!" intervenierte Alfred. „Ich bin ganz neu da. Ich weiß nicht, was vor meiner Zeit war. Aber es wird alles besser. Können wir reden ... Ich hätte gerne ihre Meinung gehört." Gleichzeitig dachte er: „Blöder Ochse!"
Ganz so verschlossen, wie er sich gegeben hatte, war der Gesprächspartner dann doch nicht. Er stellte sich als Realschullehrer Konrad Horch aus Titisee-Neustadt vor, völker-

kundlich und in geologischer Mission unterwegs am Feldbergmassiv, nämlich auf der Suche nach Kraft- und Energiesteinen aus der Zeit der alten Kelten.
Das Thema müsse man unbedingt einmal reportagehalber tiefer erörtern, beschied Alfred. Jetzt sei aber ein ungünstiger Zeitpunkt dafür, denn es gehe ja nun zuerst um einen Toten, der zumindest den Feldbergranger und den Feldberger Bürgermeister in erhebliche Aufregung versetzt zu haben schien.
„Das können die halt gar nicht brauchen, eine Leiche in ihrem Vorzeige-Sessellift“, bemerkte der Kraftstein-Experte, und Alfred glaubte, eine gewisse spitze Ironie herauszuhören.
„Wieso?“ fragte er nach.
„Na, der Feldberg ist doch Musterkurort des Hochschwarzwaldes. Da ist alles topp! Da gibt es nur Events, spitzenmäßige Skiabfahrten und eine intakte Natur. Da passt eine Leiche nicht ins Bild.“ Konrad Horch ließ ein grimmiges Lachen folgen, so, als kenne er einen gewaltigen Schmu, der sich hinter dieser Fassade verbirgt. Alfred wartete ein paar Sekunden, ob eine Erklärung folgen würde, aber sein Gesprächspartner zog es vor, wissend und überlegen in seinen Bart hinein zu kichern.
Alfred zuckte mit den Schultern und widmete seine Aufmerksamkeit dem nach wie vor aufgeregten Auflauf unter den Liftsesseln. Dort stand noch immer ein gutes Dutzend weichgeregneter Offizieller und diskutierte den Todesfall. Vom Fuße des Seebucks her näherte sich auf dem schmalen Versorgungssträßchen ein jeepähnliches Polizeifahrzeug. „So ein Pech, dass ich meine Kamera im Auto vergessen habe“, fluchte Alfred laut vor sich hin.
Der Realschullehrer neben ihm zog wortlos eine Minolta-Digital-Kamera unter seinem Regenponcho hervor und hielt sie triumphierend in die Höhe: „Ich habe alles fotografiert! Sogar den Sturz!“

Alfred fixierte die Kamera und deutete zaghaft mit dem Finger drauf: „Könnte ich ..., würden Sie ..., ich meine, ich wollte fragen, hätten Sie was dagegen ..., die Bilder ..."
Konrad Horch steckte seine Kamera wieder ein und grinste breit. „Ich bin gut, was, da staunst du?" sagte sein Blick. „Ich muss erst mal sehen, was drauf ist. Vielleicht habe ich ja auch die beiden anderen erwischt ..."
„Welche beiden anderen?" fragte Alfred verblüfft.
„Na die beiden anderen. Die zwei Männer, die mit dem Toten im Sechser-Sessellift saßen."
Alfred hielt es für geboten, sich jetzt erst einmal chronologisch den Vorfall schildern zu lassen. Nachdem Konrad Horch detailreich und nicht ohne angemessene Würdigung der selbst ausgestandenen Lebensgefahren Alfred über den Ablauf der Ereignisse informiert hatte, kam dieser ernsthaft ins Grübeln: „Und die zwei anderen Männer sind plötzlich verschwunden?" fragte er nach.
„Still und heimlich!" bekräftigte Konrad Horch.
„Halten Sie das für normal?" fragte Alfred weiter. Sein Gegenüber verdrehte die Kulleraugen und hob warnend den Zeigefinger: „Das ist natürlich nicht normal. An der ganzen Geschichte ist was faul. Wenn Sie mich fragen, dann haben die beiden anderen irgend etwas ausgefressen. Vielleicht haben sie den da unten ja auf dem Gewissen. Vielleicht haben sie ihn absichtlich aus dem Sessellift geworfen?"
Alfred pustete beeindruckt aus: „Mord! Dann war es Mord?"
„Wieso sollten die beiden anderen sich denn sonst so klammheimlich aus dem Staub machen? Die haben etwas auf dem Kerbholz, da würde ich drauf wetten."
„Aber wo sind sie hin?"
Konrad Horch deutete ins diffuse Nirgendwo des nebligen Seebuck-Gipfels: „Da hinauf sind sie!"

Alfred blickte zweifelnd in die Richtung. Sichtweite 30 Meter, dann verschluckte ein feuchter, vom Nieselregen verschleierter Nebel die karge Höhenlandschaft. „Wo geht es da hin?“ fragte er.

„Auf den Gipfel“, erwiderte der offenbar auch in Heimatkunde recht bewanderte Realschullehrer lakonisch. „Oder ins Tal! Je nachdem, ob man sich einen halben Meter weiter rechts oder weiter nach links hält. Man kann sich auch verirren, das passiert schnell hier oben.“

Alfred stierte misstrauisch in die Nebelwand hinein: „Und gibt’s da irgendwas, ein Haus oder ein Dorf oder irgend ein Ziel, das man ansteuern könnte?“

Konrad Horch schüttelte zaghaft das bärtige Haupt und meinte dann mit leicht esoterischem Glanz in den Augen: „Irgendwo liegt da ein großer Energiestein verborgen. Ein Gletscherfindling aus der Eiszeit. Er hat magische Kräfte. Er sammelt Energien und strahlt sie aus. Aber das spüren nur Menschen mit besonderen Fähigkeiten.“

„Solche wie Sie ...?“ fragte Alfred mit leichtem Spott.

Konrad Horch ging nicht darauf ein: „Sonst gibt es weit und breit nichts da oben. Höchstens noch einen illegal gebauten Fernsehturm des Südwestrundfunks. Die senden auch nur Schund ...“

Alfred erschien es, als ob sein Informant ein leicht gestörtes Verhältnis zu Medien aller Art habe. Hatte er nicht vorher den Kurier als Schmierblättle bezeichnet? Und jetzt den Südwestrundfunk als Schundsender?

„Was halten Sie eigentlich von der Badischen Zeitung?“ fragte er deshalb spontan.

„Oh je, kein Kommentar“, kläffte Konrad Horch im Stile eines Hofhundes, um dann einen minutenlangen gesalzenen Kommentar abzugeben, wie schlecht informiert, schlecht recher-

chiert, schlecht geschrieben und schlecht aufgemacht die Badische Zeitung sei, insbesondere der Lokalteil in Neustadt, der ihm seit Monaten den Abdruck sämtlicher Leserbriefe verweigere und alles in allem sowieso keine Ahnung habe und vom Bürgermeister gekauft sei und den Vereinen in den Hintern krieche und unpolitisch sei und langweilig und überhaupt nur von Ignoranten gemacht. „Fast noch schlimmer als der Hochschwarzwald-Kurier", war der letzte Satz.
Alfred überhörte die Beschimpfung geflissentlich und nahm sich vor, bei Gelegenheit Leuchter, seinen Kollegen und Vorgesetzten beim Kurier, über den Realschullehrer auszufragen. Er hatte so den leisen Verdacht, dass er es nicht gerade mit einem unbeschriebenen Blatt zu tun hatte.
„Könnten wir die zwei vielleicht verfolgen?" fragte er im Hinblick auf die beiden mysteriös Verschwundenen.
Konrad Horch schüttelte abermals den mächtigen Kopf: „Das können Sie vergessen. Die finden wir im Leben nicht mehr."
Sie wurden vom herannahenden Bürgermeister Stefan Wirbser unterbrochen, der inzwischen energisch das Kommando übernommen hatte und dem Liftpersonal, dem Feldbergranger und den inzwischen eingetroffenen Beamten des Feldberger Polizeipostens kompetente Anweisungen erteilte, indem er sie allesamt ohne Ansehen von Stand und Person duzte. So hielt er es auch mit Alfred: „Du brauchst nicht mehr auf mich zu warten. Ich fahr mit dem Achim wieder zurück."
„Der Achim" war zweifelsfrei jener groß gewachsene Luis Trenker im Lodenmantel, welchen Konrad Horch als den Feldbergranger identifiziert hatte. Alfred beschloss, diesen wichtigen Augenzeugen noch auszufragen, ebenso die anderen Schaulustigen, ob sie über den Verbleib der beiden Begleiter des Toten etwas wussten. Und im übrigen galt seine Aufmerksamkeit nach wie vor dem Realschullehrer, den er

fleißig hofierte, um sich ja auch die Rechte an den Aufnahmen zu sichern, die viel versprechend in der Minolta-Kamera schlummerten. Er erniedrigte sich dabei so weit, dass er sogar versprach, als Gegenleistung eine Fortsetzungsreportage über die „magischen Orte der Kraft" im Hochschwarzwald zu verfassen. Konrad Horch nahm diese Bestechung willig an und handelte bereits den ersten Vor-Ort-Termin aus. Denn er bestand darauf, sämtliche magischen Steine der Region mit dem überrumpelten Reporter abzuwandern, da dieser alleine sie sowieso nicht finden würde, und wenn, dann nicht in der Lage sein würde, das Magische dieser Orte zu erspüren.
Inzwischen war auch die Polizei eingetroffen, die immerhin über einen imposanten silbrig-grünen Geländewagen verfügte. Alfred, der sich gerade unter die Menschentraube unter dem Lift mischen wollte, wurde von einem Polizeibeamten mit auffällig langem und strohblondem Haar aufgehalten: „Hier wird abgesperrt, hier können Sie nicht mehr hinein!"
Der Polizist lächelte engelsgleich und Alfred lächelte zurück und sagte: „Presse!"
Der Polizist sagte: „Winter!"
Sie steuerten auf ein Missverständnis zu. Alfred energisch: „Ich bin von der Presse, vom Hochschwarzwald-Kurier. Ich recherchiere hier."
„Ja, ja, ja", lachte jovial der Polizist, der sich mit Winter vorgestellt hatte. „Vom Hochschwarzwald-Kurier, ha, ha. Zufällig kenne ich da die Redakteure und Mitarbeiter. Aber Sie gehören bestimmt nicht dazu." Er klopfte Alfred kumpelhaft auf die Schulter, als hätte der einen besonders gelungenen Scherz gelandet.
Alfred brauchte einige Zeit, um zu erklären, dass er seit einer Woche neu beim Hochschwarzwald-Kurier war und dies im Prinzip auch beweisen könne, nämlich mit einer Visitenkarte,

die er nur leider gerade nicht dabei, sondern in der Redaktion vergessen habe. Aber der Polizist könne dort gerne anrufen und beim Kollegen Leuchter nachfragen, der würde ihm dann alles bestätigen. Der Polizist war ein freundlicher Mensch und offensichtlich überzeugt vom Guten im Menschen. Mit Leuchters Namen konnte er sofort etwas anfangen. Jedenfalls ließ er Alfred nach kurzem Wortwechsel dann doch seine Zeugenbefragung fortsetzen und entfernte sich, um aus dem Heck des Polizei-Geländewagens eine Rolle Trassierband zu hieven, mit dem er sich daran machte, den Ort des Geschehens weiträumig abzusperren. Alle unbefugten Personen, die sich innerhalb des abgesperrten Areals befanden - das waren alle außer dem Bürgermeister und dem Feldbergtrapper - mussten sich entfernen, aber in etwas Entfernung zur Aufnahme der Personalien weiter zur Verfügung halten.

„Die Polizei geht also auch von einem Verbrechen aus“, kommentierte Konrad Horch den erheblichen Aufwand.

Alfred tauschte mit dem Realschullehrer Telefonnummern aus, dann beschloss er, in die Redaktion zurückzukehren.

IM „RAIMARTIHOF“

Touristen haben eine bestimmte Vorstellung davon, wie Schwarzwaldbauernhöfe aussehen müssen: Tief in einen Berghang geduckt, viel Holz, breite, ausladende Schindeldächer mit runzligen Gaupen darin, Kühe friedlich darum herum, links ein Schuppen, rechts ein malerischer Ahorn- oder Buchenbaum, ein wackliger Holzstapel unter dem Dach, kleine Fenster, die Wärme und Gemütlichkeit verheißen.

Der „Raimartihof“ am Feldsee, der schläfrig wie ein zufriedener Hofhund auf einer Bergwiese liegt, kommt diesem Idealbild ziemlich nahe. Durch diverse Anbauten und Modernisierungen hat das jahrhundertealte Gehöft zwar in den letzten Jahren einiges von seinem urtümlichen Charme verloren, aber anders wären die Touristenströme nicht mehr zu bewältigen gewesen, die sich winters wie sommers durch die niedrige Gaststube wälzen.

Der „Raimartihof“ war in seinen Anfängen im 19. Jahrhundert ein abgelegener Schwarzwaldbauernhof mit Schankgenehmigung gewesen. Im Laufe des 20. Jahrhunderts hatte er sich aber mehr und mehr gewandelt, und aus der Schankgenehmigung war erst die urige Bauernwirtschaft und dann das überlaufene Ausflugsziel geworden. Heute ist der „Raimartihof“ eher nebenher noch Landwirtschaft, in der Hauptsache aber die erste Adresse unter den Ausflugsgasthäusern rund um den Feldberg.

Er hat den Vorteil, dass er nur über einen erheblichen Fußmarsch, entweder vom Bärental aus oder vom Feldberg-Gipfel aus, zu erreichen ist. Damit wurde das Publikum schon einmal positiv vorsortiert, jedenfalls fanden den Weg hierher keine Autotouristen, sondern nur solche Gäste, die bereit

waren, auch ein paar Kilometer durch den Wald zu wandern. Der Feldsee liegt nur knapp 500 Meter entfernt. Ein friedlicher, moorschwarzer Gletschersee, eingebettet in eine felsige Gebirgslandschaft, mit einem sanft abfallenden, bewaldeten Ufer zum Bärental hin, und mit schroff aufragenden, steilen Felshängen zum Seebuck und zum Feldberggipfel hin. Baden im Feldsee ist verboten, weil sich auch in diesem eiszeitlichen Restsee, ähnlich wie im prominenten Titisee, das seltene stachelborstige Braxenkraut gefunden hatte. Die gleichen umweltbewussten Kommunalpolitiker, die sich mit Händen und Füßen und selbstverständlich mit Hilfe der Gerichte hartnäckig gegen die Nutzung der Windkraft im Schwarzwald wehren, lassen sich für ihre umweltpolitische Großtat feiern, die darin besteht, dass sie mit Badeverboten in heimischen Seen ein Wasserkraut schützen, das ansonsten auch ohne Hilfe der Politik seit der Eiszeit überlebt hat.
Im Sommer hielten sich die täglichen Hundertschaften von Wanderern weitgehend an das Badeverbot. Ein paar renitente Einheimische freilich gab es, die auf dem Standpunkt standen „Ich hab hier schon immer gebadete, und meine Großmutter auch schon", und die deshalb auch jetzt noch nicht darauf verzichten wollten. An diesem Morgen lag ein herbstlicher Morgennebel über dem See. Von den mächtigen Fichten und Buchen an seinem Ufer tropften kalt und unfreundlich die Tautropfen. Die Felsen schälten sich schroff aus der abziehenden Nacht. Zwei erschöpfte Gestalten taumelten aus dem Unterholz, etwa da, wo ein kleiner Wildbach herausgeschossen kam und den See mit eiskaltem Quellwasser speiste. Der vordere der beiden Männer stolperte auf schlüpfrigen, vollkommen verdreckten Slippern über das taunasse Gras und sank erschöpft auf einer Holzbank zusammen, die für Wanderer hier aufgestellt worden war. Der zweite ließ

sich einfach ins Gras sinken, ohne darauf zu achten, dass es nass war vom Regen, Nebel und vom Morgentau. Es waren die beiden Asiaten vom Seebuck. Beide waren verdreckt, erschöpft, abgerissen. Sie sahen nicht mehr aus wie zwei adrette Touristen, die nur eben mal mit dem Sechser-Sessellift auf den Gipfel fahren wollten, um Erinnerungsfotos zu schießen. Jetzt sahen sie aus, wie zwei, die irgendwie die letzten Monate des Korea-Krieges auf einer einsamen Insel im Südpazifik überlebt hatten. Unglaublich, wie sie sich seit ihrem Verschwinden am vergangenen Nachmittag verändert hatten. Die Schuhe waren schlammverdreckt, die Hosen zerrissen, die Regenüberhänge dreckverschmiert und teilweise in Fetzen, die Gesichter gezeichnet, unrasiert, von blutigen Schrammen zerfurcht, die Augen tief in den Höhlen. Die beiden Unglücklichen waren den vergangenen Abend und die ganze Nacht durchgewandert. Zunächst am Seebuck gipfelwärts. Dann waren sie im Nebel aber immer weiter in eine zunächst sanft, dann immer steiler abfallende Mulde abgetrieben. Einheimische kannten diese Mulde unter dem Namen „Grüble“. Ein tückisches Bermuda-Loch, extra von der Natur geschaffen, um leichtsinnige Touristen verschwinden zu lassen. Als die Nacht hereinbrach und kalter Herbstregen das Feldbergmassiv von allen Seiten bombardierte, da hockten die beiden Unglücksraben unter einer krüppeligen Kiefer und hielten Kriegsrat. Ihnen war klar, dass sie sich verlaufen hatten. Der Versuch, aus der Mulde wieder bergwärts zu steigen, endete in einer weiteren Senke, die sich aber als Loch ohne Ausgang erwies. Also kraxelten sie auch hier wieder empor und versuchten sich am nächsten Abstieg. Dabei gerieten sie unterhalb der sogenannten Seebuck-Wächte immer bedrohlicher in die Nähe der steilen Feldsee-Klippen. Mehrfach versuchten sie mit ihren bescheidenen Kletterkünsten einige Meter weit den Abstieg in den Felsen. Doch dann verlor erst der eine sein lila Herrenhandtäschchen, dann der andere sein Touristenhütchen und schließlich verloren alle beide das Gleichgewicht. Auf dem Hinterteil rutschten sie zentimeterweise voran und schoben dabei etliche Dreck- und Steinlawinen vor sich her. So suchten sie sich ihren Weg in den Feldseekessel hinunter. Und dabei hatten sie noch Glück. Irgendwie fanden sie in der feuchten Dunkelheit einen passablen Abgang. Ein paar Meter weiter rechts oder weiter links, und es hätte auch ein Absturz werden können. So schrubbten sie mit ihren bald verdreckten und durchgescheuerten Hosenböden talwärts und hinterließen eine Schleifspur wie die Waldarbeiter. Als sie endlich das neblige Ufer des Feldsees erreichten, graute der Morgen herauf und verhieß nichts Gutes: Bedrohliche schwarze Wolken schoben sich über den Seebuck-Gipfel. Ein eiskalter Wind pfiff vom Bärental unten herauf. Die beiden erbarmungswürdigen asiatischen Versager schlotterten in ihren feuchten Anzügen. Sie schöpften aber wieder Mut, als sie den Wanderweg entdeckten, der um den Feldsee herum und auf der anderen Seite zum „Raimartihof“ hinauf führte. Diesen Weg schlugen sie nun ein.

Raimartiwirt Bernhard Andris staunte nicht schlecht, als er die beiden den Weg herauf schlurfen sah. Es war sieben Uhr in der Frühe. Vom Tal her dämmerte zögerlich ein nebliger Herbsttag heran, trüb und verregnet, jedenfalls nicht so, dass man freiwillig schon um sieben Uhr im Feldseekessel herumwanderte. Ein Bauer und Bergmensch stand so früh auf, um erste Arbeiten rund um den Hof zu erledigen, aber asiatische Touristen lagen zu dieser Zeit noch in ihrem Hotelbett unten in Titisee und schlummerten friedlich. Das war jedenfalls die Lebenserfahrung des Raimartiwirtes. Bernhard Andris war ein gestandener Mann, breitschultrig, unerschrocken und robust. Mit seiner struppigen Mähne und dem buschigen Vollbart wirkte er im Morgennebel wie der Namensgeber des Bärentales höchstpersönlich, – ein Bär von einem Mann. Er stemmte die Arme in die Hüften, lachte grollend in sich hinein, und blieb mitten auf dem Weg oberhalb seines Hofes stehen, um die beiden seltsamen Morgenwanderer in Empfang zu nehmen.

Sie kamen ihm entgegengetorkelt, wie zwei Schiffbrüchige. Es hätte nicht viel gefehlt, und sie hätten sich ihm um den Hals geworfen. Bernhard Andris lächelte milde und brummelte väterlich in seinen Bart hinein. Die zwei Elendsgestalten, beide einen Kopf kleiner als der Raimartiwirt, folgten gehorsam, als er ihnen winkte. Er führte sie in die Gaststube, wo am frühen Morgen schon der Kachelofen brutzelte, und hieß sie auf der Ofenbank Platz nehmen und sich aufwärmen. Dann informierte er seine Frau Ruth über die beiden unerwarteten Frühgäste. Ruth Andris, eine warme, mütterliche Frau, die Ruhe und Behaglichkeit auch im größten Touristengetümmel ausstrahlte, umsorgte die beiden Schlottergäste mit heißem Tee, Marmeladenbrötchen und Frühstückseiern. Es stellte sich heraus, dass zumindest einer der beiden Asiaten über radebrecherische Deutsch-Kenntnisse verfügte. Er stammelte etwas zusammen von „Wanderung, Feldberggipfel, verlaufen, ganze Nacht herumgeirrt“, erwähnte aber kein Wort von dem Ausgangspunkt ihrer Odyssee am Sechser-Sessellift.

Dann erkundigten sich die beiden Herren nach Übernachtungsmöglichkeiten im „Raimartihof“, und ob es möglich sei, sich einige Tage einzuquartieren. Den skeptischen Blick der Raimartiwirtin interpretierten sie falsch und zückten sofort beide gestenreich ihre diversen Scheckkarten. Ruth Andris ging es aber gar nicht um die Liquidität der beiden Gäste. Auch wenn sie verdreckt und abgerissen aussahen, so wirkten beide doch irgendwie distinguiert und seriös, jedenfalls so, als könnten sie sich leicht einen längeren Aufenthalt leisten. Beide mochten vielleicht knapp über fünfzig sein. Der eine hatte noch festes, schwarzglänzendes Haar, der andere war bereits leicht ergraut und ausgelichtet. Immerhin konnte man sie so auseinanderhalten. Der Graue und der Schwarze! Aber die Raimartiwirtin zögerte, weil im „Raimartihof" selbst derzeit eigentlich keine Saison war. Und im Hofgebäude selbst wurden keine Fremdenzimmer vermietet. Etwas unterhalb des Hofes gab es einige kleine ehemalige Waldarbeiterhütten, die zum Hof gehörten. Diese Hütten waren zu urigen Touristenquartieren umgebaut worden, mit Matratzenlager unter dem Dach. „Aber wir vermieten die Hütten eigentlich nur an Gruppen", machte die Wirtin den beiden klar. Der Schwarze, das war derjenige mit den bruchstückhaften Deutschkenntnissen, wischte mit der Hand durch die Luft: „Nix Problem. Ganz Haus. Wir bezahlen." Er wedelte wieder mit seiner Scheckkarte. „Eine Woche ganz Haus. Wir bezahlen."

Den Raimarti-Wirtsleuten war es schließlich recht. Die Hütte hätte sonst sowieso leer gestanden. Sie war erst ab Dezember ausgebucht. Und wenn die zwei seltsamen Gäste komplett für eine Woche bezahlen wollten, dann sollten sie das tun. „Frag doch nicht lang", forderte deshalb Bernhard Andris seine Frau auf. „Nimm das Geld und quartier sie ein."

ALFRED RECHERCHIERT

Es war ein verkaterter Morgen in der Redaktion des Hochschwarzwald-Kurier. Alfred hatte am Vorabend die Neustädter Kneipenlandschaft erkundet. Er war ja noch nicht lange in Neustadt, genau genommen erst seit knapp zwei Wochen, und deshalb noch ohne genaue Kenntnisse der heimischen Szene. Sein Abend hatte in der „Funzel" begonnen. Das war die Kneipe direkt neben der Redaktion des Hochschwarzwald-Kurier, im gleichen Gebäude, dem sogenannten „Unruh-Haus" an der Titisee-Straße. Alfred hatte Leuchter eingeladen, seinen Kollegen und Chef beim Hochschwarzwald-Kurier. Es stellte sich heraus, dass Leuchter so ziemlich jeden kannte, der die Kneipe betrat: Einen smarten, bubenhaft wirkenden Frauenarzt, einen Autohändler aus der Nachbarschaft, einen bärtigen Tourismus-Manager, der aussah wie der jüngere Bruder von Reinhold Messner, einen jugendlichen Rechtsanwalt, einen solariumgebräunten, graumelierten Zahnarzt. Zu Alfreds Bedauern keine Frauen. Immerhin war Alfred solo und neu in der Stadt. Er hätte also Schützenhilfe gebrauchen können, bei der Kontaktaufnahme mit dem anderen Geschlecht. An einigen Tischen in der „Funzel" saßen Schülercliquen mit durchaus hübschen Mädchen dabei. Alfred mit seinen knapp 23 Jahren hätte sich gerne für sie interessiert, aber Leuchter, ein verheirateter Mitvierziger und mehrfacher Vater, wirkte in diesem Falle erheblich als Bremsklotz.

Sie plauderten also statt über Mädchen über den Hochschwarzwald-Kurier, über die Zeitungslandschaft im Hochschwarzwald und über die anderen Funzel-Gäste, soweit Leuchter sie kannte. Alfred erfuhr einigen Tratsch über all die Gäste an den Nachbartischen: dass der Frauenarzt ein begnadeter Amateurzauberer und begeisterter Schwarzwalduhren-Liebhaber sei, dass der Autohändler das größte Autohaus des Hochschwarzwaldes betreibe, dass der Tourismus-Mensch einst ein wilder Skilehrer gewesen sei, dass der jugendliche Rechtsanwalt Sozius in der größten Kanzlei des Hochschwarzwaldes sei, dass der graumelierte Zahnarzt ein erfolgreicher Charmeur sei.

Alfred staunte, was Leuchter alles wusste. Nach drei oder vier Bier empfahl sich Leuchter nach Hause, nachdem er zuvor mehrfach per Handy Wasserstandsmeldungen an seine Frau durchgegeben hatte: „Bin grad noch mit unserem Neuen in der Funzel, ein Bier trinken, komme gleich!“ Dann: „Trink noch ein Bier, dann komme ich, Küsschen, Schatzi, ja, ich liebe dich auch.“ Und schließlich: „Das letzte Bier, jetzt komme ich dann, nein, ich hab noch nichts gegessen, stell mir was warm.“

Alfred registrierte belustigt, wie verheiratet Leuchter tatsächlich war, und erfreute sich erst recht seiner jugendlichen Freiheit. Als Leuchter aber dann Ernst machte, von seinem Platz aufstand und Anstalten machte, zu gehen, da fühlte sich Alfred dann doch alleine und sitzen gelassen. Immerhin gab ihm Leuchter noch den Tipp, wenn er in etwas anderer Umgebung und ohne sich als alleinstehender Gast unwohl zu fühlen noch gerne weitertrinken wolle, dann solle er sich in den „Schützen“ begeben. Der sei nicht weit, dort könne man auch schön etwas essen, und dort gebe es eine lange Biertheke, an der noch andere säßen, von etwa der gleichen Sorte wie Alfred.

Alfred setzte seinen roten Flitzer in Bewegung und so landete er also bei seiner zweiten Station dieses Abends, in der Kneipe „Zum Schützen“. Das ist ein altes, einheimisches Wirtshaus, das man durch einen niedrigen Eingang betritt, um dann unvermittelt vor einem rustikalen Theken-Hufeisen zu landen, um das herum sich an diesem Abend eine bunte Mischung von Gästen versammelt hatte, die sich alle irgendwie kannten. Eine Art Riesen-Familien-Stammtisch. Alfred zwängte sich dazwischen, nachdem man ihn zwar kritisch-schwarzwälderisch gemustert hatte, er aber ansonsten nicht das Gefühl hatte, auf Ablehnung zu stoßen. Er kam neben einem schnurrbärtigen jungen Typen zu sitzen, einer Art Omar Sharif-Verschnitt, und sie kamen ins Gespräch, nachdem Alfred sich vorgestellt hatte, als „der Neue vom Hochschwarzwald-Kurier".

„Aha, da kennst du sicher den Leuchter, ist das nicht der Chef da?", fragte sein Nachbar und fügte, nachdem Alfred fleißig genickt hatte, noch ein paar Thesen über Leuchter hinzu: Der ist Genosse bei der SPD; der bastelt an seiner Karriere; der will nirgendwo anecken; der hat eine ganz hübsche Frau; der war früher mal beim Radio; der schreibt manchmal ganz frech ...

Alfred nahm das alles kommentarlos hin, ebenso, wie die Tatsache, dass er ungefragt geduzt wurde. Da duzte er eben zurück: „Und was bist du für einer, was machst du?" Sein Nachbar outete sich nur unvollständig. Er sei bei der Gewerkschaft beschäftigt, in Freiburg, aber das sei nicht der Rede wert, irgendwie kein Thema. Stattdessen steuerte Omar Sharif das Gespräch sanft Richtung Politik und verwendete eine Dreiviertelstunde und zwei spendierte Biere darauf, Alfred einen Beitritt in die SPD schmackhaft zu machen. Ohne Erfolg.

Dann entdeckte Alfred gegenüber, auf der anderen Seite der Theke, einen Bekannten. War das nicht der Polizist vom Feldberg? Der Absperr-Polizist mit den langen, strohblonden Haaren? Jetzt natürlich in Zivil. Wie hieß er noch gleich? Winter?

Ja, das war der Name gewesen. Alfred verabschiedete sich von Omar Sharif und drückte sich neben dem Blondhaar-Polizisten an die Theke: „Hallo, guten Abend, erinnern Sie sich noch?“
„Oh, hallo, ja!“ Der Blonde lächelte freundlich und klopfte Alfred kumpelhaft auf die Schulter, wie er es schon am Feldberg getan hatte. „Und, wie geht's? Schon was rausgefunden?“
„Das wollte ich gerade Sie fragen“, antwortete Alfred.
Der Blonde schüttelte den Kopf. „Der Tote ist jetzt in der Gerichtsmedizin in Freiburg. Wir haben seine Identität noch nicht klären können, denn er trug keinerlei Ausweispapiere bei sich. Das ist immerhin seltsam. Mehr weiß ich aber auch nicht.“
„Was hat die Polizei für eine Theorie?“
Der Blonde lächelte. „Tut mir Leid, ich weiß es nicht. Ich bin ja nur ein kleiner Streifenpolizist. Aber wenn ich es wüsste, dann dürfte ich es sowieso nicht sagen.“ Waldemar Winter empfahl ihm einen Anruf beim Kripo-Pressesprecher in Freiburg, einem Mann namesns Brecht. Er lachte. Alfred hatte überhaupt den Eindruck, es mit einem ausgesprochen freundlichen Menschen zu tun zu haben. Er wollte ein Bier spendieren, aber der Polizist winkte ab: „Ich trink keinen Alkohol, nur Wasser oder Spezi!“
Alfred ließ sich nicht abschrecken und orderte seinerseits das nächste Bier. Es waren kleine, gut gezapfte Gläser, von der Sorte, von der Alfred im Laufe eines Abends erhebliche Mengen hinunterspülen konnte, ohne gleich wacklig zu werden. Sein Eichstrich lag diesbezüglich ziemlich hoch.
Mit Waldemar, dem Polizisten – sie waren inzwischen dazu übergegangen sich zu duzen –, plauderte Alfred eine ganze Weile und erfuhr allerlei Wissenswertes über das Neustädter

Polizeirevier. Wie viele Beamten dort arbeiteten, für welches Gebiet sie zuständig waren, dass der Chef dort Höfele hieß, wo es überall selbstständige Posten gab, zum Beispiel auf dem Feldberg, und welches die spektakulärsten Fälle der letzten Jahre gewesen waren, nämlich eine mehrfache Brandstiftung am einzigen Nachtclub des Ortes und der sogenannte „Güllelochmord", bei dem ein Kurdirektor das Opfer gewesen war.

So war der blondmähnige Polizist Waldemar Winter ein guter Gesprächspartner für Alfred und hatte nach fast zwei Stunden angeregten Plauderns auch noch den wertvollen Tipp für Alfred parat, dass es sich lohne, den Abend in einer kleinen Bistro-Bar namens „Baccio" fortzusetzen, denn dort sei immer was los und vor allem treffe man junge Leute. Also wankte Alfred aus dem „Schützen" zu seinem roten Flitzer, mit dem er sich, unbekümmert der Straßenverkehrsordnung und des gesunden Menschenverstandes, trotz partieller Unzurechnungsfähigkeit, noch hinunter Richtung Unterstadt bewegte, wo sich besagtes Bistro „Baccio" befand. Dieses war eigentlich nicht mehr als eine schummrig beleuchtete Theke, mit einigen Stehtischchen garniert und von ohrendröhnender Hintergrundmusik beschallt. Alfred kannte niemanden, stellte aber fest, dass es erstens voll von Leuten war und zweitens sehr viele junge und hübsche Frauen darunter waren. Das ließ ihn sogleich trotz der Überdosis Bier, die er inzwischen intus hatte, wieder aufleben. Er rempelte sich bis zur Theke durch und kam zwischen zwei halbwegs attraktiven Blondinen zu stehen.

„Hey, ich bin Journalist!"

Die eine Blondine drehte sich kommentarlos weg, die andere zog eine beleidigte Schnute und blaffte: „Und ich bin Verona Feldbusch."

„Darf ich dich einladen, trinkst du was?“ Alfred war unerschütterlich in seinem Selbstbewusstsein und völlig unsensibel in seiner Wahrnehmung. Ganz sicher fand die Blondine ihn klasse, davon war er überzeugt.
Aber die Blondine drehte sich nun ebenfalls weg. Sie tauchte in einen Pulk junger Mädchen, der sich um einen braungebrannten Schönling fortgeschrittenen Alters gebildet hatte. Offenbar ein Südländer. Schmales Oberlippenbärtchen, Goldkettchen, neiderregender Dschungel von Brusthaaren unter dem offenen Hemd. So saß der Kerl auf einem Barhocker und hielt Hof. Und Alfred stand alleine an der Theke. Er bestellte sich ein Bier, wankte ein wenig vor sich hin, bekam Kopfschmerzen vom hämmernden Rap im Hintergrund und staunte nicht schlecht, als plötzlich, umgeben von ein paar nicht minder jugendlichen und sportlichen Erscheinungen, der jugendliche und sportliche Feldberger Bürgermeister Wirbser einmarschierte.
Alfred winkte kumpelhaft, als wären sie alte Freunde, aber der Bürgermeister nickte nur kurz und eher heimlich, so, als wolle er nicht mit Alfred in Verbindung gebracht werden. Das war inzwischen auch kein Wunder mehr, denn Alfred sah nicht mehr allzu präsent aus. Er hatte den berühmten „Ich vertrage noch zwanzig weitere Biere aber wo bin ich-Blick“, und er lallte dem Barkeeper, den Blondinen um sich herum, dem Macho auf dem benachbarten Barhocker und jedem, der sich ihm näherte, unzusammenhängende politische, philosophische und schwachsinnige Weisheiten ins Gesicht. Kurzum: er war gewaltig besoffen!
Der Feldberger Bürgermeister mit seinem Anhang ging ihm deshalb wohlweislich aus dem Weg. Für Alfred kein Problem. Er sackte auf einem Barhocker zusammen, den er sich inzwischen geangelt hatte, und er begann mit der beharrlichen

Geduld eines Autisten und den wurstigen Fingern eines Besoffenen, sich eine Zigarette zu drehen.
Das war so ungefähr seine letzte Aktion, an die er sich am nächsten Morgen, als er gegen 10 Uhr endlich in der Redaktion des Hochschwarzwald-Kurier eintrudelte, noch erinnern konnte. Wie lange er noch im „Baccio“ geblieben war, was er noch alles getrunken hatte, wie er nach Hause gekommen war – der rote Flitzer stand auf jeden Fall vor der Tür, und das ließ nichts Gutes ahnen –, das alles entzog sich seiner ramponierten Erinnerung. Die Damen von der Anzeigenabteilung versorgten Alfred mit Kaffee und Keksen und brachten ihn den Umständen entsprechend wieder auf Vordermann. Leuchter war auf einem Termin: Jahresbilanz der Sparkasse Hochschwarzwald. So war Alfred ungestört, als er die Pressestelle der Kripo in Freiburg anrief und nach jenem Pressesprecher Brecht verlangte, den ihm am Vorabend sein frischgewonnener Kumpel Waldemar Winter von der Polizei als Ansprechpartner genannt hatte.
„Brecht!“
„Hier ist der Hochschwarzwald-Kurier in Titisee-Neustadt, Redaktion. Ich rufe an, wegen dem toten Asiaten auf dem Feldberg. Dem Touristen, der aus dem Sessellift gefallen ist. Es hieß, es habe eine Autopsie oder so etwas gegeben.“
„Eine gerichtsmedizinische Untersuchung“, korrigierte der Pressepolizist. „Die Todesursache ist Herzversagen. Wir geben dazu im Laufe des Tages noch eine Mitteilung heraus. Mehr kann ich nicht sagen.“
„Und der Sturz, könnte der nicht auch zum Tod geführt haben?“ fragte Alfred vorsichtig.
„Guter Mann“, erwiderte hörbar genervt der Pressepolizist, „Wenn unsere Mediziner sagen Herzversagen, dann ist das auch so. Wenn Sie selber eine andere Theorie haben, dann

kann ich Ihnen die nicht ausreden. Aber es gibt dafür keinerlei Anhaltspunkte. Wir gehen davon aus, dass der Mann einen Herzschlag erlitten hat und dann, weil er bewusstlos wurde, aus dem Sechser-Sessellift gestürzt ist."
„Und was bedeutet das dann?"
„Das bedeutet, dass wir nicht von einem Verbrechen ausgehen. Der Mann ist eines natürlichen Todes gestorben."
„Und seine Identität?"
„Die ist leider noch nicht geklärt. Der Verstorbene hatte keinerlei Ausweispapiere bei sich."
„Aha, also doch rätselhaft?"
„Nein, nicht rätselhaft, nur noch nicht geklärt. Das ist ein Unterschied." Polizeipressesprecher Ulrich Brecht war offenbar nervige Journalisten gewohnt, denn er blieb mit Engelsgeduld gelassen und beantwortete alle Fragen mit der gleichen unverbindlichen Freundlichkeit: „Wir werden schon herausfinden, um wen es sich handelt. Der Mann muss ja irgendwo gewohnt haben, in irgendeinem Hotel oder so. Und da wird man ihn vermissen und es melden. Das bekommen wir heraus, das ist eine Sache von ein oder zwei Tagen."
„Wissen Sie", fragte Alfred vorsichtig, „ob der Tote alleine unterwegs war, oder ob er in Begleitung war?" Alfred wollte nicht alle seine Trümpfe ausspielen und den Informationsvorsprung, den er durch die Beobachtungen des Realschullehrers hatte, nicht gleich preisgeben.
Der Pressesprecher zögerte kurz: „Da gibt es unterschiedliche Zeugenaussagen", sagte er dann. „Die meisten Zeugen meinen, dass der Mann alleine unterwegs war. Wir haben nur einen Zeugen, den Feldbergranger, der will noch zwei weitere Männer gesehen haben, ebenfalls Asiaten."
„Haben Sie eine Theorie?"

Ulrich Brecht, der Pressepolizist, lachte: „Vor der Presse haben wir nie eine Theorie, wir haben nur Indizien und Zeugenaussagen. Und Wahrscheinlichkeiten ..."
„Und wie wahrscheinlich ist es, dass tatsächlich noch zwei Begleiter bei dem Verstorbenen waren?"
„Eigentlich ist es höchst unwahrscheinlich. Denn welchen Grund sollten sie haben, dann wie vom Erdboden zu verschwinden? Stellen Sie sich mal die Situation vor. Nehmen Sie an, Sie wären mit zwei Begleitern im Urlaub und unternehmen einen Ausflug, irgendwo in einem fremden Land. Und dann erleidet einer Ihrer Freunde einen Herzinfarkt und stürzt aus einem Sessellift, und Sie würden einfach so verschwinden, ohne sich um den Mann zu kümmern. Das ist nicht sehr plausibel, oder?"
Alfred musste dem Polizeisprecher Recht geben. Nichtsdestotrotz beharrte er auf seiner Version: „Wenn aber doch zwei andere Männer dabei waren und klammheimlich verschwunden sind, dann wäre das doch der Beweis, dass irgend etwas an der Sache nicht sauber ist. Hab ich Recht?"
„Wenn das so wäre, dann hätten Sie möglicherweise Recht", räumte Ulrich Brecht zögernd ein. „Aber das ist schon wieder reine Spekulation. Wir haben keinerlei Anhaltspunkte und wir ermitteln auch nicht in diese Richtung."
„Weil Sie nur einen Zeugen haben, der zwei andere Männer gesehen haben will?"
Einige Sekunden blieb es stumm im Telefon. „Jetzt nageln Sie mich nicht fest", sagte Ulrich Brecht schließlich vorsichtig. „Wir nehmen jede Zeugenaussage ernst. Aber hier steht einer gegen etwa zehn, die etwas anderes gesehen haben wollen."
„Und wenn Sie jetzt noch einen weiteren Zeugen für die andere Version hätten, würde das etwas ändern?" hakte Alfred

vorsichtig nach. Er hatte natürlich seinen Hintergedanken dabei, denn diesen zweiten Zeugen gab es ja, in Gestalt des Realschullehrers Konrad Horch.

„Könnte sein“, seufzte der Polizeisprecher ins Telefon. „Dann müssten wir wahrscheinlich noch einmal neu überlegen ...“

ALFRED ERLEBT SCHWINGUNGEN

Nachdem Alfreds formidabler Artikel über den „rätselhaften Liftsturz am Seebuck“ erschienen war, mit bis dahin unbekannten Einzelheiten über das äußere Erscheinungsbild des toten asiatischen Touristen, mit Spekulationen über die Ratlosigkeit der Polizei, mit Mutmaßungen über die nicht zu ermittelnde Identität des Opfers, mit Andeutungen über zwei spurlos verschwundene Begleiter des Opfers und – besonders spektakulär – mit Bildern aus der Kamera des Realschullehrers Konrad Horch, welche die Unfallsituation am Sechser-Sessellift anschaulich dokumentierten, erhielt er gleich vier Anrufe. Der erste stammte von Feldbergs jungdynamischem Bürgermeister Stefan Wirbser, der sich „diese Negativwerbung“ verbat. „Jeder der das liest, der glaubt, dass unser Sessellift nicht sicher ist“, wetterte der Rathauschef und kündigte einen Leserbrief an. Darin werde er aus dem jüngsten Untersuchungsbericht des TÜV und aus dem technischen Gutachten der Herstellerfirma zitieren, und wenn Alfred und der Hochschwarzwald-Kurier nicht bereit seien, das viereinhalb Seiten umfassende Papier wortwörtlich und ungekürzt zu veröffentlichen, werde er sich weiter Schritte vorbehalten. An seinem generellen Unmut und seiner „maßlosen Enttäuschung, dass uns die Presse so in den Rücken fällt“, sei sowieso nichts mehr zu ändern, und er werde sich „das“ merken, was immer das heißen sollte.

Alfred, inzwischen nicht mehr so leicht zu erschrecken wie bei der ersten Beschwerde des Feldberger Bürgermeisters, versprach gleichwohl den ungekürzten und sofortigen Abdruck dieses und jeden weiteren Leserbriefes. Er hegte die grundsätzliche Überzeugung, dass Leserbriefe jedwelcher Art vorzüglichen Lesestoff darstellten; je mehr der Redakteur

darin sein Fett abbekam, desto besser für die Zeitung. Von daher hatte er überhaupt nichts dagegen, in Leserbriefen als Landesverräter, Nestbeschmutzer, Ahnungsloser, Voreingenommener, Legastheniker oder schlicht als Schmierfink beschimpft zu werden. „Nützt der Auflage", hatte er während seines Volontariats gelernt.
Der zweite Anrufer war Feldbergranger Achim Laber, der sich beschwerte, dass er auf den Bildern in Alfreds Sessellift-Artikel so gestochen scharf zu identifizieren war. Er machte Persönlichkeitsrechte geltend und bestand darauf, in künftigen Fällen bitte gefälligst gefragt zu werden, bevor man ihn ablichte.
Als es zum dritten Mal klingelte, meldete sich Alfreds Polizistenduzfreund Waldemar Winter, um mitzuteilen, dass es etwas Neues im Falle des toten asiatischen Touristen gebe. Man habe zwar noch immer nicht die Identität des Toten ermitteln können, aber es gebe nun einen Befund des gerichtsmedizinischen Instituts der Uni Freiburg, welches die Todesursache festgestellt habe. Er dürfe darüber leider nichts sagen, weil er für Auskünfte an die Presse nicht befugt sei und der Fall sowieso nicht beim Polizeirevier in Neustadt, sondern bei der Kripo in Freiburg angesiedelt sei. Aber er habe eben über den kleinen Dienstweg einiges erfahren, und er möchte Alfred nun doch wärmstens empfehlen, den Pressesprecher der Kripo in Freiburg anzurufen, das sei ein gewisser Ulrich Brecht, falls er das nicht schon kürzlich am Abend im Schützen gesagt habe. Und dieser Brecht, der wisse Bescheid und dürfe Auskünfte erteilen.
Als das Telefon zum vierten Male klingelte, war Konrad Horch am Apparat, der Realschullehrer. Er kommentierte Alfreds Artikel als „mäßig, geht so", was unzweifelhaft ein mittelschweres Lob darstellte und offerierte in konspirativem Flüsterton

eine Theorie: „Ich glaube, ich hätte da was für Sie. Es hat was mit den zwei verschwundenen Touristen zu tun. Ich glaube, ich weiß, wo sie hingegangen sind."

Alfred war interessiert. Die Geschichte hatte ja durchaus ihren Reiz, und die Tatsache der zwei verschwundenen asiatischen Touristen war unbestreitbar ein Rätsel, das der journalistischen Aufklärung harrte.

„Schießen Sie los", forderte er den Realschullehrer auf.

„Nicht hier am Telefon. Das geht nicht. Wir müssen auf den Feldberg, direkt an den Tatort."

„Was sollen wir denn dort?"

„Dort rekonstruieren wir den Weg, den die beiden Verschwundenen eingeschlagen haben. Ich glaube, ich weiß, wie wir ihre Spur finden."

„Da bin ich aber gespannt", erwiderte Alfred.

„Kommen Sie einfach mit. Es ist nur ein Angebot, Sie müssen nicht."

Aber Alfred wollte, es interessierte ihn. Sie verabredeten sich.

Eine knappe Stunde später, es war früher Mittwochnachmittag, trafen sie sich am Fuße des Seebucks, an der Talstation des Sechser-Sesselliftes, der unermüdlich mit monotonem Rattern leere Sechser-Sessel in den Nebel hinein beförderte. Der ganze Feldberg-Gipfel war erneut, oder immer noch, in feuchte Nebelwolken gehüllt. Ein unangenehmer, kalter Wind schlich herum und zupfte an Konrad Horchs Bart. Der Realschullehrer hatte sich mit einer lächerlich zu kleinen französischen Baskenmütze ausstaffiert. Er sah nun aus, wie die Karikatur dessen, was man sich unter einem Franzosen mit Baskenmütze vorstellt. Alfred sog schlotternd an einer selbst gedrehten Zigarette und starrte misstrauisch in die Nebelsuppe. Inzwischen fand er die Idee, mit Konrad Horch den Berg zu erkunden, nicht mehr so berauschend. Aber der nordisch eingepackte Realschullehrer war nicht zu bremsen und strotzte wie ein quickes Energiemännchen vor Tatendrang.

„Wie wollen Sie denn die Spur der beiden Verschollenen rekonstruieren?“, fragte Alfred aus zusammengepressten Lippen und krümelte ein paar Fetzen Tabak gegen den Wind. Jetzt ging ihm auch noch die Zigarette aus. „Scheiß-Wetter“, fluchte er innerlich. Das nächste Zigarettenpapierchen wurde ihm von einer frechen Böe aus den Fingern gerissen und auf Nimmerwiedersehen in die Lüfte entführt. Alfred gab seine Dreh-Bemühungen fürs Erste auf und ließ sich neben Konrad Horch in die nächste Sesselkabine fallen. Schon wurden sie angehoben und mit bedrohlichem Schaukeln in die Höhe gerissen, so dass Alfred beträchtliche Tabakmengen verschüttete.

„Hier drin wird sowieso nicht geraucht“, bestimmte Konrad Horch mit dem Blick eines persischen Ayatollahs. Das duldete keinen Widerspruch. Alfred warf die unvollendete Zigarette ins Freie.

„Wie wollen Sie herausfinden, wohin die beiden Männer verschwunden sind?“ wiederholte Alfred seine Frage.

„Wir folgen einfach den Kraftlinien des Berges“, erklärte Konrad Horch mit unbekümmerter Gewissheit. „Jeder Wanderer, der sich im Nebel oder im Dunkeln verirrt, geht unbewusst einen Weg, der ihm von den Kraftlinien der Erde vorgegeben ist. Man weiß das natürlich nicht. Und man spürt es nicht. Aber solche Kraftlinien gibt es, und wenn man sonst keine Orientierung hat, dann wird man magisch von ihnen geleitet.“

„Aha!“ sagte Alfred nur und warf dem Realschullehrer verstohlen einen misstrauischen Blick zu. Hatte er es etwa mit einem Durchgeknallten zu tun?

„Es hängt mit den Orten der Kraft zusammen“, referierte Konrad Horch unverdrossen. Offenbar war er noch nicht auf Alfreds Verzweiflung aufmerksam geworden.
„Orte der Kraft!“ wiederholte Alfred kraftlos.
„Ja, Orte der Kraft.“ Aus Konrad Horchs mächtiger Stimme klang jetzt deutlicher Enthusiasmus: „Das sind Stellen in der Landschaft, von denen eine starke Vibration ausgeht. Haben Sie das noch nie gespürt?“
Alfred verneinte: „Ich glaube nicht ...“
„Doch, das haben Sie schon gespürt“, verbesserte ihn Konrad Horch. „Sie haben es nur nicht gemerkt. Hat etwa noch nie die Form eines gewissen Berges oder ein bestimmter Fels in der Landschaft Ihren Blick gebannt? Diese Orte der Kraft ziehen ohne Ihr Wissen Ihre Aufmerksamkeit auf sich. Ob Sie's glauben oder nicht, solche Orte gibt es überall, sie sind ganz in unserer Nähe. Man tankt dort unbewusst Energie auf.“
„Energie ...“ stammelte Alfred.
„Ja! Haben Sie noch nie im Urlaub eine alte Burgruine auf einem Felsvorsprung gesehen, die Ihren Blick fesselte und Ihnen gleich Lust auf einen Besuch gemacht hätte?“
„Ja, so was gibt's“, bestätigte Alfred.
„Sehen Sie! In Wirklichkeit rief Ihr Instinkt Sie zu diesem ungewöhnlichen Ort der Kraft. Und so gibt es in jeder Gegend, in jeder Stadt, an jedem Ort, auf jedem Berg Stellen, die Schwingungsenergie ausströmen.“
Alfred war gerne bereit, dieser Theorie bis zu einem gewissen Grad Glauben zu schenken. Aber er fand auch gute Einwände: „Logisch, dass mich eine Burgruine auf einem Berg anzieht, das kommt daher, weil es eine Burgruine ist.“ Im Stillen dachte er: „Wenn eine Frau prächtige Titten hat, dann zieht mich das auch an. Hat sie deshalb ein magisches Kraftfeld?“
Der Sechser-Sessellift näherte sich mit einem letzten Rattern

der Bergstation und Konrad Horch hüpfte hinaus wie ein Gummimännchen. Alfred taumelte hinterher. Der Nebel hing wie eine Dunsthaube über dem Seebuck-Gipfel. Die Sicht war nicht besser als aus einem U-Boot im Ärmelkanal. Als sie sich vorsichtig den schmalen Trampelpfad bergan tasteten, markierte bald nur noch das immer dünner werdende Liftgeräusch den letzten Kontakt zur Zivilisation. Bald war auch dieser akustische Anker vom Nebel verschluckt. Während Konrad Horch sich heftig schnaufend durch die Suppe bewegte und auf geheimnisvolle Weise Witterung zu den unterirdischen Kraftfeldern aufnahm, beschloss Alfred, dass es nun endlich Zeit für eine Zigarette sei. Horch war gar nicht erfreut über die Unterbrechung. „Sie stören meine Konzentration!"

„Rauchen erhöht die Konzentration", erwiderte Alfred und drehte ungerührt weiter an seinem Tabak.

Konrad Horch hielt unterdessen ein Kurzreferat über die Gefahren des Rauchens und die Schädlichkeit von Nikotin. Um ihn auf ein anderes Thema zu bringen, fragt Alfred, ob denn schon erste magische Schwingungen zu spüren seien. Er, Alfred, spüre noch nichts.

„Das ist ja auch kein Wunder. Ein Laie spürt lange nichts, während ein erfahrener Rutengänger, Radiästhesist oder Geobiologe, der es gewohnt ist, sich an Orten der Kraft aufzuhalten und sie zu messen und zu analysieren, sofort instinktiv spürt, wenn er sich an einem dieser privilegierten Orte befindet."

Alfred schloss messerscharf aus diesen Ausführungen, dass Horch sich wohl irgendwie zum Kreis der Rutengänger, Geobiologen oder Radiä ... Radio ... wie war das Wort gleich gewesen? „Was ist eigentlich ein Radioanästhesist?"

„Radiästhesist, das heißt Radiästhesist", verbesserte Horch.

„Aha“, bestätigte Alfred, fühlte sich aber alles andere als „Aha“. Er nahm sich vor, das Wort, das einen imponierend wissenschaftlichen Beiklang hatte, in der Redaktion gleich nachzuschlagen. Aber Konrad Horch dozierte schon: „Ein Radiästhesist ist jemand, der einen Gegenstand oder Ort datieren kann. Er ermittelt mit Hilfe eines Pendels zum Beispiel, ob und wann ein Stein oder Fels einen wichtigen Einfluss auf Menschen gehabt hat oder gar von Menschen zu bestimmten Zwecken genutzt wurde, zum Beispiel als Heilig...“ Konrad Horch rutschte in diesem Moment auf dem nebelfeuchten Gipfelgras aus und beendete das Wort auf dem Hosenboden „...tum!“
Inzwischen waren sie ein gutes Stück durch die grau-weiße Nebelsuppe gewandert, und Alfred hatte nicht den Eindruck, dass für seine Berichterstattung mehr als einige skurrile Erkenntnisse aus der Grenzwissenschaft der Radiästhesie abfallen würden. Doch Konrad Horch, nachdem er schon einmal abseits des Weges aufs Hinterteil gefallen war, folgte in dieser Lage und infolge der Rutscheigenschaften seines feuchten Regenponchos den Gesetzen der Schwerkraft, indem er langsam auf dem sanft geneigten Hang talwärts schlitterte. Obwohl der Vorgang sich nahezu in Zeitlupe abspielte, schien Horch ihm irgendwie hilflos ausgeliefert zu sein. Anstatt wieder Herr des Verfahrens zu werden, drehte er sich wie eine Karussellfigur langsam um die eigene Achse, bis die Füße bergwärts zeigten und der Kopf talwärts. Dabei forderte das eigene Körpergewicht seinen Tribut und zwang den wackeren Helden schließlich auch noch in die Rückenlage, so dass er schließlich wie ein umgeworfener Käfer zappelte und immer noch talwärts rutschte, wenn auch nur im Schritttempo.
Alfred spazierte neugierig hinterher. Es war eine gute Gelegenheit, endlich einmal eine Zigarette zu Ende zu rauchen.

„Spüren Sie irgendwelche Schwingungen“, fragte er vergnügt. Aber Konrad Horch hatte in diesem Moment keinen Sinn für solche Späße und stieß stattdessen lästerliche Lehrerflüche aus.
Das war der Moment, in dem Alfred mitten im feuchten Gras das Herrenhandtäschchen entdeckte. Es war ein kleines weinrotes Lederetui. Die Farbe stach ins Auge. Trotzdem hätte Alfred fast nicht reagiert. Ein Maulwurfhügel! Ein Schokoladenpapier! Ein nasser Stein! Irgendwie stutzte er dann doch, blieb stehen und sah genauer hin. Es war tatsächlich eine kleine, schwule Herrenhandtasche. Mit Lederschlaufe, um sie lässig am Handgelenk baumeln zu lassen. Während Konrad Horch weiterhin hilflos wie ein Käfer in immer steilere Lagen hinunter glitt, nahm Alfred das Fundstück in Augenschein. Mit spitzen Fingern hob er es an der Lederschlaufe in die Höhe. Mit der anderen Hand zupfte er vorsichtig den Reißverschluss auf. Es kamen ihm entgegen: Eine Sonnenbrille, ein schweres, silbernes Zigarettenetui, höchstwahrscheinlich echt, ein Einweg-Plastikfeuerzeug, eine Packung Wegwerf-Taschentücher, Marke Tempo, ein einzelnes in Plastik verpacktes Kondom, vermutlich Automatenware, ein Einzelfahrschein Berg- und Talfahrt für den Sechser-Sessellift, eine angebrochene Rolle Vivil-Pfefferminz, ein Prospekt vom „Heimatpfad Hochschwarzwald“, ein Coupon aus einem Andenkengeschäft in Titisee, berechtigt zum Abholen einer Kuckucksuhr der Baureihe „TG 2001a01-07“, was immer das sein mochte, und schließlich: Ein Hotelzimmerschlüssel, mit Anhänger „Nr. 14“! Leider nicht zu identifizieren, zu welchem Hotel er gehörte.
Der Fahrschein für den Sechser-Sessellift war exakt an dem Tag gestempelt worden, als der Tote aus dem Lift gefallen war. Die Talfahrt war noch nicht abgestempelt. Alfred kom-

binierte also messerscharf, dass er eine ganz heiße Fährte entdeckt hatte. Hatte möglicherweise einer der beiden spurlos verschwundenen Asiaten dieses Handtäschchen verloren? Musste er dann nicht, da inzwischen bereits drei Tage vergangen waren, in seinem Hotel vermisst werden? Denn dort fehlte ja der Schlüssel. Sollte es nicht ein Leichtes sein, dieses Hotel ausfindig zu machen? Und die bedeutsamste Frage: War der Fund nicht ein Beweis für die Richtigkeit der Theorie von den Erdschwingungen? Hatten unterirdische Kräfte sie zu genau diesem Punkt geführt, wie sie zuvor vielleicht schon die beiden Asiaten den gleichen Weg hatten einschlagen lassen? Diesen Weg, der so harmlos begonnen hatte, inzwischen aber merklich abfiel und ein paar hundert Meter weiter sogar abrupt in die Tiefe führte. Dort war inzwischen Konrad Horch mit seiner Rutschpartie angelangt. Ehe es für ihn jedoch lebensbedrohlich wurde, hatte er sich in einem halbwüchsigen Kiefernschössling verfangen und so den weiteren Absturz gestoppt. Missmutig und leicht zerknittert stapfte er jetzt wieder zu Alfred herauf. Die Suche nach Orten der Kraft konnte manchmal wirklich anstrengend sein. Aber Konrad Horch gehörte zu den Unerschütterlichen. Die Spuren der frühen menschlichen Zivilisationen aufzufinden, das bedurfte einer gehörigen Portion grimmiger Ausdauer und unverwüstlicher Selbstüberzeugung. Und wenn auch der einzige Fund bisher ein weinrotes, ledernes Herrenhandtäschchen war. Immerhin etwas! Die beiden kletterten wieder aus dem „Grüble“ hinaus.

IM UHREN-PARADIES

Die Andenkenläden in Titisee sind sich alle ähnlich und doch alle grundverschieden. Mal von oben angefangen: Sie haben alle irgendwie ein Walmdach. Oder das, was aus Hamburg engagierte Architekten für ein Schwarzwaldwalmdach halten. Die Einheimischen staunen immer, wenn sie sehen, wie aus einem einstmals kleinen Einfamilienhäuschen der 50er Jahre ein dreistöckiges Walmdach- und Gaupenmonstrum werden kann, mit gewaltigen Mengen von Schindeln vernagelt. Aber so sind sie, die modernen Architekten: Sie zaubern ein Schwarzwald-Kaufhaus, das auch noch ein Japaner auf den ersten Blick als schwarzwaldtypisch erkennt. Nur der Schwarzwälder nicht.

In ihren mittleren Etagen verfügen diese Häuser über hölzerne Balkone im bayrischen Jodlerstil. Aber der Japaner als solcher macht keinen großen Unterschied zwischen Schwarzwald und Bayern. Er findet alles sehr authentisch, vor allem, wenn dann unten im Eingangsbereich neben den Postkartenständern Kuhglocken, Sepplmützen aus Filz, ausgestopfte Riesenrentiere und gläserne Drehkreuze voller Gummibärchen aufgestellt sind. Der wunderschöne Schwarzwald, wie man ihn unversehrt am Titisee in der Seestraße vorfindet, wäre aber gar nichts, ohne seine Kuckucksuhren. Jedes Andenkengeschäft am Titisee verfügt natürlich über eine grandiose Auswahl an Uhren aller Art, vorzugsweise aber an Kuckucksuhren. Manche Andenkengeschäfte, wenn sie nicht gerade auf schwarzwaldtypischen, ganzjährig verfügbaren Christbaumschmuck spezialisiert sind, sind überhaupt im Wesentlichen nichts anderes als Uhrenläden. Gut, zugegeben, sie sind aufgemotzt mit etwas Porzellannippes und in Plastik verschweißtem Pappschinken, aber insgesamt doch in der Hauptsache ein Uhrengeschäft. Am Titisee wimmelt es von Uhrengeschäften. Es ist eigentlich verblüffend, wieso so viele Leute ausgerechnet am Titisee eine Uhr kaufen wollen. Wo die meisten, die hier hereinschneien, sowieso keine Zeit haben. Man muss nämlich wissen, dass der so genannte Tagesgast am Titisee (im Gegensatz zum Übernachtungsgast) eigentlich nur ein Stundengast ist. Zwei Stunden gelten etwa als das Mindest-Aufenthaltsmaß am Titisee. In zwei Stunden, das ist durch die Praxis längst bewiesen, kann man mit dem Bus in Titisee ankommen, am Eingang zur Seestraße – das ist die Straße, die zum Seeufer hinunter führt – ein erstes Eis essen, dann im ersten Andenkengeschäft Postkarten einkaufen, im zweiten Andenkengeschäft einen Seppelhut aus Filz kaufen, im dritten Andenkengeschäft mal schauen, wie teuer die Uhren sind, im vierten Andenkengeschäft Weihnachtsschmuck einkaufen, das zweite Eis essen, oder die erste Bratwurst, nächstes Andenkengeschäft besichtigen, vielleicht einen echt Schwarzwälder Bierhumpen mit klappbarem Zinndeckel und Alpenmotiv kaufen, im Großcafé einkehren – („draußen nur Kännchen") – Postkarten ausfüllen, Blick auf den See erhaschen, im nächsten Andenkenladen eine Kuckucksuhr kaufen – sie wird frei Haus nachgeliefert – und – kehrt Marsch! – die Seestraße wieder zurück Richtung Busparkplatz. Eine Stunde, 58 Minuten! Geht doch! Ab in den Bus, weiter nach Triberg zu den Wasserfällen. Dort kann man übrigens auch Schwarzwalduhren kaufen, für alle, die es in Titisee versäumt haben.

Ein Uhrengeschäft in Titisee heißt nicht etwa nur einfach Uhrengeschäft. Dann könnte es ja auch im benachbarten Neustadt stehen. Die Uhrengeschäfte heißen „Uhren-Paradies", die „Welt der tausend Uhren", das „Schwarzwälder Uhren-Dorf" oder „Antik-Uhren Zentrum am See". Wie soll man

sich da entscheiden? Manche Touristen können sich überhaupt nicht entscheiden und kaufen deshalb – sehr zum Ärger der Titiseer Uhrenverkäufer – ihre typische Schwarzwalduhr erst in Triberg. Wir reden hier nur über Kuckucksuhren. Eigentlich ist die echte, historische Schwarzwalduhr keine Kuckucksuhr, sondern eine Schilderuhr, also mit kunstvoll bemaltem Schild als Ziffernblatt. Aber erklären Sie das mal einem Neuseeländer oder einem Japaner, wenn es nicht mal die Holländer begreifen. Also muss es eine Kuckucksuhr sein. Wenn's eine halbwegs vorzeigbare Kuckucksuhr sein soll, dann muss man mal mit 200 Euro aufwärts rechnen. Es gibt natürlich auch niedliche Miniatur-Kuckucksuhren für 20, 30 oder 40 Euro, aber die machen nicht viel her an der Wand. Da muss man schon fünf Stück en gros kaufen und dann nebeneinander im Flur aufhängen, oder auf dem Klo, damit sie auffallen. Nein, das sind keine echten Kuckucksuhren. Die echte Kuckucksuhr hat die Ausmaße eines mittleren Wanderrucksacks und ist umrankt von szenischen Schnitzereien, in den Motiven eine Mischung aus Wildschweinjagd, Heidi-Alm-Idylle und röhrender Hirsch am See.
Alfred betrachtete noch einmal prüfend seinen gestempelten Abholcoupon über „Kuckucksuhr, montiert, TG 2001a01-07" ausgestellt von „Brunners Welt der tausend Uhren", Unterschrift unleserlich. Dann betrat er entschlossen das Uhrenparadies. Nun denn! Jetzt würde er ja sehen, was es mit diesem Schein auf sich hatte, den er im herrenlosen Herrenhandtäschchen im entlegenen Grüble auf dem Feldberg gefunden hatte. Jetzt im Spätherbst hielt sich in dem großzügig ausgestatteten Laden der Publikumsverkehr in Grenzen. Es war die ruhigste Zeit des Jahres in Titisee. Die Zeit der Betriebsferien normalerweise. Aber „Brunners Welt der tausend Uhren" kannte keine Betriebsferien. Zeit ist Geld! Wer

sollte es besser wissen, als ein Uhrenhändler? Wenn es ein Klischee vom Uhrenhändler gibt, wenn man vielleicht glaubt, das müsse so ein kleiner, knieziger Tüftler sein, einer der Zahnrädchen und Schräubchen montiert und mit der Lupe komplizierten Uhrwerken im Schraubstock zu Leibe rückt, dann liegt man falsch. Jedenfalls am Titisee. Alexander Brunner, Herr und Namensgeber von „Brunners Welt der tausend Uhren", entsprach eher dem Bild des jovialen Patrons. Ein umtriebiger und rastloser Geschäftsmann in den Fünfzigern, kraftstrotzend und vital, der auch im öffentlichen Leben vor keiner Herausforderung zurückschreckte: sei es der Vereinsvorsitz beim Fußballclub FC Neustadt, der stellvertretende Vorsitz beim Ortsverband der CDU, die Mitgliedschaft im Vorstand des örtlichen Golfclubs. Aus seiner Zeit an der Spitze des Fußballvereins und von gewissen äußerlichen Ähnlichkeiten rührt auch der respektlose Vergleich vom „Wildmoser des Hochschwarzwaldes". Als Alfred „Brunners Welt der tausend Uhren" betrat, stand Brunner höchstpersönlich im weißen Arbeitskittel an der Kasse und sortierte Geldscheine. Es roch nach geöltem Holz und Gummibärchen. Der Chef hielt mit flinken Äuglein das gesamte Ladeninnere unter Beobachtung. Man muss wissen, dass in den Andenkenläden am Titisee auch fleißig geklaut wird. Das ist kein Wunder, denn die begehrenswerten Artikel liegen schließlich in großen Mengen offen herum, sie schreien geradezu: „Nimm mich mit!" Und da muss ein Geschäftsinhaber wachsam wie ein Luchs sein und am besten alle verdächtigen Subjekte sofort offensiv angehen, gar nicht erst lange im Laden herumlungern lassen. Deshalb stürzte sich der Herr des Hauses auch sogleich auf Alfred, der in seinen fransigen Jeans, seiner abgetragenen Cordjacke und den ausgeschlurften Turnschuhen wie alles Mögliche aussah, nur nicht wie ein liquider

Tourist. „Kann ich helfen? Suchen Sie etwas Bestimmtes?“
„Uhren!“ antwortete Alfred.
Irgendwie schien Alexander Brunner verblüfft. „Uhren?“ äffte er nach.
Alfred sah sich demonstrativ um: „Gibt’s hier etwa keine Uhren?“
Brunner lachte. Er war überhaupt ein Mensch, der gut lachen konnte, auch über sich selbst, was ja eine nicht weit verbreitete Qualität ist. „Guter Mann, wenn die nicht reichen“, sagte er und machte mit dem rechten Arm eine generöse Geste über den ganzen Ladeninnenraum hinweg. „Drunten im Lager gibt es auch noch welche, und in meinem zweiten Geschäft auch noch.“
„Ich such’ eine ganz bestimmt Uhr“, sagte Alfred, nachdem er sich höflicherweise und Interesse heuchelnd umgeschaut hatte. „Eine Uhr, die vorbestellt ist. Ich hab den Bestellzettel!“ Er hielt dem Herrn der tausend Uhren den zerknitterten Abholcoupon hin. Alexander Brunner studierte das Zettelchen kurz, schaute prüfend zu Alfred auf und pfiff dann leise durch die Zähne. „Aha, die Taiwan-Lieferung“, sagte er. „Ich hab schon gewartet. Normalerweise werden sie schneller abgeholt.“ Alfred verstand gar nichts, aber er wagte auch nicht zu fragen.
„Wo haben Sie Ihren Wagen?“ fragte Brunner. Alfred zuckte mit der Schulter: „Wieso fragen Sie? Oben, beim Großparkplatz!“
Brunner, der schon unterwegs ins dunkle Innere seines Ladens war, blieb stehen: „Wie wollen Sie die Uhr abtransportieren, ohne Wagen?“
„Eigentlich wollte ich nur eine Uhr haben“, gestand Alfred.
„Nur eine, klar! Aber die ist ziemlich groß, die können Sie nicht tragen.“

„Das werden wir ja sehen!“
Brunner schüttelte den Kopf und studierte noch einmal den Abholcoupon. „Sie haben doch bestellt wie immer. Und überhaupt, normalerweise kommen doch immer Asiaten und holen die Taiwan-Lieferung ab? Irgendwie kommt mir das komisch vor.“
Alfred verbarg seine Spannung. Dies war ein kritischer Moment. Doch nachdem Brunner von Asiaten gesprochen hatte, war Alfred wie elektrisiert. Er war auf der richtigen Spur. Jetzt nur nicht die Nerven verlieren.
Er improvisierte: „Die anderen, äh, die Asiaten, ach ja, die haben keine Zeit. Ich soll nur für sie die Uhr abholen. Äh, als Bote sozusagen …“ Alfreds leichtes Stottern war bestimmt auch Alexander Brunner nicht entgangen. Trotzdem setzte der Uhrenpatron sich wieder in Bewegung. „Warten Sie hier. Ich bringe die Uhr.“ Brunner schwante wohl, dass irgendetwas nicht mit rechten Dingen zuging. Doch was wollte er machen? Der Kunde hatte den Abholcoupon. Kunden haben immer Recht.
Ungeduldig wartete Alfred auf Brunner, der in irgendeinem rückwärtigen Lagerraum verschwunden war. Ihm war nicht wohl in seiner Haut. Hätte er nicht besser mit dem gefundenen Herrenhandtäschchen und seinem Inhalt zur Polizei gehen sollen? Hätte er nicht gegenüber Brunner mit offenen Karten spielen sollen? Ihm sagen, dass er den Coupon gefunden hatte und nun darauf hoffte, auf diesem Wege den geheimnisvoll verschwundenen Asiaten auf die Spur zu kommen?
Aber für ein Zurück war es schon zu spät. Denn jetzt tauchte Brunner wieder auf. Er schob einen Sackkarren vor sich her, ein Gerät, wie man es vom Bierfahrer kennt, oder von Möbelpackern. Vorne war ein großer, fast mannshoher Karton aufgeladen. Die Kuckucksuhr! Alfred wäre fast vor

Schreck rückwärts in die Gummibärchen-Auslagen gekippt. Was für ein Monstrum von Kuckucksuhr verbarg sich in diesem Riesenkarton? Während Brunner mit flatterndem, weißen Verkäuferkittel sein Wägelchen durch die Regalreihen rangierte und gekonnt darauf achtete, keine Bollenhüte, Bierseidel oder Trachtenpuppen zu Boden zu reißen, setzten bei Alfred die logistischen Überlegungen ein. Auf jeden Fall musste er seinen roten Flitzer vom Großparkplatz hierher in die Seestraße fahren. Unmöglich konnte er die Riesen-Kuckucksuhr den ganzen Weg bis zum Großparkplatz schleppen. Aber sein roter Flitzer hatte keinen Kofferraum und nur zwei Sitze. Man musste wohl das Cabrio-Verdeck herunterklappen und den Uhrenkarton auf dem Vordersitz platzieren. Genau. So musste es funktionieren.

„1.874 Euro!"

Alfred hatte bei seinem ganzen Überlegen zuerst nicht richtig zugehört. Aber dann wiederholte Alexander Brunner den Preis: „1.874 Euro!"

„Wie bitte?"

„Die Uhr kostet 1.874 Euro. Möchten Sie mit Karte bezahlen oder bar?"

Alfred war einen Augenblick sprachlos. „Die Uhr kostet ..., diese Uhr ..., 1.874 Euro!" Er tätschelte hilflos den Karton. Brunner stand daneben und wartete geduldig.

Für Alfred stellte sich die Lage so dar: Der Monat war noch nicht einmal zu einem Drittel vorbei. Wenn er jetzt 1.874 Euro für eine Kuckucksuhr ausgab, dann war er für den Rest des Monats pleite. Das Girokonto bei der Sparkasse Hochschwarzwald war längst bis an den äußersten Rand des Dispositionskredits überzogen. Man würde ihm das Konto sperren, wenn er jetzt noch 1.874 Euro abbuchen ließ. Gab es eine Möglichkeit, den Uhrenkauf auf Spesen abzuwickeln?

Nein, eindeutig nein. Beim Hochschwarzwald-Kurier wurden Spesen in der Größenordnung zwischen zwei und 15 Euro geduldet. Ein Getränk bei einer Abendveranstaltung, maximal ein Vesper bei einem Ganztagestermin. Da musste dann aber schon eine starke Begründung her. 1.874 Euro waren nicht zu begründen, zumal die heiße Story, die Alfred witterte, noch durch gar nichts bewiesen war. Es gab nicht einmal einen echten Zipfel davon, nur Alfreds diffuses Bauchgefühl.
„Muss ich das gleich bezahlen?“ fragte Alfred zaghaft.
Brunner schnaufte fest. Irgendwie hatte Alfred einen Nerv getroffen. Aber der Geschäftsmann wahrte die Höflichkeit: „Jetzt sag ich Ihnen mal was. Ich bestelle diese Riesenuhren, die außer Ihnen oder Ihren asiatischen Auftraggebern niemand haben will, zwei mal im Jahr exklusiv in diesem unverschämt teuren und umständlichen Werk in Taiwan, und ich habe jedes Mal den Ärger mit dem Lager, mit dem Transport, mit den Vorbestellungen. Ich mache einen Preis, da verdiene ich nicht einmal eine Briefmarke dran, das ist ein Sensationspreis, und auch nur deshalb, weil Sie oder Ihre Partner, oder wer auch immer hinter diesen Bestellungen steckt, mir jedes mal die Lieferung garantiert abnehmen, obwohl ich mich schon wundere, was Sie alle sechs Monate mit einer Riesenkuckucksuhr anfangen, aber das ist ja nicht meine Sorge. Aber meine Sorge ist meine Kasse, und wenn Sie heute diesen Kasten mitnehmen, dann erwarte ich wenigstens, dass Sie gleich bezahlen. Am besten bezahlen Sie gleich bar.“ Brunner holte tief Luft. „So ist das nämlich.“
„Verstehe“, sagte Alfred und kramte seine Kreditkarte hervor. Brunner hatte sie schon gepackt und energisch durch das Lesegerät an der Kasse gezogen: „Geheimnummer eingeben, und zweimal bestätigen!“ kommandierte er und reichte Alfred die Karte zurück.

Der Kauf nahm seinen Lauf. Unversehens war Alfred Besitzer einer 1.874 Euro teuren Riesenkuckucksuhr aus Taiwan. Welch ein Coup! Immerhin konnte er hoffen, das Monstrum halbwegs kostendeckend wieder über das Internetauktionshaus eBay loszuwerden. Dort hatte Alfred schon etlichen Sperrmüll versteigert. Wieso sollte es nicht auch Liebhaber für taiwanesische Riesenkuckucksuhren geben? Irgendeine innere Stimme sagte ihm aber, dass diese Uhr das Rätsel um die verschwundenen Asiaten lösen würde. Alfred umkreiste einmal den mannshohen Karton, die rechte Hand ließ er oben auf dem Deckel ruhen. Brunner sah ihm interessiert zu.
„Wir liefern auch frei Haus", sagte er dann.
„Ist schon gut", wiegelte Alfred ab. „Ich bring die Kiste schon irgendwie ins Auto. Muss es nur erst von drüben vom Großparkplatz holen. In ein paar Minuten bin ich wieder da."
Das Problem an der Seestraße in Titisee ist dies, dass man dort eigentlich mit einem Auto nicht hineinfahren darf. Offiziell handelt es sich um eine Fußgängerzone. Das hinderte jedoch Touristen und Einheimische nicht daran, trotzdem fleißig hinein- und hinaus zu fahren. Die Geschäftsleute und die tatsächlichen Anlieger hatten sogar Ausnahmegenehmigungen, die sie berechtigten, die Seestraße zu befahren. Es gab etwa 30 Anlieger und in der ganzen Straße bis hinunter zum Maritim Hotel vielleicht drei- bis fünfhundert Arbeitsplätze, aber es waren schätzungsweise dreitausend Ausnahmegenehmigungen in Umlauf. Nur Alfred hatte keine. Den Strafzettel über 15 Euro, den ihm daraufhin ein uniformierter Straßenwächter an der Pflastersteinschwelle eingangs der Seestraße aufdrückte, weigerte er sich, bar zu bezahlen. „Weisen Sie sich erst mal aus", forderte er keck, weil der Hilfspolizist einen etwas operettenhaften Eindruck auf ihn machte.

„Hans Gayer" stand auf dem Ausweis, den das Rathaus in Neustadt ausgestellt hatte. Alles echt. Ein autorisierter Stadtsheriff! Aber Alfred hatte nur noch ungefähr dreißig Euro Bargeld in der Tasche, und nach dem spektakulären Uhrenkauf in „Brunners Welt der tausend Uhren" war abzusehen, dass er bis Monatsende keinen Cent mehr vom Konto abheben konnte. „Ich überweise den Betrag", erklärte er dem Hilfspolizisten Gayer und wollte weiter fahren. Doch der Stadtsheriff verstellte ihm den Weg: „Halt! Hier ist Fußgängerzone!"
„Aber ich hab doch den Strafzettel akzeptiert. Lassen Sie mich schon durch!"
„Ist nicht!", sagte der Hilfspolizist und schüttelte kühl den Kopf. Sein Gesichtsausdruck nahm diese gewisse unbestechliche Beamtenhärte an, wie man sie auch von den Leuten im Finanzamt oder im Arbeitsamt kennt: „Tut mir Leid, Paragraf ist Paragraf, da machen wir keinen Unterschied."
So ging also Alfred die letzten hundert Meter zu Fuß. Seinen roten Flitzer ließ er an Ort und Stelle stehen, mitten in der Einfahrt zur Seestraße. Bei „Brunners Welt der tausend Uhren" schulterte er seinen Kuckucksuhrenkarton, der das Gewicht eines dreistöckigen Kühlschranks hatte, und schleppte ihn gekrümmt zum Auto zurück, wobei er unterwegs viermal absetzen musste. Inzwischen hatte der Stadtsheriff ihm einen zweiten Strafzettel ausgestellt, wegen Falschparkens in der Einfahrt zur Seestraße - erneut 15 Euro -, aber das konnte Alfred nun auch nicht mehr erschüttern. Der ganze Tag war sowieso irgendwie aus dem Ruder gelaufen.
Wenige Minuten nach Alfred tauchte der Raimartiwirt Bernhard Andris in Brunners „Welt der tausend Uhren" auf. Er komme im Auftrag von zwei Gästen, erklärte er. Es seien zwei Herren aus Taiwan oder Japan, die eine Kuckucksuhr bestellt

hätten. Ob er sie für seine Gäste abholen könne, die beiden seien infolge eines Missgeschicks derzeit nicht motorisiert.
„Nur gegen Bestellcoupon. Außerdem war schon einer da und hat die Uhr mitgenommen."
Bernhard Andris zuckte mit den Schultern. „Geht mich nichts an. Ich tu nur meinen Gästen einen Gefallen. Sie sagen, sie hätten den Bestellschein verloren."
Brunner kniff die Augen zusammen. Er kannte natürlich den Raimartiwirt, weil den jeder kannte. „Du könntest die Uhr auch ohne Bestellschein mitnehmen. Aber tut mir Leid, sie ist schon weg. Wie wär's mit einem anderen Modell?"
Sie diskutierten eine Weile. Bernhard Andris entschied sich schließlich, lieber keine Uhr mitzunehmen. Nicht, dass er die Falsche brachte.

BLUTSTEIN UND STEINHÜGELGRAB

Da ein Spaziergang durch die schöne Schwarzwaldlandschaft nicht viel kostet, ließ sich Alfred überreden, am Sonntag mit Konrad Horch einen weiteren Ort der Kraft aufzusuchen. Alfred war nämlich darauf angewiesen, seine Freizeitplanung am Geldbeutel zu orientieren. Alles, was Eintritt kostete, wo Verzehr erwartet wurde, wo man einkehren und etwas trinken musste, war für Alfred seit dem Uhren-Kauf tabu. Das heißt, es blieb nicht mehr viel übrig im Hochschwarzwald. Außer Wandern.

Da Alfred Konrad Horch eine Artikel-Serie im Hochschwarzwaldkurier über die magischen Orte der Kraft im Hochschwarzwald versprochen hatte - wenngleich er noch nicht wusste, wie er das Leuchter beibringen sollte -, fühlte Konrad Horch sich im Gegenzug verpflichtet, Alfred nun zu all diesen Orten der Kraft persönlich hin zu führen.

Am Hirschbühl bei Titisee gebe es einen „Blutstein", den müsse man unbedingt gesehen haben. Alfred war von dem Namen fasziniert: Blutstein! Das klang auf jeden Fall nach archaischen Bräuchen und nach versunkenen Kulturen. Er malte sich aus, dass die Überschrift „Der Blutstein vom Titisee" unzweifelhaft die Leser fesseln und neugierig machen würde.

„Kaum ein Mensch weiß von diesem Stein. Die Einheimischen kennen ihn gar nicht," erklärte Horch, während sie beide im Untergeschoss eines Höllentalbahn-Doppelstockzuges saßen und sich von Neustadt Richtung Titisee bringen ließen. Gott sei Dank hatte der Hochschwarzwald-Kurier eine Regio-Monatskarte, auf die Alfred zurückgreifen konnte. Er musste schließlich für den Rest des Monates seinen Benzinverbrauch mit dem roten Flitzer streng rationieren. Der Tank

war noch dreiviertel voll. Aber sie hatten ja auch erst ein Drittel des Novembers hinter sich.
Für einen Sonntagsausflug war der Tag eigentlich zu kalt und zu unwirtlich. Graue Schleier lagen über dem Hochschwarzwald. Vom Feldberg her schob sich eine winterliche Kulisse über die Bergkämme. Die Einheimischen sagten: „Es riecht nach Schnee!"
Tatsächlich roch es für Alfred nach Schweiß und muffigem Sofa, denn die Höllentalbahn war am Wochenende voll wie ein Hühnerkäfig. Alle strebten trotz des unwirtlichen Wetters irgendwie auf die Berge oder in die Täler. Wer oben wohnte, der wollte nach unten, wer unten wohnte, den zog es in die Höhe. Wanderer mit Himalaja-Ausrüstung, Familien mit Kinderwagen, Jugendliche mit Skateboards unterm Arm und Handys am Ohr, ein schnarchender Soldat mit Seesack, Touristen mit dem neuesten Marco-Polo Reiseführer Schwarzwald. Ein bemerkenswert gut recherchiertes Werk, nebenbei gesagt. Jedenfalls herrschte Verkehr in beide Richtungen, und das, obwohl jeder schon von weitem sehen konnte, dass es ein kalter und trostloser Novembertag werden würde. Trotzdem war die Höllentalbahn überladen wie ein italienischer Viehtransporter. Alfred und der rucksackbeladene Konrad Horch mittendrin. Sie quetschten sich mit Mühe auf einen freien Platz. Konrad Horch drapierte unter schwerem Schnaufen seine Utensilien um sich herum: Feldstecher, Fotoapparat, Wasserflasche, Rucksack, Broschüren und Informationspapiere aller Art, eine Sammelmappe mit Zeitungsartikeln über keltische Hügelgräber im Südschwarzwald, Prospekte, Handschuhe, sogar einen kleinen Klappspaten hatte er dabei. Alfred hatte außer der Kamera und seinem Tabak kein Gepäck.

Ihnen gegenüber im Abteil saß im feinen Nadelstreifen-Zwirn ein glatt rasierter Südländer mit dunkler Sonnenbrille. Um den Hals hatte er einen weißen Seidenschal gelegt. Er qualmte einen finsteren Zigarillo. Alfred kam das Gesicht bekannt vor. Den hatte er schon mal irgendwo gesehen. Die Haare des Typen waren geölt wie ein Pinguin. Braungebrannt, wie frisch von der Adria. Wahrscheinlich Sonnenstudio. Der Kerl war nicht mehr jung, eher über als unter vierzig, aber er sah unverschämt gut aus und blies heftig Qualm ins Abteil. Konrad Horch schnaubte voller inbrünstiger Verachtung und zerrte am Abteilfenster herum. Er hatte aber die Rechnung ohne die Deutsche Bundesbahn gemacht, welche die Errungenschaft nicht zu öffnender Zugfenster konsequent in allen Doppelstockwagen verwirklicht hatte.
Alfred blieb gelassen. Rauchen in der Höllentalbahn war zwar generell verboten, aber da dieser Kerl schon ungeniert qualmte, zwirbelte er sich selbst ebenfalls einen Glimmstängel und rauchte gegen die Zigarillowolke an. Irgendwie kam ihm der Typ bekannt vor. Dieses Weiberhelden-Gesicht hatte er schon mal gesehen. Es war so ein markantes südländisches Kataloggesicht, wie von den Typen, die in Hochglanzanzeigen super gebräunt und lässig neben Ferraris herumstehen, den Kragen hochgestellt, die Füße barfuss in teuren Lederslippern. Im „Baccio" könnte es gewesen sein, in jener Disco-Bar in Neustadts Unterstadt, in der Alfred kürzlich versumpft war. Genau! Dort war es gewesen. Dort war dieser Typ mit Zigarillo und Sonnenbrille herumgelungert und hatte seine Brustbehaarung zur Schau gestellt. Wieso fuhr so ein Typ am Sonntag im Zug herum?
Als sie wenig später in Titisee schon wieder ausstiegen, beobachtete Alfred noch, wie sich zwei neu zugestiegene Jugendliche zu dem Zigarillo-Typen setzten und alle drei die

Köpfe zusammensteckten. Alfred kam aber nicht dazu, sich den Kopf darüber zu zerbrechen, denn schon trieb ihn Konrad Horch über den Bahnsteig Richtung Ausgang. Ein kalter Novemberwind blies von Gleis zwei her kommend in die überdachte Bahnhofsanlage und rüttelte an den ungeschützten Ohren der Bahnsteigpassagiere. Alfred zog den Kragen hoch. Wie unwirtlich! Wollte er wirklich mit Konrad Horch durch die Landschaft ziehen? Da hatte er sich ja was Schönes eingebrockt.

Sie wandten sich vom Bahnhof aus stadtauswärts, unter der Bahnunterführung hindurch auf die Neustädter Straße. Diese führte um einen bewaldeten Bergkegel namens Hirschbühl herum, den Konrad Horch ins Visier genommen hatte. „Dort müssen wir hoch“, erklärte er und zeigte auf die Wand aus Bäumen, die sich ziemlich steil hinter der Reihe der hier angesiedelten Hotels auftürmte. Links der „Bären“, ein Wellness-Schloss mit einer schindelverkleideten Frontfassade, wohl erhalten aus den Anfangsjahren des Titisee-Tourismus, rechts die „Waldlust“, ein heimeliges und eher unprätentiöses Haus, ebenfalls mit dem Ambiente der alten Höllentalbahn-Pionierzeit. Dorthin hätte es Alfred eigentlich gezogen, wenn da nicht auf der einen Seite der vor Aufregung glühende Realschullehrer und auf der anderen Seite sein sowieso leerer Geldbeutel gewesen wären. Also dann! Alfred warf den Zigarettenstummel in eine Straßenpfütze und straffte die Schultern. „Packen wir's an. Sie gehen voraus!“

Ein leichter Nieselregen setzte ein. Über dem Hirschbühl versammelten sich graue Wolkengebirge und brüteten Schnee aus. Der Wind drehte aufgeregt Kreise um das Bergchen, als könne er den Winter nicht mehr erwarten. Alfred schlotterte und brauchte schon wieder die nächste Zigarette. Nur, wie drehen, bei diesem Scheißwind und dieser Scheißkälte?

Konrad Horch hingegen schien sich hinter seinem Vollbartgestrüpp und eingepackt im Parka warm und behaglich zu fühlen. Das war ein Tag nach seinem Geschmack. So kamen sie schließlich nach kurzem Spaziergang an die Ostseite des Hirschbühls, dorthin, wo am Hang früher einmal ein Skilift existiert hatte, der aber inzwischen längst von der Natur zurückerobert worden war. Von hier führte ein schmaler Waldweg um das Bergchen herum, hinauf zum Gipfel. Unterwegs erzählte Horch von seinen literarischen Ambitionen als Mundartschriftsteller. Er habe schon etliche Lesungen mit bekannten Mundartdichtern veranstaltet und er sei natürlich selber einer. In aller Bescheidenheit. Für den Südwestrundfunk habe er kürzlich ein Schwarzwald-Gedicht verfasst. Beim Neustädter Stadtfest sei er als Stadtpoet aufgetreten. Über die Resonanz erzählte er wenig. Alfred fragte nicht weiter nach. Die Angebote, etwas aus dem Oeuvre dem Hochschwarzwald-Kurier zum Abdruck zur Verfügung zu stellen, überhörte er geflissentlich. Irgendwo kurz unterhalb des Gipfels stach Konrad Horch schließlich zielsicher seitlich ins Unterholz. Alfred blieb nichts anderes übrig, als fluchend zu folgen. „Hier geht es zu den Steinhügelgräbern", informierte der Waldkauz und blieb kurz darauf vor einer kleinen, überwachsenen Aufhäufung stehen. „Da ist schon das erste." Tatsächlich waren hier faust- bis kürbisgroße Steinbrocken zu einem Haufen von etwa zwei Metern Länge, einem Meter Breite und knapp 40 Zentimetern Höhe aufgetürmt. „Ziemlich flach, das Ding", nörgelte Alfred. Konrad Horch machte eine unbestimmte Armbewegung in den Wald hinein und erklärte feierlich, von dieser Sorte Steinhügelgrab gebe es hier Dutzende. „Die sind ein paar tausend Jahre alt, da ist doch klar, dass sie zusammengesunken sind. Teilweise sind sie zugewachsen und überwuchert. Aber es sind eindeutig Gräber."

„Woran kann man das erkennen?" fragte Alfred und scharrte prüfend mit der Schuhkante ein paar der faustgroßen Steinbrocken zur Seite. Konrad Horch zog ihn zurück: „Nicht zerstören. Das geht sonst für die Wissenschaft verloren." Artig legte Alfred die Steine wieder zurück. Insgeheim dachte er sich seinen Teil.

„Wir untersuchen jetzt mal die Schwingungen, die hier herrschen", kündigte Horch an und brachte aus den Tiefen seines Rucksackes eine Pappkarte mit seltsamen Diagrammen und einem in verschiedene Segmente aufgeteilten Halbkreis, einen Kompass, sowie einen seltsamen Faden zum Vorschein, an dessen Ende eine Holzkugel befestigt war. Das Diagramm platzierte er auf einem flachen Stein oben auf dem Steinhügelgrab. Mit dem Kompass justierte er die Pappscheibe Richtung Norden. Alfred schaute neugierig zu.

„Bevor man mit dem Pendeln beginnt, sollte man versuchen, innerlich ganz leer zu werden. Sie dürfen sich nichts mehr vorstellen, Sie müssen ganz neutral werden", erklärte Horch und begann bei sich selbst damit, indem sein Blick glasig wurde und das bärtige Kinn sich auf die Brust senkte, als versänke er in ein tiefes buddhistisches Gebet. Alfred hatte keine Vorstellung davon, wie er innerlich ganz leer werden sollte. Er empfand die Aufgabe als mindestens so unlösbar, wie wenn man ihn aufgefordert hätte, sich mal „ganz leicht" zu machen. Innerlich ganz leer! Er furzte in den Wald. Das war ja immerhin mal ein Anfang, auf dem Weg zur Entleerung.

Zwischen Daumen und Zeigefinger der rechten Hand hielt Konrad Horch jetzt das Ende des Pendelfadens fest, den restlichen Faden des Pendels schloss er mit den übrigen drei Fingern ein und ließ nur noch etwa sechs bis acht Zentimeter mit der kleinen Holzkugel am Ende heraushängen. Alfred machte Aufnahmen von der Zeremonie.

Keltisches Schweigen hing über der Szene, als Horch gespannt und konzentriert sein Pendel über dem moosüberzogenen Steinhaufen schwingen ließ. Der kalte Wind wurde von den dichten Fichtenwipfeln gebrochen und kam nur als leises Rauschen am Fuß der Stämme an. Alfreds Atem hing sekundenlang als kleine Wolke in der Luft. Auch um Konrad Horchs Bartgestrüpp stiegen feine Atemwölkchen auf. Horch machte sich Notizen, dann warf er das Pendel erneut aus. Die Holzkugel nahm einen leicht elliptischen Kurs. Alfred konnte beim besten Willen nichts Besonderes entdecken. Immer wieder notierte Horch Zahlen und Buchstaben, legte die Diagrammscheibe neu, pendelte erneut, notierte wieder etwas und schnaufte dazwischen schwer wie ein Holzfäller.
Endlich war er fertig und richtete sich mit pfeifenden Atemgeräuschen auf. Alfred deutete auf den Steinhaufen und wagte zaghaft die Frage: „Und, was rausgefunden?" Im trüben Novemberlicht erschien ihm der gedrungene Horch mit seinem wuchernden Vollbart, wie er jetzt breitbeinig und stämmig über dem Steinhaufen stand, wie ein keltischer Druide.
„Ich habe das Steinhügelgrab datiert. Es ist ungefähr 800 vor Christus entstanden."
„Oha, alle Achtung!" bezeugte Alfred Anerkennung.
Als Horch keine Anstalten machte, weitere Auskünfte zu liefern, forschte Alfred nach: „Und, wie haben Sie das rausgefunden?"
Horch deutete auf sein Pendel: „Zuerst stellt man dem Pendel die Frage, ob das gesuchte Datum vor oder nach Christus liegt. Um das zu messen, werfe ich das Pendel in der Nord-Süd-Achse an. Für eine Datierung vor Christus wird sich das Pendel nach links gegen den Uhrzeigersinn drehen. Für eine Datierung vor Christus dreht es sich nach rechts im Uhrzeigersinn. Und dann kommt es darauf an, über welcher Zahl

das Pendel kreiselt. Schauen Sie!" Er zeigte auf das Pappdiagramm, das in Zehner- und Hunderter-Schritten von Null bis Tausend eingeteilt war. „Das Pendel hat sich bei allen Versuchen über die Achthunderterlinie eingependelt. Und da es nach links drehte, bedeutet das, achthundert vor Christus."
„Verstehe!" sagte Alfred. In Wirklichkeit hatte er nichts verstanden. „Aber woher weiß das Pendel dies alles?"
„Das Pendel weiß gar nichts. Das Pendel ist nur Überträger von Informationen. Bei dieser Methode fungiert das Gehirn als Sender und als Empfänger. Das Entscheidende ist aber, dass an diesem Ort Schwingungen herrschen. Dank des Pendels können wir die Energie erfassen, die ein Ort ausstrahlt."
Versuchsweise nahm Alfred das Pendel auch mal zwischen die Finger. Eine echte Kreisbewegung wollte sich aber nicht einstellen. Außerdem zitterte Alfred in der Kälte so stark, dass er nicht ruhig über einer Stelle bleiben konnte.
„Es braucht Übung", grinste Horch zufrieden. „Ich habe auch lange üben müssen. Man muss innerlich frei sein."
„Ich glaube, ich bin nicht frei", gab Alfred schließlich mit gespielter Zerknirschung zu. Das schien Horch zu befriedigen. Gut gelaunt präsentierte er das weitere Programm: „Jetzt zeige ich Ihnen den Blutstein."
Sie marschierten weiter durch den düsteren Hochwald, jetzt wieder steil bergab, an der westlichen Flanke des Hirschbühls. Horch, wenn er sich durch hüfthohes Gestrüpp schlug, wirkte auf Alfred, der ihm folgte, wie Gimmli der Zwerg. Breitschultrig, quadratisch, kompakt, grimmig schnaubend, zwei flinke Äuglein in einem bärtigen Gesicht, alles niedertrampelnd, was sich an minderwertiger Flora in den Weg stellte.
Als der dicht bewaldete Berghang schließlich etwas flacher wurde und die mächtigen Fichten etwas luftiger standen,

näherten sie sich einem fast drei Meter hohen Geröllbrocken, der wie ein grauer Wachposten mitten im Wald lag. Ein Gletscherfindling, Überbleibsel aus der letzten Eiszeit.

„Das ist der Blutstein", informierte Konrad Horch und umrundete einmal den imposanten Brocken, ehe er seine Radiästhesie-Utensilien wieder auspackte.

„Ein geübter Radiästhesist weiß sofort, dass er sich an einem geopathogenen oder ungesunden Ort befindet, wenn das Pendel zwischen 4000 und 6500 schwingt. Einen normalen Ort ohne Befund haben wir zwischen 6500 und 9000 und einen Ort der Kraft bei über 9000 auf der Bovis-Skala."

Etwas übertölpelt fragte Alfred: „Vor oder nach Christus?"

Konrad Horch überhörte den Spott: „Die Radiästhesie ist eine Disziplin, die sich zwischen der Wissenschaft und der Parapsychologie bewegt. Sie ist eine Grenzwissenschaft." Dann fuhr er liebevoll mit der rechten Hand über die moosige Oberfläche des Steins, so als streichelte er ein neu erworbenes Auto mit besonders bemerkenswerter Metallic-Lackierung. „Dieser Stein ist etwas ganz Besonderes."

„Das habe ich auch gleich gespürt", bemerkte Alfred und entschied, dass es jetzt Zeit für die nächste selbst gedrehte Zigarette wäre. „Er ist auf jeden Fall der größte Stein in diesem Wald."

„Von diesem Stein gehen Schwingungen aus. Er hat ein starkes Kraftfeld. Die Kelten wussten genau, warum sie ihn zum Blutstein machten." Alfred fand es nun an der Zeit, die Frage zu stellen, die ihm schon die ganze Zeit auf der Zunge lag: „Wieso heißt der Stein eigentlich Blutstein?"

Konrad Horch reckte sich und machte Alfred auf eine markante Rinne aufmerksam, die von einer schalenförmigen Vertiefung an der Oberfläche des Steines zu den Rändern führte. „Sieht das aus, wie von der Natur gemacht?“ fragte Horch triumphierend. Alfred schüttelte den Kopf. Er fuhr mit Zeige- und Mittelfinger die feuchte Rinne entlang, als sei er Experte im Beurteilen solcher Rillen. „Scheint künstlich angelegt worden zu sein.“

„Eben!“ bestätigte Horch. „Das hier“, er zeigte auf die Rinne, „das ist eine Blutrinne. Hier konnte das Blut ablaufen, das sich oben in der Vertiefung sammelte. Auf diesem Stein fanden Tieropfer statt. Mindestens! Vielleicht sogar Menschenopfer?“

„Haben die Kelten auch Menschen geopfert?“ Alfred wusste nicht viel über die Kelten, wie er sich jetzt einräumen musste. Er stellte sich zottige Gestalten in Bärenfellen vor, die mit klobigen Keulen durch den Wald streunten und Grunzlaute von sich gaben. Aber es war ihm klar, dass dieses Bild nicht stimmen konnte. Bei Konrad Horch kam der Realschullehrer durch. Er hielt ein zehnminütiges Referat über die Kultur und ungelösten Rätsel der Kelten. Das gab Alfred Zeit, sich eine weitere Zigarette zu drehen und ein paar Fotos von dem Stein zu schießen, Konrad Horch daneben. In seinem Parka, seiner kräftigen Figur und mit dem ungestümen Vollbart hätte er für Alfred auf jeden Fall als Kelte durchgehen können.

Inspiriert von seinen eigenen Ausführungen über blutige Menschenopfer und keltischen Mord und Totschlag, wechselte Horch plötzlich das Thema: „Ach übrigens, die Polizei hat sich bei mir gemeldet, wegen dem Toten!“

„Wie bitte?“

„Ja, die wollen meine Bilder haben, nachdem sie sie im Hochschwarzwaldkurier gesehen haben. Die glauben jetzt nämlich auch, dass es vielleicht doch ein Mord gewesen sein könnte.“

„Und das sagen Sie mir jetzt erst. Toll! Das ist doch genau meine Theorie, und das ist auch meine Story.“

„Die Polizisten haben nach den verschwundenen Asiaten gefragt. Ich glaube, sie machen sich jetzt doch auf die Suche."
Alfred klopfte Horch auf die Schulter: „Prima! Dann kommt jetzt doch noch Leben in dieses Rätsel. Ich hatte gleich so einen Riecher."
„Na, na, na!", bremste Horch. „Ich hab Sie ja erst drauf gebracht."
„Wie lautet denn die Theorie der Polizei?" wollte Alfred wissen.
„Die hat noch keine Theorie. Außer, dass es vielleicht doch ein Mord gewesen sein könnte."
Alfred drückte die Zigarettenkippe an der Blutrinne aus und entsorgte den Stummel in der Opfermulde: „Und was ist mit Ihnen? Haben Sie eine Theorie?"
Horch nickte bedächtig und verlieh seinem tropfäugigen Blick etwas Verschwörerisches: „Ich glaube, die zwei anderen Asiaten haben den Mann umgebracht. Vergiftet vielleicht, oder betäubt, mit Chloroform oder so was, wie man's immer im Kino sieht. Und als er bewusstlos war, da haben sie ihn aus dem Sessellift geworfen. Herzstillstand, toxischer Schock. Das kennt man doch, das ist doch gang und gäbe bei solchen Typen!"
„Was für Typen?"
„Na bei den Kriminellen eben. Die haben das auf Lager. Und wieso hätten die zwei anderen sich sonst so lautlos aus dem Staub gemacht? Und wieso sind sie bis heute nicht wieder aufgetaucht und haben nach ihrem Kumpel gefragt? Doch wohl bloß deswegen, weil sie Dreck am Stecken haben und was zu verbergen. Da schwör ich drauf. Das spür ich mindestens so hundertprozentig wie die Energiefelder eines Kraftsteins."

Alfred erwiderte nichts. Horchs Theorien hatten etwas für sich. Sie deckten sich mit seinen eigenen Überlegungen. Irgendetwas an der ganzen Sache war faul. Er wusste nur noch nicht was.

Der „Golfclub Hochschwarzwald“ hat sein Revier unmittelbar an der Bundesstraße B31 zwischen Titisee und Hinterzarten. Die Neun-Loch-Anlage erstreckt sich über die leicht welligen Hügel und Mulden am so genannten Altenweg. Der Altenweg ist eine alte historische Wegverbindung von Titisee nach Hinterzarten, die nach dem Bau der B31 in ihrer Bedeutung zum Spazier- und Wanderweg herabgesunken ist. Die malerische Berg- und Tallandschaft zwischen Altenweg und B31 wird zur Bundesstraße hin teilweise abgeschirmt von einem bewaldeten Hügel namens Grafenwäldele. Für die Deppen unter den Touristen steht auf einem Schild am Eingang des dortigen B31-Parkplatzes sinngemäß: Grafenwäldele – das ist alemannisch und bezeichnet den Wald der Grafen. Die beiden Männer von asiatischem Aussehen, die ihre schwere Mercedes-Limousine auf diesem Parkplatz abgestellt hatten und sich jetzt anschickten, querfeldein die Wiese Richtung Golfplatz – erstes Loch – zu erklimmen, interessierten sich nicht für diese Form der Heimatkunde. Sie waren auf der Suche nach einem Mann, den sie auf dem Golfplatz zu finden hofften. Nun war es beim besten Willen kein Tag zum Golfspielen. Der Novemberwind blies so heftig, dass die Bälle auf eigene Faust zurück zum Abschlag flogen, oder Richtung B31, jedenfalls nicht in die Nähe der dafür vorgesehenen Löcher. Ein kalter Nieselregen sorgte außerdem für schlechte Sicht und feuchte Schuhe. Aber das focht die wirklich hart gesottenen Hochschwarzwälder Golfanhänger nicht an. Sie hatten so lange um diesen Golfplatz kämpfen müssen, gegen Naturschützer, gegen Grundstückseigentümer, gegen Behörden, gegen bornierte Gemeinderäte und gegen die Wirtschaftlichkeitsberechnungen ihrer eigenen Steuerberater, dass sie es jetzt nur für recht und billig hielten, jeden Tag zum Golfspiel auszunutzen. Im ersten Jahr seines Bestehens hatte der Golfclub sogar bei einer geschlossenen Schneedecke seine „Wintermeisterschaften“ ausgetragen.

Auch heute turnte wieder ein eisernes Häuflein Unerschrockener an der Driving-Range herum und jagte Bälle in den Nebel. Einer der Unverwüstlichen war der Titiseer Uhren-Mogul Alexander Brunner. Er trug einen Anorak. Aber darunter vermutlich das vorschriftsmäßige Golfer-Outfit, so, wie es zu erschwinglichen Preisen bei Sport-Maurer in Hinterzarten im Angebot war. Durchaus elegant holte er zum Schlag aus, bog den nicht unbedingt asketischen Oberkörper lehrbuchmäßig durch, schmetterte das Eisen durch die Luft und ließ dem davonfliegenden Ball einen kritischen Blick folgen. Irgendwann verlor sich die Flugbahn im diesigen November und Brunner schnäuzte sich. „Jetzt geh ich einsammeln“, verkündete er seinen Begleitern, einem einheimischen Hotelier und einem örtlichen Steuerberater, die beide zum Vorstandsteam des Golfclubs gehörten. Er stapfte los, die leicht ansteigende Wiese hinauf zum ersten Green. Von seinem momentanen Standort aus konnte er nicht sehen, dass sich auf der anderen Seite des sanften Hügels, vom Parkplatz Grafenwäldele her, die beiden Asiaten näherten. Sie sahen beide nicht aus wie eingefleischte Freunde des Golfsports. Eher wie halbseidene Ganoven, die sie wahrscheinlich auch waren. Es waren die beiden Untergetauchten aus dem „Raimartihof“. Offensichtlich hatten sie sich neu eingekleidet und sich mit dem Mercedes, den sie auf dem Parkplatz abgestellt hatten, auch einen standesgemäßen fahrbaren Untersatz besorgt. Die beiden sahen Alexander Brunner zuerst und blieben stehen. Inzwischen war der schwere Regen in nassen Schneefall übergegangen, und Alexander Brunner war aufs

Höchste konzentriert, um im weiten Umkreis um das jetzt langsam weiß werdende Green von Loch eins die Bälle einzusammeln, die er zuvor mühsam hier herauf katapultiert hatte. Er war so damit beschäftigt, das Gras abzusuchen, dass er die beiden Asiaten erst bemerkte, als er schon beinahe auf sie aufgelaufen wäre. Erschrocken prallte er zurück. Ein „He!" kullerte zaghaft aus ihm heraus, ein Beleg dafür, wie perplex der ansonsten recht wortgewaltige Geschäftsmann war. „He", machte einer der beiden Asiaten, der Graue, zurück, so, als handele es sich um einen gängigen Gruß unter Golfern im Nebel. Der Zweite, der mit dem noch eher schwarzen Haar, offenbar der Anführer, grinste nur und schnippte Schneeflocken von seiner Weste.

„Kennen wir uns nicht?", fragte Alexander Brunner, nachdem er seine Fassung wieder gefunden hatte. „Wir haben uns doch irgendwo schon einmal getroffen. Sie kommen mir bekannt vor. Kann ich Ihnen helfen?"

Der Schwarze grinste weiter und nickte: „Wir sind Ihre Kuckucksuhren-Kunden. Erinnern Sie sich nicht?" fragte er in seinem etwas steifen, aber durchaus passablen Deutsch. Brunner konnte im Allgemeinen durchaus hart und durchdringend drein blicken. Aber jetzt flackerte so etwas wie Unsicherheit in seinen Augen. Ihm schwante, dass die Freundlichkeit der beiden Herren nur aufgesetzt war.

„Die Riesen-Kuckucksuhren ...?" fragte er unsicher.

Die beiden anderen grinsten und nickten.

„... Aus Taiwan? Meinen Sie die?"

„Genau!" sagte der Schwarze. „Wir haben eine Bestellung aufgegeben!"

„Eine Bestellung ...", bestätigte Brunner. Er blickte erst zum einen, dann zum anderen Asiaten. Was wollten die von ihm? Eine Schneeflocke zwischen den Wimpern zwang ihn zum

Blinzeln. Als die anderen nichts sagten, zuckte er mit den Schultern und fügte hinzu: „Sie ist schon abgeholt worden, Ihre Riesen-Kuckucksuhr."

Der Schwarze schüttelte sanft den Kopf. Ohne das Lächeln einzustellen, aber mit bedrohlichem Unterton in der Stimme, meinte er: „Unser Bote ist ohne Uhr zurückgekommen. Er sagt: Sie haben sie schon an jemanden ausgehändigt."

„Ja", bestätigte Brunner. „Die Uhr wurde ja schon abgeholt. Ihr Bote? Sie meinen den Raimartiwirt? Den Herrn Andris? Ja, der war da. Er wollte später noch mal kommen, oder sich erkundigen, was er machen soll, ob er vielleicht eine andere Uhr mitnehmen soll. Alles kein Problem. Kommen Sie morgen in mein Geschäft."

„Jetzt!" schnarrte der Schwarze.

„Was, jetzt?" Brunner verstand nicht recht.

„Wir wollen die Uhr jetzt. Sofort!" Die Stimme des Schwarzen klang schneidend. Sie duldete keinen Widerspruch.

Brunner wandte sich ab. Das war ihm nun doch zu einfältig. „Erstens wurde die Uhr schon abgeholt, mit Bestellschein. Und zweitens ist heute Sonntag, tut mir Leid, meine Herren. Das ist der erste Sonntag, seit sieben Monaten, an dem ich nicht im Laden steh, sondern wegen des schlechten Wetters mal nicht geöffnet habe. Ich bitte Sie: Kommen Sie doch morgen in mein Geschäft, dann klären wir die Frage." Er machte Anstalten, sich zu entfernen. Da spürte er plötzlich einen kalten und harten Druck im Nacken. Erschrocken fuhr er herum. Der Graue hielt ihm eine Pistole ins Genick. Zweifellos echt! Brunner war sonst kein ängstlicher Typ. Im Beruf und Privatleben hatte er genug Selbstbewusstsein getankt, um es leicht mit jemandem aufzunehmen, selbst wenn der größer oder vorlauter war. Deshalb war sein erster unerschrockener Reflex, dass er mit dem Ruf „Was soll denn das?" und einer wütenden Handbewegung dem anderen die Schusswaffe wegwischen wollte. Das gelang zwar auch, doch im gleichen Augenblick rammte ihm der zweite Asiate mit unmissverständlichem Nachdruck einen weiteren Pistolenlauf in den Bauch.

„Ganz ruhig. Wir stellen nur ein paar höfliche Fragen."

Brunners Empörung war immer noch größer als seine Angst. „Verschwinden Sie bloß so schnell Sie können, sonst ruf ich die Polizei." Er fingerte ein Handy aus der Jackentasche, das ihm aber vom Grauen bereits aus der Hand gezogen wurde, noch ehe er eine Nummer wählen konnte.

„Geben Sie das sofort wieder her! Jetzt reicht's aber wirklich." Brunner stürmte auf den Grauen los, doch der tänzelte ein paar elegante Schritte zur Seite und ließ ihn ins Leere laufen. Immerhin war Brunner auf diese Weise der unmittelbaren Bedrohung der zweiten Pistole entkommen.

Mochte sein, dass die beiden Asiaten ihrer Sache zu sicher waren, dass sie den auf den ersten Blick so gemütlich wirkenden Titiseer Geschäftsmann unterschätzt hatten oder dass sie im immer stärker aufkommenden Schneegewirbel den Überblick verloren. Jedenfalls hatten sie sich noch nicht wieder richtig gesammelt, da hatte Brunner auch schon mit seinem Golfschläger – ein Eisen sieben – kräftig ausgeholt und dem Grauen dermaßen einen Schlag hinter die Ohren versetzt, dass dieser vorne über ins Gras purzelte, wie ein mitten im Lauf erlegtes Kaninchen. Das war Brunners bisher bester Schlag an diesem Tag. Der zweite Asiate war so verblüfft und über den Anblick seines nieder stürzenden Kumpanen erschrocken, dass er es ebenfalls versäumte, sich gegen den heranstürmenden Brunner zu wappnen. Schon hatte dieser ihm den Golfschläger in die Kniekehlen gepfeffert und mit einem zweiten Hieb die Pistole aus der Hand geschlagen.

Beide Angreifer machten jetzt eine ziemlich jämmerliche Figur. Der eine lag benommen auf dem Rücken, der andere kniete mit schmerzverzerrtem Gesicht vor ihm, die beiden Pistolen lagen unerreichbar im Gras.
Brunner holte zu einem weiteren Schlag aus. Wenn er jetzt zulangte, war ein Krankenwagen fällig. Doch im letzten Moment besann er sich: „Und jetzt macht bloß, dass ihr verschwindet. Aber flott! Ich will keinen von euch mehr hier sehen. Eure Schießeisen bleiben hier, die bring ich zur Polizei." Mit diesen Worten sammelte er die beiden Pistolen ein. Der etwas weniger ramponierte Schwarze half dem völlig benommenen Grauen auf die Beine. Aufeinander gestützt und mit verkniffenen Gesichtern humpelten die beiden durch den Schneeregen Richtung Parkplatz davon. Wo war das fernöstliche Lächeln geblieben?
Alexander Brunner blickte ihnen kopfschüttelnd nach. Erst jetzt schien ihm zu dämmern, in welcher Gefahr er geschwebt hatte. Staunend betrachtete er die beiden Pistolen in seinen Händen. Dann hob er eine davon in den Himmel und drückte ab. Mit einem perfiden metallischen Plop löste sich ein Schuß und pfiff Richtung Schneewolken. Die Waffen waren also echt und geladen. Brunner merkte plötzlich, wie ihm der Schweiß ausbrach und die Knie weich wurden. Er ließ pfeifend den Atem entweichen.
Drüben auf der anderen Seite der B31, auf der höchsten Kante des Lärmschutzwalles, der das Titiseer Wohngebiet Bärenhof von der Straße abschirmte, ließ Konrad Horch nachdenklich das Fernglas sinken. Er sah aus wie ein Napoleon auf dem Feldherrenhügel. Mit einem undefinierbaren Brummeln schüttelte er den Kopf und reichte den Feldstecher an Alfred weiter. „Da drüben, da laufen sie, zum Parkplatz am Grafenwäldele." Alfred nahm das Fernglas auf und versuchte,

die beiden Asiaten im Schneeregen aufzustöbern. Nach einer Weile hatte er sie eingefangen. Sie wankten gerade auf den Parkplatz zu ihrem Mercedes hin. Für Sekunden hatte Alfred die schwarze Limousine genau im Visier. Es war ein Leihwagen. Auf der Seitentür erkannte er deutlich lesbar den Schriftzug: „Wehrle-Hertz-Autoverleih Neustadt."

Alfred und Konrad Horch hatten von ihrem Feldherrenhügel aus die ganze Szene durch den Feldstecher beobachtet. Es war Zufall gewesen. Horch wollte Alfred eigentlich nur zeigen, wo die „dämlichen Stadträte die Steuermittel der Bürger zum Fenster hinauswerfen", wie er sich ausdrückte. Er war nämlich entschieden der Meinung, dass der Golfclub überflüssig und jede städtische Mark dafür hinausgeschmissenes Geld sei. Nachdem er Alfred darüber ein zehnminütiges Referat gehalten hatte, hatte er sein Fernglas gezückt und den feindlichen Parcours nach verdächtigen Gestalten abgesucht. Dabei war ihm zuerst der Bälle suchende Brunner und dann dessen Handgemenge mit den beiden Asiaten ins Bild gekommen. Abwechselnd hatten sie die ganze Szene durch das Fernglas beobachtet und Horch wurde immer aufgeregter, als er erkannte, mit wem sie es zu tun hatten: „Das sind sie, das sind die beiden Verschwundenen. Die zwei Asiaten aus dem Sessellift. Ich bin mir ganz sicher, das sind sie."

„Und das andere ist der Uhrenhändler Brunner", war Alfred froh, ebenfalls einen Beitrag zur Identifizierung der Kontrahenten leisten zu können. So viele Einheimische kannte er ja noch nicht. Aber Brunner war eine markante Gestalt und Alfred hatte ihn schließlich beim Kuckucksuhrenkauf hautnah erlebt.

Alfred und Konrad Horch waren zuvor bei ihrer Exkursion zu keltischen Gräbern und Blutsteinen vom Hirschbühlwald herabgestiegen und hatten in der Nähe des Titiseer Friedho-

fes die Straße gequert, auf deren gegenüberliegender Seite sich das Bärenhof-Wohngebiet befand. Dort führte Horch sein wehrloses Opfer zuerst zur alten Bärenhofkapelle, dem einzigen Überbleibsel jenes alten Schwarzwaldhofes, dem dieses Gebiet seinen Namen verdankt, um ihn dann auf den Lärmschutzwall zu hetzen, von dem man „den besten Überblick“ hatte. Wozu dieser Überblick über eine lärmende Bundesstraße und ein schnee- und regenverhangenes Stück Wiese gut sein sollte, hatte Horch nicht erläutert. Keltengräber oder sonstige mit verdächtigen Schwingungen ausgestattete Objekte waren laut Horch nicht mehr in der Nähe. So waren sie aber auf den Lärmschutzwall geraten, von dem aus sie den Kampf an Loch eins beobachtet hatten.
„Was die zwei Kerle wohl vom Brunner wollten?“ grübelte Horch. „Und vor allem: Woher sind sie plötzlich wieder aufgetaucht? Die waren doch wie vom Erdboden verschwunden?“ Alfred entschied sich, Horch in ein paar Details seiner Recherche einzuweihen, denn der Zusammenhang zwischen dem Uhren-Händler und den Asiaten erschloss sich nur über die Kuckucksuhr. Er erzählte in knappen Sätzen von dem Bestellschein, den er bei ihrem Ausflug am Grüble auf dem Seebuck gefunden hatte, und von seinem Gang zu Brunners Welt der tausend Uhren und dem ebenso zweifelhaften wie teuren Kauf der Riesen-Kuckucksuhr.
„Asiatische Touristen, die eine Riesen-Kuckucksuhr bestellen?“ Horch zweifelte. „Da stimmt doch was nicht.“
„Hab ich mir auch gedacht“, bestätigte Alfred. „Deshalb habe ich ja die Uhr abgeholt.“
„Und? Was entdeckt?“
Alfred schüttelte den Kopf: „Schweineteuer, aber kaputt!“ Ich hab sie aufgehängt und aufgezogen. Aber nichts geht. Wie tot.“ Er machte eine hilflose Geste mit beiden Armen, als

wollte er sagen: Jetzt weiß ich auch nicht mehr weiter.
„Und jetzt?“ fragte Horch.
„Ich bring sie wieder zurück. Bin ja froh, dass ich mein Geld dann wieder kriege.“
„Wenn nun aber doch was Besonderes ist, mit dieser Uhr? Wenn sie ein Geheimnis birgt? Kann man sie nicht von hinten aufmachen?“ Irgendwie hatte Konrad Horch der Forschergeist gepackt.
„Habe ich auch schon versucht. Die ist so seltsam zugenietet. Hab mich nicht getraut, da dran herum zu schrauben. Ich wollte sie auch nicht beschädigen. Sonst kann ich sie ja nicht mehr zurück geben.“
„Ich wüsste einen Fachmann“, sagte Horch. „Einen Experten für alte Schwarzwalduhren. Der könnte ja mal einen Blick draufwerfen.“
Es gebe nämlich in Neustadt einen Freundeskreis für historische Schwarzwalduhren. Erst vor einigen Jahren habe diese private Initiative eine herausragende Ausstellung im „Neustädter Hof“ organisiert, mit ganz vielen alten Uhren aus aller Welt. Und zu dieser Initiative gehörten lauter Leute, die etwas von Uhren verstehen. „Die machen Ihre Kuckucksuhr hinten auf, drehen an zwei Rädchen, und schon tickt sie wieder.“ Horch wusste noch mehr: „Einer von denen ist Zahnarzt, einer ist Werbegrafiker, einer ist Frauenarzt und einer ist glaube ich sowieso Uhrenmechaniker oder so etwas. Ich besorge Ihnen die Adressen.“
Alfred nahm das Angebot höflich zur Kenntnis. Eigentlich war er schon gedanklich darauf eingestellt gewesen, die Uhr wieder zurück zu bringen. Aber jetzt, wo er den Kampf zwischen Brunner und den Asiaten beobachtet hatte, schwante ihm, dass diese Riesenkuckucksuhr irgendetwas damit zu tun haben könnte. Vielleicht barg sie ja doch ein Geheimnis.

EINE NACHT IM HOTEL „HOFGUT STERNEN“

Woher kamen eigentlich die Kelten? Wer waren sie? Welche Spuren hatten sie hinterlassen? Alfred hatte die Absicht, seine geplante Serie über Steinhügelgräber, magische Orte der Kraft und Blut- und Opfersteine mit einem zusammenfassenden Artikel einzuleiten. Aber seine zaghaften Rechercheversuche förderten soviel Unsinn, Zweifelhaftes, Nebulöses und Unausgegorenes zutage, dass er am Schluss mit rauchendem Kopf vor seinem PC saß. Nein, der PC war kein Ort der Kraft! Von ihm ging Lähmung aus.

Im Internet gebiert die Eingabe des Suchbegriffes „Kelten“ einen gewaltigen Output an Stichworten. „Es wurden ungefähr 78.200 Einträge gefunden“, meldet die Suchmaschine. Zuoberst findet sich ein Streit zwischen dem Verein „Kelten und Römer“ und einem zeitgenössischen Germanen, der die Hompage „Kelten und Römer“ reserviert hatte und das Stichwort jetzt an den Verein abgeben muss.

Alfred verwarf das Internet und griff zum Brockhaus. Da gewann er immerhin einen Überblick. Aber die fragliche Zeit, nämlich 1000 bis 800 vor Christus, von der Konrad Horch behauptete, dass sie die Hochzeit der Kelten im Hochschwarzwald gewesen sei, galt in der offiziellen Geschichtsschreibung als frühe Finsternis. Kelten in Süddeutschland wurden von Archäologen gemeinhin ab etwa 600 vor Christus wahrgenommen. Davor war nichts. Dunkel der Geschichte. Im Hochschwarzwald herrschte Urwald. Niemand hat hier gelebt. Angeblich!

Alfreds Artikel begann schließlich mit einer unverfänglichen Wendung: „Wissen Sie eigentlich, warum der Rhein, der Main und der Neckar die einzigen Flüsse in Mitteleuropa sind, die einen männlichen Artikel tragen? Weil sie von den Kelten getauft wurden. Die Kelten gaben den Flüssen männliche Namen. Die Römer, die erst später in unsere Gegend kamen, bevorzugten dann weibliche Attribute. Die Donau ist von den Römern einer Geschlechtsumwandlung unterzogen worden. Bei den Kelten hieß sie „der Donau". Viel mehr als ein paar Flussnamen haben uns die Kelten aber leider nicht hinterlassen, obwohl sie wohl einige Jahrhunderte lang die Herren über unseren südbadischen Landstrich waren ..."

Das Telefon klingelte. Brecht war dran. Ulrich Brecht, der Pressesprecher der Freiburger Kripo. „Wir haben was Neues für Sie", kündigte er an. „Sie haben doch angefragt, wegen des verunglückten Touristen im Sechser Sessellift. Ja? Wir gehen jetzt doch von einem Verbrechen aus. Wir suchen nach den zwei Begleitern des Toten. Es läuft eine offizielle Fahndung. Die beiden müssen ja irgendwo abgeblieben sein. Eine Pressemitteilung ist unterwegs."

„Ich hab's Ihnen doch gesagt", triumphierte Alfred. „Dass da irgendetwas nicht stimmt, das war doch klar."

„Wir haben eine Spur", eröffnete der Polizei-Pressesprecher und Alfred horchte auf. „Die beiden Verschwundenen sind möglicherweise aufgetaucht. Ein Geschäftsmann aus Titisee hat Anzeige erstattet. Er wurde von zwei Asiaten angegriffen, am Wochenende, auf dem Golfplatz."

„Und Sie glauben, dass das die beiden Gesuchten waren?" fragte Alfred, der sich diebisch über seinen Informationsvorsprung freute. Er wusste mehr, als die Polizei.

„Ganz sicher sind wir noch nicht, aber es liegt nahe. Das steht alles in der Pressemitteilung, die ich Ihnen maile."

„Wissen Sie denn jetzt auch, wer der Tote war?"

„Negativ! Nein! Wir wissen es nicht." Der Kripo-Pressesprecher machte gar nicht erst den Versuch, lange darum herum zu reden: „Wir müssen jetzt alle Einreisewege kontrollieren, Fluggesellschaften, asiatische Botschaften, Reisebüros, Hotels im ganzen Schwarzwald. Die Burschen können ja von überall her gekommen sein. Vielleicht hatten sie ein Hotel in Heidelberg, vielleicht in Baden-Baden? Wer weiß das schon?“

Alfred atmete hörbar ein. Er wusste es! Hatte er nicht einen Hotelschlüssel gefunden? Das war's. Dieser Hotelschlüssel musste doch zu den untergetauchten Asiaten führen. Warum hatte er nicht früher daran gedacht?

„... sind Sie noch dran?“

„Was? Äh, ja, natürlich, ja, ja!“ Alfred war in Gedanken ganz weggetaucht und hatte die letzten Sätze von Ulrich Brecht nur noch unbewusst wahrgenommen. „Ja, schicken Sie einfach die Pressemitteilung. Wenn ich dann noch Fragen habe, kann ich ja noch mal anrufen.“

Alfred lehnte sich in seinem Bürostuhl zurück und grübelte. Zu Leuchter, der hinter einer halbhohen Stellwand in der anderen Hälfte des gemeinsamen Büros residierte, brüllte er hinüber: „Sagen Sie mal, Chef, wenn Sie Asiate wären und in den Hochschwarzwald kämen, in welchem Hotel würden Sie absteigen?“

Leuchter brüllte zurück: „Entweder in einer der großen Burgen, Maritim, Vier Jahreszeiten oder Feldberger Hof, da gibt's ja nicht viel von der Sorte, oder bei den Häusern, die speziell den fernöstlichen Markt beackern, mit eigenem Marketing und Messebesuchen und so.“

„Wer wäre das?“

„Der Drubba macht so was“, kam es von jenseits der Stellwand zurück. „‚Alemannenhof' am Titisee, oder ‚Hofgut Sternen' in der Ravennaschlucht.“

„Kann ich da auf Spesen mal Essen gehen?“ fragte Alfred.

„Ausgeschlossen! Höchstens, du schreibst einen schönen Ar-

tikel über den „Alemannenhof“, dann lädt der Drubba dich vielleicht mal ein.“
Alfred hatte natürlich keine Ahnung, wer „der Drubba“ war. Als Neuling im Hochschwarzwald konnte er das nicht wissen. Aber „der Drubba“ gehörte zu den festen Größen der Region, zur kleinen und überschaubaren Riege der regionalen Prominenz, die sonst fast nur aus Bürgermeistern („der Wirbser“) oder Sportlern („der Hanni“) bestand. Klaus Drubba war der inzwischen über 70jährige Patriarch des Drubba-Imperiums, das aus Andenkenläden, Hotels, Kuckucksuhren-Zentren, Boutiquen, Rundfahrtschiffen, Tretbootverleih und ähnlichen Einrichtungen zwischen Titisee und Höllental bestand. Zweifellos war Drubba der größte und erfolgreichste private Tourismusmanager der Region. Einst hatte er mit einer simplen Pommesbude am Titisee angefangen, inzwischen war er so groß geworden, dass er auf niemanden mehr Rücksicht nehmen musste. Seine beiden Vorzeigeprojekte waren das Hotel „Alemannenhof“ am Titisee und das Hotel „Hofgut Sternen“ im Höllental. Und er war ein guter Anzeigenkunde. Leuchter ermahnte Alfred: „Schreib ja nichts Schlechtes über den!“
Im belanglosen Tonfall dessen, dem es eigentlich gar nicht drauf ankommt, schnorrte Alfred Leuchter an, „Könnten Sie mir mal zwanzig Euro leihen?“, ehe er sich die Jacke über die Schulter warf und sich auf den Weg zum „Alemannenhof“ machte. Den ominösen Hotelschlüssel, den er im Herrenhandtäschchen auf dem Feldberg gefunden hatte, hatte er noch in seinem roten Flitzer liegen. Es musste doch ein Leichtes sein, herauszufinden, zu welchem Hochschwarzwälder Hotel dieser Schlüssel gehörte.
Der „Alemannenhof“ in Titisee war es nicht. Das hatte Alfred schnell herausgefunden, weil er sich dort wie ein unschlüs-

siger Gast an die Rezeption gestellt und den Schlüsselkasten in Augenschein genommen hatte. Der Vergleich ergab: „Alemannenhof"-Schlüssel sahen anders aus als jener Hotelzimmerschlüssel, den Alfred besaß. Also machte sich Alfred auf zum „Hofgut Sternen" im Höllental.
Die Fahrt dahin verlief nicht ganz ereignislos. Es hatte zu schneien begonnen. Selbst auf der B31 blieb der Schnee liegen, wie eine feine Schicht von Puderzucker. Alfred hatte noch die breiten und profilarmen Sommerschlappen bei seinem Flitzer aufgezogen. So etwas wie Winterreifen hatte er noch nie gebraucht. Er hatte gar nicht daran gedacht. Aber im Hochschwarzwald war das ein echtes Versäumnis. In Höhe des Grafenwäldele riskierte er vom Steuer aus einen längeren Blick auf den Golfplatz, wo tatsächlich schon wieder ein paar vermummte Gestalten herumhuschten, und das wurde ihm fast zum Verhängnis. Das Auto brach hinten aus. Alfred machte eine etwas zu flotte Lenkbewegung, der rote Flitzer wackelte mit dem Hinterteil und begann sich während der Fahrt zu drehen, wie in Zeitlupe. Das Auto ignorierte Alfreds hektischen Bemühungen am Lenkrad. Unglaublich! 180 PS auf Abwegen! Zum Glück war die Bundesstraße 31 breit genug, um auch einen solchen Dreher zu schlucken, ohne dass die Gegenfahrbahn belästigt worden wäre. Es war ein kleines Wunder. Alfreds Auto kam ungefähr auf dem Mittelstrich zum Stehen, immer noch halbwegs auf der richtigen Fahrbahn, allerdings mit der Nase in die falsche Richtung. Motor abgewürgt. Wie peinlich! Die nachfolgenden Autos waren längst in Schritttempo übergegangen und blieben jetzt stehen. Schnell bildete sich eine Schlange. Der Gegenverkehr zuckelte vorbei. Schneeflocken, groß wie Kinderlutscher, landeten sanft auf Alfred Kühlerhaube und verdampften dort unverzüglich. Ein paar Sekunden dauerte es, bis Alfred den

Schrecken verdaut hatte. Mit spöttischem und schadenfrohem Gehupe zog die Schlange vorsichtig rechts vorbei. Niemand machte Anstalten, Alfred zu helfen. Er warf den Motor wieder an, drückte die Warnblinkertaste und unternahm ein vorsichtiges Wendemanöver. Der Schneid war ihm fürs Erste abgekauft. Er kurbelte am Lenkrad wie ein Mitglied der Seniorenfahrschule. Nur jetzt kein Ausrutscher mehr.
Den Rest der Strecke bis ins Höllental hinunter fuhr er wie auf rohen Eiern, immer im ersten oder zweiten Gang. Hinter ihm wurde die Schlange immer länger, aber das war ihm gleichgültig. Um die hupende Meute zu besänftigen, fuhr er hinter Hinterzarten, in den Windungen, die die B31 hier machte, um ins Höllental hinunter zu kommen, auf jeden LKW-Ausweichplatz, der ausgeschildert war. Staunend beobachtete er, wie alle übrigen Verkehrsteilnehmer unbekümmert der Witterung durch die Kurven brausten. Alle fuhren auf Schnee scheinbar so sicher wie Walter Röhrl bei der Hunsrück-Ralley. Nur Alfred war der Depp.
Da hatte er eine Lektion gelernt. Die Hochschwarzwälder rüsten ihre Autos in der Regel Anfang Oktober auf Winterbetrieb um. Bis zehn Zentimeter merken sie den Schnee auf den Straßen nicht. Durch größere Schneehöhen pflügen sie mit unerschrockenem Karacho, weil ein bisher unentdecktes Gen diese Fähigkeit seit Generationen unter den Einheimischen weitervererbt. Sie fahren in Schnee und Schneegestöber mit traumwandlerischer Sicherheit und geraten nur dann in Nöte, wenn unfähige Touristen aus Be-Ne-Lux oder überforderte Sonntagsfahrer aus Freiburg ihnen im Weg herum rutschen.
Als Alfred endlich nach der letzten Spitzkehre die Abfahrt Richtung „Best Western Hotel Hofgut Sternen“ gefunden hatte, hatte der Schneefall nachgelassen und es brach sogar ein bisschen die Sonne durch.

Das „Hofgut Sternen“ besteht aus einem ganzen Ensemble von Gebäuden: Hotel, Gästehaus, Uhren- und Glasbläsercenter, Personalhaus, ein historisches Zollhäuschen und, etwas abseits, die steinalte St. Oswalds Kapelle, angeblich das älteste Gotteshaus des Schwarzwaldes. „Die wissen nichts vom Blutstein“, dachte Alfred sich nur, als er den entsprechenden Prospekt des „Heimatpfades Hochschwarzwald“ studierte. Das ist ein Verein, der zwischen Hinterzarten und Breitnau alte Sägemühlen, Schmieden, Kapellen und Scheunen restauriert und zum Entzücken der Touristen manchmal in Betrieb setzt.

Das große Hotel dominierte den Platz. Es war von der Familie Drubba in den 80er Jahren aus den Ruinen eines Vorgängergebäudes neu aufgebaut worden. Auch hier war viel Aufwand getrieben worden, um mit Holz, mit Schindeln, mit Balkönchen, Geranien und Walmdach eine Art Schwarzwaldstil herzustellen. Die überlebensgroße bayrische Lüftelmalerei an der Stirnseite des Hauses verriet den Architekten aber als einen Plagiator.

Alfred lümmelte sich erst durch das näher am Parkplatz gelegene große Andenken- und Uhrengeschäft. Während er mit vorgetäuschtem Interesse Standuhren, Pendeluhren, Schilderuhren, Kuckucksuhren in allen Größen, Wanduhren, Uhrenschränke, Uhren, Uhren, Uhren besichtigte, grübelte er darüber nach, wie er unauffällig in das Hotel gelangen konnte. Am besten durch den Haupteingang.

Plötzlich stutzte er. War das nicht ...? Tatsächlich! An der Wand hing eine Riesenkuckucksuhr von genau der gleichen Bauart und Größe, wie Alfred in Titisee eine erstanden hatte. Selbst der ausgewiesene Preis war der gleiche. Alfred strich mit den Fingern über das ölig lackierte Holz, als wollte er die Echtheit prüfen. Da stand auch schon eine dirndlverpackte

junge Verkäuferin hinter ihm und flötete: „Diese Uhr ist leider schon verkauft, kann ich Ihnen mit etwas anderem helfen?"
Alfred zeigte auf die Uhr: „Die wär's gewesen. Wer hat sie gekauft?"
Das Mädchen lächelte unverbindlich: „Ein Gast aus dem Hotel, ein Asiate. Tut mir Leid!"
„Und warum hängt sie hier noch an der Wand?"
Alfred wusste zwar nicht, was so lustig war, aber die Verkäuferin lächelte immer breiter: „Der Kunde hat seine Uhren noch nicht mitgenommen. Aber ich darf sie nicht weiterverkaufen. Sie ist bestellt und reserviert."
Man brauchte kein Kriminalpolizist, nicht einmal ein Redakteur vom Hochschwarzwald-Kurier zu sein, um die Parallelen zu der Riesenkuckucksuhr aus „Brunners Welt der tausend Uhren" zu entdecken. Hier wie dort: Asiatische Touristen lassen sich eine Riesenkuckucksuhr reservieren, die sie vorher extra bestellt haben. Was war das Besondere an diesen Uhren?
Alfred schlurfte aus dem Laden hinaus. Draußen glotzte ihn eine lebensgroße Stoffkuh vertrauensvoll an. Echt Schwarzwald! Dann zog es ihn hinüber zum Hotel.
Wenn man das Haus durch einen Windfang betritt, führt gleich rechts der Weg zur Rezeption. Alfred hatte Glück. Sie war nicht besetzt. Es herrschte müdes Dämmerlicht. Nachmittagsdösen – ein beliebter Zeitvertreib des Personals in der heimischen Hotelerie. Kein Wunder. Der traditionell unwirtliche November war eigentlich der Betriebsferien-Monat in der Hochschwarzwälder Gastronomie. Letztes Kräftesammeln vor der Saison. Tote Hose in den Hotels. Alfred entdeckte den Schlüsselkasten, und ehe ihn irgendwelches Personal stören konnte, hatte er schon verglichen. Bingo! Sein Schlüssel „Nr 14" aus dem Herrenhandtäschchen vom Grüble passte ins Sortiment. Es war ein Hofgut-Sternen-Schlüssel.

Alfred blickte sich um. Noch immer war keine Menschenseele zu sehen. Ein tiefer Teppichläufer dämpfte seine Schritte. Also, was soll's? Jetzt musste der Journalist zeigen, was in ihm steckte. In einer seltsamen Mischung aus schleichen und doch so gehen, als gehörte man rechtmäßig hierher, tastete sich Alfred das Treppenhaus hinauf ins erste Stockwerk, wo er das Zimmer mit der Nummer 14 vermutete. Rings um ihn herum war alles still. Das Hotel schien wie ausgestorben. Ganz in der Ferne dudelte irgendwo ein Radio.
Alfred fand das Zimmer mit der Nummer 14. Der Schlüssel passte. Er lauschte kurz, drückte dann die Tür auf, und schlüpfte hinein. Ab jetzt war er ein Einbrecher und nicht mehr ein dämlicher Gast, der sich auf der Suche nach der Toilette verlaufen hatte. Das Zimmer sah aus, wie jedes Hotelzimmer. Rustikale, hölzerne Möbel, ein paar Balken an der Decke, bäuerliche Vorhängchen am Sprossenfenster, ein brauner Allerweltsteppichboden. Es war offensichtlich noch nicht geräumt, denn ein brauner Lederkoffer lag auf einem wurstigen Polstersessel, auf dem Nachttischchen waren Zigarettenschachteln und anderer Raucherutensilien verstreut, unter dem Bett schauten Pantoffeln hervor. An der Wand lehnte ein Aktenkoffer mit Zahlenschloss. „Aufknacken!" Das war Alfreds erster Gedanke. Er hatte ein Taschenmesser dabei und schnitzte damit akkurat eine große Öffnung in den Deckel. Der Aktenkoffer barg eine Menge Papiere, die Alfred überhaupt nicht weiterhalfen, denn sie waren in fernöstlichem Kauderwelsch verfasst, mit unleserlichen Schriftzeichen, wie sie Alfred sonst nur von seiner Videorekorder-Gebrauchsanweisung kannte. Immerhin war damit bewiesen: Ein von Asiaten bewohntes Zimmer. Sollte er ein paar der Papiere einstecken und von einem Dolmetscher übersetzen lassen? Alfred spielte kurz mit dem Gedanken. Willkürlich

zog er mitten aus dem Stapel ein einzelnes Blatt heraus, faltete es zusammen und steckte es in die Hemdtasche. Den Rest stopfte er wieder in den Koffer.
In einer Deckeltasche des Aktenkoffers entdeckte Alfred den Reisepass des Besitzers. Er klappte ihn auf. Es grinste ihm ein asiatisches Gesicht entgegen. Da Alfred aber den Toten am Sessellift nicht von Angesicht gesehen hatte und darüber hinaus für ihn ein Asiate sowieso aussah wie der andere, war er nicht in der Lage, das Gesicht zuzuordnen. Es konnte zum Toten gehören, vielleicht aber auch zu einem der beiden Verschwundenen. Das wär's doch: Ein Fahndungsbild im Hochschwarzwald-Kurier. Als er darüber nachdachte hörte er plötzlich Schritte draußen auf dem Gang. Sie kamen schnell näher und stoppten vor der Tür. Ein kratzendes Geräusch am Schloss. Schnell verstaute Alfred den Koffer wieder unter dem Bett und sah sich nach einem Versteck um. Doch schon wurde die Tür aufgeworfen und zwei Gestalten stürmten herein. Sie sahen keineswegs aus wie Hotelpersonal. Alfreds spontaner Tipp: Italiener! Der eine war klein, schwarzlockig und steckte in einem zu weit geratenen weißen Angeber-Anzug, der andere war schlank, gut gewachsen, braungebrannt mit erotischen Sonnenstudiofältchen, leicht angegrauten Schläfen, Goldkettchen um den Hals und Sonnenbrille im Gesicht. Trotzdem erkannte Alfred ihn: Der Schönling aus dem „Baccio", den er später noch einmal im Zug getroffen hatte. Der Don Juan mit dem Brusthaar.
Die beiden waren genauso verblüfft wie Alfred. Offensichtlich hatten sie nicht damit gerechnet, jemanden in diesem Hotelzimmer anzutreffen. Und genauso offensichtlich waren sie ähnlich unrechtmäßig wie Alfred hier eingedrungen.
„Hey!" rief der Kleine.
„Hallo", grüßte Alfred zurück.

Der Don Juan sagte nichts. Stattdessen zog er die Zimmertür vorsichtig hinter sich zu und zückte unversehens eine Schusswaffe, die er mit grimmigem Mafiablick auf Alfred richtete: „Was mache du do?"
Der ulkige Mix aus italienischem und schwarzwälderischem Zungenschlag hätte Alfred fast zum Lachen gebracht. Aber die gezückte Pistole lehrte ihn, dass es hier für ihn nichts zu lachen gab.
„Zimmer aufräumen!" sagte Alfred spontan und breitete hilflos die Arme aus. Die Geste, die besagte: Ich kann auch nichts dafür.
Don Juan schüttelte unwillig den Kopf: „Siehsch du des?" Er fuchtelte mit der Pistole. „Isch knall dich ab, wenne du nix folge. Kapiert?"
Alfred nickte diensteifrig.
„Gehsch du do in selle Schrank!" Der Kerl winkte unmissverständlich mit der Waffe und Alfred bewegte sich Richtung Kleiderschrank. Der Kleine hatte bisher nur daneben gestanden. Jetzt riss er die Schranktür auf und warf ein paar Kleiderbügel hinaus, die dort noch an der Stange hingen.
„Soll er da rein, Julio?" fragte der Anzug-Knirps seinen Kumpan, und Alfred war dankbar, dass er jetzt immerhin den Namen des Schönlings kannte.
Julio nickte und fuchtelte wieder mit der Pistole. Alfred tauchte schleunigst im Schrank unter und kauerte sich auf den Boden.
„Hände auf die Rücke!" kommandierte der Schönling. Alfred gehorchte. Von irgendwoher hatte der Kleine eine Art Wäscheleine gezaubert, mit der er jetzt Alfred die Hände auf dem Rücken zusammenband. Dann warf er die Schranktür zu und verriegelte sie von außen. Um Alfred wurde es dunkel. Draußen im Zimmer hörte er die beiden Italiener miteinan-

der tuscheln. Dann folgte ein längeres Wüten, Krachen, Reißen und Poltern. Alfred vermutete, dass die beiden jetzt das Hotelzimmer auseinander nahmen. Offensichtlich suchten sie etwas. Das dauerte etwa eine viertel Stunde. Dann herrschte plötzlich Ruhe. Alfred lauschte.
Alles deutete darauf hin, dass die beiden Eindringlinge wieder verschwunden waren. Alfred pustete erleichterte die Luft aus den zusammengepressten Lungen. Erst jetzt wurde ihm bewusst, dass er vor lauter Anspannung schier den Atem angehalten hatte. Wie es schien, betrachteten die beiden Ganoven ihn nicht als akute Gefahr. Sollte er jetzt schreien? Er zerrte und rüttelte an seinen Fesseln. Nichts zu machen. Die Leine war straff angezogen, und jeder Versuch, sie zu lösen, endete damit, dass sie sich von alleine noch stärker anzog. Trotzdem konnte Alfred sich nicht entschließen, um Hilfe zu rufen. Schließlich war er selbst ein Einbrecher. Wie sollte er seine Anwesenheit hier erklären? Unmöglich! Das hätte ihn in arge Bedrängnis gebracht. Es lief also darauf hinaus, dass er sich irgendwie selbst befreien musste.
Zunächst versuchte er, in seinem dunklen und muffig riechenden Gefängnis, wieder aufzustehen. Er brauchte einige Anläufe, aber indem er den Rücken gegen die Schrankwand presste und sich mit den Füßen hochstemmte, schaffte er es schließlich. Aber nicht ohne Blutverlust. An der Stirnseite der Schrankwand war nämlich innen etwa auf Brusthöhe ein Nagel eingeschlagen, wahrscheinlich, um daran Handtücher, Krawatten oder dergleichen aufzuhängen. Jedenfalls schrubbte Alfred bei seiner Akrobatik mit dem linken Ohrläppchen exakt in diesen Nagel hinein. Der Nagel bohrte sich in die Ohrmuschel und riss eine blutige Furche in den Knorpel. Alfred schrie auf. Er spürte das warme Blut über den Hals in seinen Kragen laufen. Aber er stand endlich. Erst

zaghaft, dann etwas energischer, warf er sich von innen gegen die Schranktür. Leider war es so eng, dass Alfred nicht allzu viel Schwung in seine Bemühungen legen konnte. Trotzdem gab die Schranktür nach. Sie bog sich nach außen und ließ einen hoffnungsvollen Lichtstrahl herein. Alfred versuchte es noch einmal. Der Schrank wackelte, aber die Tür hielt. Noch ein Versuch. Der Schrank kippte. Alfred hatte keine Chance, das Unglück noch auszubalancieren. Mit lautem Gepolter krachte der Schrank vorne über auf seine Fronttüren. Alfred fühlte sich wie in einem Sarg, der gerade zur Verschiffung in einen Laderaum versenkt wird. Er landete in seinem umstürzenden Gefängnis äußerst unsanft auf dem Bauch. Sein Gesicht knallte kaum gebremst von innen gegen die Schranktür. Wieder ein lauter Schrei. Jetzt hatte er auch noch Nasenbluten. Er bekam keine Luft mehr. Es wurde ihm eng. Platzangst rieselte ihm ins Gehirn. Er lag auf dem Bauch, japste nach Luft, rotzte Blut aus der Nase, pinkelte in die Hose und hatte plötzlich einen Panikanfall. Er glaubte, er müsse platzen, wenn nicht bald Luft und Licht und Bewegungsfreiheit zurückkehrten. Und dann fiel er in gnädige Ohnmacht.

Kann man in einem Hotelzimmerschrank, der umgekippt ist, und in dem man ohnmächtig mit Nasenbluten und einem zerfetzten Ohr auf dem Bauch liegt, die Nacht verbringen? Ja, das geht. Alfred verbrachte eine solche Nacht im Hotel „Hofgut Sternen“. Den Zimmerpreis von 75 Euro (Deluxe-Standard), den er sowieso nicht bezahlt hatte, war diese Nacht zwar nicht wert, aber wichtig war für Alfred, als er irgendwann aus seiner Dämmer-Ohnmacht wieder erwachte, dass er wohlbehalten und in gewisser Weise ja auch geborgen war. Man hatte ihn immer noch nicht gefunden. Keuchend und stöhnend gelang es ihm, sich in seinem finsteren Gefängnis auf den Rücken zu drehen. Jetzt musste es doch möglich sein, mit den Füßen den Schrankboden hinaus zu treten. Schon beim ersten Versuch hatte Alfred Erfolg. Krachend und berstend gab der Boden nach und löste sich mit seinen Holzzapfen aus der Verankerung in den Seitenwänden. So einfach war es. Alfred robbte auf dem Hintern ins Zimmer. Seine Hände, immer noch hinter dem Rücken zusammengebunden, waren wie abgestorben. Trotzdem gelang es ihm, zum Lichtschalter zu hoppeln und Licht zu machen. In dem Zimmer sah es aus wie nach einer Befreiungsaktion durch die US-Armee. Alles verwüstet. Draußen war es noch dunkel. Aber auf dem Nachttisch stand ein Radiowecker, und Alfred konnte ablesen, dass es kurz vor vier Uhr morgens war. Eine gute Zeit, um unauffällig zu verschwinden. Er musste nur erst seine Fesseln lösen. Das gelang ihm schließlich mit Hilfe einer Blumenvase, beziehungsweise deren Resten. Denn die beiden Wüteriche vom Abend vorher hatten sie bei ihrer Durchsuchungsaktion an der Wand zerschmettert, und Alfred bediente sich der Scherben, um die Fesseln aufzuschneiden. Alles Weitere war ein Kinderspiel. Das Hotel hatte einen rund um die Fassade laufenden Balkon, an dem um diese Jahreszeit traurig leere Geranienkästen hingen. An einer Hausecke ragte dieser Balkon über den Vorbau am Eingang, so dass Alfred ohne Mühe vom Balkon auf das Dach dieses Vorbaus und von dort über ein hüfthohes Mäuerchen schließlich auf den Vorplatz gelangte. Bald saß er in seinem roten Flitzer und trat die morgendliche Heimfahrt an.

„Roland Kroell liest im „Buchladen zum Roten Haus“ in Neustadt aus seinem Buch: „Sagen, Mythen, Legenden-Wandern im Dreiland“ und bietet außerdem eine Wanderung „auf den Spuren der Kelten“ hinauf zum Belchen, dem „heiligen Sonnenberg“. Musikalische Umrahmung mit Keltischen Gesängen, begleitet auf Dulcimer, Flöte und Duddelsack.“ Das Veranstaltungsprogramm der Volkshochschule Hochschwarzwald hatte Spektakuläres zu bieten, soviel war klar. Im Begleittext hieß es: „Roland Kroell führt den Leser und Wanderer zu Dolmen und Hinkelsteinen, keltischen Kultplätzen, Kirchen und Kreuzen, Quellen, Wasserfällen, Seen und anderen zauberhaften Orten im Schwarzwald.“ Konrad Horch, der ein überzeugter und gleichzeitig eifersüchtiger Anhänger von Roland Kroell war, kannte natürlich all diese Angebote. Er war überzeugt, dass er solche Führungen und Lesungen besser und überzeugender hingekriegt hätte, als der Buchautor und Barde Kroell, der es zu einer gewissen Prominenz in der Keltenszene des Dreiländerecks gebracht hatte. Umso verschnupfter war Horch gegenüber der Volkshochschule, dass diese sein Angebot abgelehnt hatte, eine Vortragsreihe über den Mythos der Belchenberge zu veranstalten. Banausen! Alte Bürokraten! Verstaubte Schreibtischtanten! Ahnungslose! Der Prophet im eigenen Land zählte wohl nichts.

Konrad Horch malte sich blutige Leserbriefe aus, in denen er die Volkshochschule, ihre Geschäftsführerin, den Vorsitzenden Bürgermeister und alle Besucher der Kroell-Veranstaltung tüchtig durch die Mangel drehte. Alleine die Vorstellung tat gut, wenngleich er wusste, dass seine Leserbriefe zur Zeit wenig Chancen hatten, in der Badischen Zeitung abgedruckt zu werden. Dort hatte man ihn als notorischen Querulanten und cholerischen Quartalsleserbriefschreiber abgestempelt und ignorierte seit einiger Zeit seine Zuschriften, und seien sie auch noch so brillant. Die sollten schon sehen, was ihnen durch die Lappen ging, bei der „Badischen", wenn jetzt seine Serie über die magischen Orte der Kraft bei der Konkurrenz im Hochschwarzwald-Kurier erschien. Das war zwar nur ein Wochenblättchen, aber immerhin mit einer Auflage von 25.000 im ganzen Hochschwarzwald verbreitet. Und wenn das Thema erst einmal in 25.000 Köpfen war, dann würde er sein unvollendetes Werk vom „Mythos der Belchenberge" veröffentlichen und mindestens genauso viele Bücher verkaufen, wie es Roland Kroell derzeit tat. Dann würde man ihn vielleicht endlich auch als ernst zu nehmenden Heimatdichter wahrnehmen.

Solche Gedanken schwirrten durch seinen markanten Quaderkopf, während er sich sanft von der neuen Belchen-Seilbahn auf den Gipfel des mit 1414 Metern dritthöchsten Berges des Schwarzwaldes gondeln ließ. Mit seiner waldfreien Kuppe ist der Belchen für viele Schwarzwaldfreunde der schönste Gipfel des Mittelgebirges. Er bietet einen prächtigen Ausblick auf die bewaldeten und etwas kleiner geratenen benachbarten Kuppen, in die schroffen Täler zu seinen Füßen, das Wiesental vor allem, hinunter ins Rheintal und weit an den Horizont, bis zu den Vogesen und den Alpen. Konrad Horch zog sich die Kapuze seines Parkas über den Kopf und schnürte sie unter dem Hals eng zu, wie eine Wurstpelle. Es schneite. Von Fernsicht keine Spur. Die subalpine Flora, für die Naturfreunde den Belchen so gerne loben, verschwand unter einer weißen Decke. Konrad Horch hatte kein Auge dafür. Die Beharrlichkeit, mit der er auch zu dieser Jahreszeit die unwirtlichsten Flecken des Südschwarzwaldes aufsuchte, hatte etwas Missionarisches. Aber die versprochene und bereits begonnene Serie im Hochschwarzwald-Kurier motivierte ihn zu heldenhaften Taten. Leider war dieser etwas schnöselige aber ansonsten nicht unbrauchbare neue Jungredakteur nicht in der Lage gewesen, ihn auf seiner heutigen Nachmittagstour zu begleiten. Er lag im Bett und kurierte irgendeine dubiose Malaise aus. Als Horch an der Haustür geklingelt hatte - siebenmal, ehe sich der Türsummer meldete -, da hatte er nur von der brummeligen Stimme Alfreds erfahren, dass dieser mit Kopf- und Ohrenschmerzen das Bett hüte, eine „ganz schlimme Nacht" gehabt und sich in der Redaktion krank gemeldet habe. Er sei aber ganz gewiss am Wochenende wieder fit und bereit, wie versprochen, die Steinkreise am Schluchsee zu besichtigen. Also hatte Konrad Horch sich notgedrungen alleine auf den Weg gemacht. Sein Ziel war der Heidstein, ein einsamer Gipfel zwischen Belchen und Schauinsland, den kaum einer kannte und der aufgrund seiner abgelegenen Lage von Touristen noch weitgehend verschont geblieben war. Vom Belchenhaus aus orientierte sich Konrad Horch an der Raute des „Schwarzwald-Westweges" und folgte ihr in Richtung Wiedener Eck. Während er einsam und schneeumstöbert seines Weges zog, geisterten keltische Druiden und ihre geheimnisvollen Zeremonien durch seinen Kopf. So eine einsame Wanderung durch den Bergwald lüftet die Gedanken und lässt sie ausschweifen zu großzügigen Spaziergängen. Der Mensch geht, in diesem Falle Konrad Horch, und sein Geist schwebt.

Oder hatte es etwas mit den magischen Kräften dieses Berges zu tun, dass Konrad Horch so entrückt war? Er marschierte wie ferngesteuert, wie automatisch, ohne links und rechts des Weges viel wahrzunehmen. (Was auch bei vollem Bewusstsein schwer gewesen wäre, denn das anfangs spielerische Schneetreiben war inzwischen in ein veritables

Schneegestöber übergegangen.) Der Heidstein ist einer der am stärksten schwingenden Orte des Schwarzwaldes. Das kann man bei Adolphe Landspurg nachlesen, einem der Gurus der Radiästhesie. Wo könnte man also besser Energie tanken und von Gedanken durchflutet werden, als bei einer Wanderung um den Heidstein?

Die Kelten tauften ausgewählte Berggipfel auf den Namen Belchen. Nicht nur im Schwarzwald, sondern auch im Schweizer Jura und in den Vogesen. Vor Konrad Horchs innerem Auge nahm die Landkarte dieser Region Gestalt an: Der Belchen des Südschwarzwaldes, der Schweizer Bölchen nahe Olten und der französische Ballon d'Alsace, nördlich von Belfort. Horch verband die Berge im Geiste mit Linien. Ein rechtwinkliges Dreieck zeichnete sich ab. Die Hypothenuse, also die längste Strecke, verläuft vom Schweizer Belchen hinüber zum Ballon d'Alsace. Von dort geht es in einer West-Ost-Linie zum Markgräfler Belchen, über den er nun gerade hinwegstapfte, und von dort wiederum in einem 45-Grad-Knick südwärts zum Jura-Belchen. Dass diese Geometrie etwas zu bedeuten hatte, hatten vor Konrad Horch schon andere entdeckt. Aber Konrad Horch gehörte sicher zu den glühendsten Anhängern der daraus abgeleiteten Mythos-Theorie.

In „Belchen" sind drei keltische Begriffe enthalten: „bel" – die Sonne, „che" – der große Stein und „ne" – der Himmel. Gleichzeitig steht der Name auch für Belenus, den keltischen Sonnengott.

Wenngleich von Sonne in diesem Moment überhaupt nichts zu sehen oder zu spüren war, fühlte Konrad Horch ihre Kraft in seiner Theorie. Er war davon überzeugt, dass die Kelten die Belchenberge als Jahreskalender genutzt haben. Auf dem Gipfel des Ballon d'Alsace sieht man am 21. März und am 23.

September die Sonne genau über der Kuppe des 73 Kilometer entfernten Schwarzwald-Belchens aufgehen, das war erwiesen. Diese beiden Daten bezeichnen die Frühlings- und Herbst-Äquinoktien, die Tag- und Nachtgleiche also. Wenn man sich am frühen Morgen eines 22. Dezembers die Mühe machte, den Elsass-Belchen zu besteigen, und Konrad Horch hatte es in den letzten vier Jahren jedes Jahr getan, dann blinzelt man, klare Sicht vorausgesetzt, in die aufgehende Sonne, die den Jura-Belchen in der Schweiz beleuchtet. An diesem Tag hat die Sonne ihren tiefsten Stand des Jahres erreicht. Zur Sonnenwende gehört auch der höchste Sonnenstand. Diesen kann man vom Ballon d'Alsace aus beobachten, und zwar am 21. Juni mit Blickrichtung Nordost, über die Kuppe des Petit Ballon, des kleinen Belchen, der sich ebenfalls in den Vogesen befindet. In der Sammlung fehlt noch ein weiterer Belchen, der Grand Ballon, der große Belchen, ebenfalls in den Vogesen. Auch dieser hat im ausgeklügelten System des Belchisten Konrad Horch seinen Platz gefunden: Am 1. Mai, den die Kelten angeblich im Zusammenhang mit dem Frühlingsanfang ebenfalls als besonderen Tag feierten (Konrad Horch, der ein engagierter Gewerkschafter war, hätte allerdings nicht gewagt, zu behaupten, die Kelten hätten den Tag der Arbeit erfunden), brachten die keltischen Druiden auf dem Grand Ballon angeblich ihrem Sonnengott Belenus Opfer dar. Konrad Horch marschierte jetzt bergab und musste aus seinen gedanklichen Ausflügen in die Keltenzeit immer wieder in die kalte Gegenwart zurückkehren. Der vom Schnee glatt und gefährlich gewordene Abstieg erforderte eine gewisse Konzentration und Präsenz. Obwohl es noch früher Nachmittag war, schlich sich bereits die Dunkelheit des Abends durch die Wälder, bereit, über den einsamen Wanderer herzufallen. Horch war kein ängstlicher Typ. Aber das Eintau-

chen in eine finstere und höchstwahrscheinlich blutige Vergangenheit hatte ihn empfindlich in seinen Wahrnehmungen gemacht. Hatte es da nicht hinter einer mächtigen Fichte geraschelt? War dort nicht ein Schatten über den Weg gehuscht? Knackten nicht Äste hinter ihm? War da jemand?
Er schaute sich um, blieb kurz stehen, ging dann weiter. Seine Schritte wurden unmerklich schneller. Es zog ihn zurück in die Zivilisation. Bei allem Zauber, aber im wirklichen Wald, da war es irgendwie unheimlich.
Er mochte noch ungefähr eine halbe Wegstunde vom Wiedener Eck entfernt gewesen sein, als ihm rechts des Weges, unmittelbar an einer Quelle, ein großer Felsblock auffiel. Bei Felsbrocken dieser Größe, zumal wenn sie wie steinerne Wachposten irgendwo einsam im Wald ruhten, konnte er nicht widerstehen. Er packte also sein radiästhesiesches Werkzeug aus und begann diesen Felsbrocken nach allen Regeln der Kunst auszupendeln. Eindeutig handelte es sich nach seiner Wahrnehmung um einen Opferstein, dessen ersten Kult er auf etwa 670 vor Christus datierte. Er kritzelte entsprechende Kennzahlen in seinen Notizblock und war zufrieden über diese Entdeckung, als er noch eine weitere machte: Seitlich an einem Baum lehnte ein zerfledderter Rucksack. Wie kam der denn hierher? Konrad Horch tippte auf Waldarbeiter und machte ein paar Schritte um den Stein herum. Wenn ihm ein Druide im weißen Gewand entgegengetreten wäre, hätte sein Schrecken nicht größer sein können: Hinter dem Felsklotz lag ein Mensch auf dem Waldboden. Seltsam zusammengekrümmt, teilweise vom Schnee schon bedeckt. Ein Mann, bärtig, langhaarig, schäbig gekleidet. Schlief er? Nein! Ein Toter! Konrad Horch hatte einen Toten gefunden. Schauriger Höhepunkt einer schaurigen Wanderung. Es lief dem Realschullehrer eiskalt den Rücken hin-

unter. Immerhin besaß er Geistesgegenwart genug, um den Leichnam und den Fundort akribisch zu fotografieren. Möglicherweise konnte ja sein Journalistenfreund mit den Aufnahmen etwas anfangen, diesmal jedoch gegen Honorar, versteht sich. Konrad Horch war ein orthodoxer Gegner von Handys und Mobiltelefonen jeder Art, und deshalb besaß er auch kein solches Instrument. Ihm war aber klar, dass er seinen Fund der Polizei melden musste, und zwar so schnell wie möglich. Das nächste Telefon vermutete er im Gasthaus „Wiedener Eck“. Also eilte er im Stechschritt weiter. Jetzt hatte er jedenfalls einen rationalen Grund, sich zu beeilen.

Das „Wiedener Eck“, einst ein kleines Berggasthaus an der über 1000 Meter hoch gelegenen Passstraße von Münstertal nach Schönau, hatte sich in den letzten Jahren zu einem veritablen Kasten entwickelt, der in der Hochsaison ohne Bauchschmerzen mehrere Busladungen Touristen verdauen konnte. Jetzt im Spätherbst, vom heulenden Winterwind belagert, noch ohne Gäste, einsam auf der Höhe, strahlte sein alter trutziger Einsiedler-Charme. Konrad Horch, nachdem er die Polizei per Telefon alarmiert hatte und zum Ausharren vor Ort vergattert worden war, fühlte sich direkt wohlig und behaglich. Er hatte sich, um auf die Polizei zu warten, in der holzgetäfelten Gaststube niedergelassen und dampfte seinen Vollbart mit Kräutertee ein. Draußen wehte der Winter gegen die Scheiben.

War der Tote ein erfrorener Wanderer? Ein Selbstmörder? Opfer eines Verbrechens? Besteht ein kulturelles Energiefeld zwischen Belchen und Blauen? Der Basler Blauen und der Markgräfler Blauen bilden, wie die Belchengipfel, ein magisches, gleichschenkliges Dreieck mit verblüffenden Rätseln. Die Linie, die den nördlichen Schenkel bezeichnet, zieht direkt über die elsässichen Orte Thann und Ottmarsheim. Dort

findet man außergewöhnliche Kunstdenkmäler. Die Kirche von Ottmarsheim stammt aus dem 11. Jahrhundert und stellt eine genaue Replik der Krönungskirche von Karl dem Großen in Aix-la-Chapelle dar. Ein Zufall? War es ein Zufall, dass der Tote ausgerechnet unter einem keltischen Opferstein lag? Und ausgerechnet am Belchen? Im Mittelpunkt der Meridiane, das heißt, der den Winkel im Blauen-Dreieck halbierenden Linie, liegt Hochstatt auf dem Meridian vom Odilienberg. Und auf diesem Berg liegt das bekannte Kloster des Schutzheiligen des Elsaß, außerdem ein gewaltiger keltischer Ringwall. Die Linien vom Belchen in der Schweiz über den Belchen im Südschwarzwald und vom Blauen in der Schweiz über den Blauen im Schwarzwald kreuzen sich über dem Freiburger Münster. Hatten die Kelten ihre Heimat mit einem magischen Rastergitter überzogen? Hatten sie an den entscheidenden Kreuzungspunkten Kultstätten errichtet, die dann von ihren alemannischen und später christlichen Nachfolgern übernommen und wiederum mit religiösen Bauwerken überbaut worden waren? Konrad Horch glaubte daran. Das Problem war, dass ihm niemand glaubte.
Zwei Stunden später, die Dunkelheit war bereits hereingebrochen, hatte die Polizei den Wald erobert und mit Hilfe des THW in gleißendes Licht getaucht. Konrad Horch wurde noch im „Wiedener Eck" einem amtlichen Verhör unterzogen und musste seine Aussage protokollieren, ehe ihn ein Streifenwagen zurück nach Aitern im Wiesental brachte, wo er sein Auto geparkt hatte. Mit Hilfe des Polizeifunks im Streifenwagen und mit einer, wie er glaubte, raffinierten Fragetechnik, erfuhr er immerhin, dass es sich bei dem Toten um ein Rauschgiftopfer handelte. Ein 34jähriger Mann aus Todtnau-Fahl, seit Jahren polizeibekannt als Mitglied der Drogenszene. Wahrscheinlich Überdosis, goldener Schuss oder

dergleichen. Genaueres musste die Gerichtsmedizin herausfinden. Konrad Horch hatte kein Opfer keltischer Ritualmorde gefunden, sondern nur einen implodierten Fixer. Irgendwie war er enttäuscht.

Alfred sah eindeutig unvorteilhaft aus: Das linke Ohr war dick in ein überdimensionales Wattepflaster gepackt. Es sah aus, wie bei einem Plüschhasen. Unter dem linken Auge zog sich eine fette rote Schramme bis unter die Nase. Die Folge des Schranksturzes zwei Tage vorher im Hotel „Hofgut Sternen". Und ausgerechnet jetzt tauchten im Bistro „Baccio" Frauen auf, die so ganz nach Alfreds Geschmack gewesen wären. Eigentlich war Alfred kein eitler Typ. Dazu sah er zu beiläufig gut aus. Er trug den Charme eines erwachsenen Lausbuben im Gesicht. Fröhlich, schelmenhaft, ein bisschen dusselig und hilfsbedürftig, verträumt und gleichzeitig frech, wie einer, der es faustdick hinter den Ohren hat. Nun, in diesem Fall hatte er es faustdick auf den Ohren. Pflaster, Watte, Mullbinde, Salbe – hoffentlich wuchs die aufgerissene Ohrmuschel wieder zusammen.

In diesem Zustand wäre er normalerweise niemals abends ausgegangen. Schon gar nicht ins Bistro „Baccio", wo es eigentlich außer „gut aussehen" wenig Beschäftigung gab. Für einen, der also aussah wie nach der 12. Runde eines WBO-Boxkampfes, war das kein guter Aufenthalt. Alfred wäre von alleine auch deshalb nicht ins „Baccio" gegangen, weil er gar kein Geld mehr dazu hatte. Er musste seine wenigen verbliebenen Barmittel eisern bis zum Monatsende zusammen halten. Aber er war ja eingeladen worden. Am Spätnachmittag hatte er an einer Pressekonferenz des Titisee-Neustädter Weltcup-Organisationskomitees teilgenommen. In knapp zwei Wochen, am ersten Dezemberwochenende, sollte in Neustadt auf der Hochfirstschanze wieder das alljährliche Weltcup-Skispringen stattfinden. Die Organisation war soweit fortgeschritten, dass die Veranstalter bester Dinge waren, alles reibungslos über die

Bühne zu bringen, und dies der lokalen Presse zwecks Weiterverbreitung mitteilten. Einziges Problem: Seit Tagen schneite es! Wer glaubt, dass natürlicher Schneefall irgendwie eine Hilfe wäre bei der Organisation eines Skispringens, der hat keine Ahnung. Nichts ist schädlicher als Schneefall. Den Schnee macht in Neustadt nämlich das Schanzenteam. Mit Schneekanonen. Da stört Naturschnee nur und muss mühsam wieder vom Schanzenprofil entfernt werden. Alfred lernte die Schanzen-Truppe im Anschluss an die Pressekonferenz kennen, weil es kostenlose Häppchen und Getränke gab, was Alfred zum längeren Dableiben animierte. Man sprach, da es Feierabendzeit war, gerne dem Bier zu. Es wurde sehr zwanglos und inoffiziell und dauerte länger als geplant. Bald fühlte Alfred sich, obwohl er wenig von den Gesprächsthemen verstand, wie ein echter Schanzenarbeiter, wie einer von der heiteren Truppe des Schanzenteams. An dessen Spitze stand der Weltcup-Generalsekretär Joachim Häfker, ein sehniger und drahtiger Schaffer, auf den ersten Blick etwas mundfaul, aber, wie jeder echte Wälder, in Wirklichkeit ein ausgewachsenes Schlitzohr mit bisweilen derbem Humor. Daneben Schanzenchef Mathias Schlegel, Matsy gerufen, im Erstberuf Lokomotivführer, im Winter aber Herr über Pistenbully, Schneekanonen, Seilwinde und Anlaufspur. Dann waren da noch der kugelige Alois, ein gewisser „Long“, ein schlaksiger Frank, ein schöner Markus, ein kauziger Harald und ein Fränzle, bei dem Alfred vor Rätsel gestellt wurde. Alle sprachen von ihm als „das Fränzle“. Ein Neutrum? Wieso nicht „der Fränzle“? „So heißt's halt im Schwarzwald!“, war noch die ausführlichste Antwort, die Alfred zu diesem Thema bekam. Also fügte er sich und sagte halt auch, nach echter Schwarzwälder Sitte: „Das Fränzle!“

„Das Fränzle ist grade aufs Klo!“ Oder: „Das Fränzle holt Zigaretten!“ Das war insofern gut, als dass Alfred der Tabak aus-

gegangen war und er auf's Schnorren angewiesen war. Das Fränzle rauchte „Rothändle", Hardcore-Zigaretten ohne Filter, schwarzer Tuberkulose-Tabak, angebaut irgendwo auf den Höhen des Nordschwarzwaldes oder sonst in einer unwirtlichen badischen Gegend, jedenfalls echter Heimatverschnitt. Alfred mit seinen selbstgedrehten Filterlosen war in Sachen Tabak einiges gewohnt und hart im Nehmen, aber „Rothändle" war auch für ihn noch mal eine Herausforderung. Zu diesem Zeitpunkt, als „das Fränzle" Zigaretten holte und Alfred ungeniert schnorrte, war das Schanzenteam aber schon vom Ort der Pressekonferenz umgezogen und im „Baccio" gelandet. Die heitere Truppe hatte Alfred mit sanfter Gewalt mitgeschleppt, obwohl er eigentlich der Meinung war, mit seinem Mullbindenohr könne er unmöglich ins Neustädter Nachtleben eintauchen. Und jetzt tauchten da auch noch diese Frauen auf, drei, vier, fünf Stück, reifere Jahrgänge, irgendwo in den Dreißigern, so schätzte Alfred, aber immer noch starke Hingucker, selbst für einen vergleichsweise grünen Jüngling, wie Alfred einer war. Eine Blonde, die den Ton angab, eine Kastanienbraune, eine freche Kurzhaarige, eine rassige Dunkle und eine mit Schmollmund und Schleierblick. Sie belegten ein freies Stehtischchen.
Alfred schielte hin. Die Schanzenburschen grüßten die Frauen leutselig. Bussy, Bussy. Man kannte sich. Neustadt ist klein. Küsschen rechts, Küsschen links. Alfred stand daneben, wie ein Depp. Ein paar Wortbrocken schnappte er auf. Er nahm sich vor, unbedingt am nächsten Tag bei Leuchter die Bedeutung des Ausdrucks „Gigs" zu recherchieren. Schien irgendwie ein Frauenverein zu sein. Alfred strengte sich an, mehr zu verstehen. Aber wer versteht schon in einem von Musik bedröhnten nächtlichen Bistro die Gespräche am Nebentisch, wenn er nur über ein funktionstüchtiges Ohr ver-

fügt? Alfred spürte, wie das zerfetzte Ohr zu jucken begann. Es war ein Warnjucken. Warnung: Alfred, lass es! Du siehst mit deinem Lazarett-Ohr beschissen aus, du bist schon angesäuselt, du hast kein Geld um eines der Mädels einzuladen, die sind älter als du, seit wann baggerst du ältere Frauen an, du kannst dich nur blamieren. Wie klare Befehle des Unterbewusstseins zischten die Warnungen vom defekten Ohr diagonal durch Alfreds Gehirn - und auf der anderen Seite ungehört wieder hinaus. Er wankte entschlossen auf das Damentischchen zu. In diesem Augenblick wurde er von hinten unsanft auf die Seite geräumt und ein braungebrannter, kraftstrotzender Beau mit vor Charme blitzenden Grübchenaugen und italienischer Designerfrisur drängte sich an ihm vorbei zu dem Frauentisch. Alfred taumelte rückwärts Richtung Theke und nahm aus den Augenwinkeln nur zweierlei wahr: Goldkettchen und Brusthaar. Den Typen kannte er. Das war Julio, einer der beiden Einbrecher aus dem „Hofgut Sternen“. Na warte!

Irgendwie musste einer der Schanzenburschen, die weiterhin fröhlich allerlei Modebieren zusprachen, Alfreds Missgeschick beobachtet und seine weiteren Reaktionen vorausgeahnt haben. Denn er packte Alfred am Hemdkragen und zog ihn unsanft wieder an den Stehtisch, um den sich Joachim, Matsy, Harald, „das Fränzle“ und die anderen versammelt hatten. „Komm Pressefritze, trink noch einen!“ sagte einer, und schob ihm eine lila Bierflasche hin. „Leg dich nicht mit dem Typen an“, flüsterte ihm von der anderen Seite Harald in das intakte Ohr. „Der hat Dreck am Stecken!“

Alfred stellte sich dämlich, was in seinem momentanen Zustand nicht schwer war: „Was ist das für einer?“

„Das ist Julio, vergiss ihn, ein Ganove!“

„Ich verstehe nicht? Was macht er so?“

„Nichts und alles mögliche. Mal betreibt er eine Pizzeria, mal eine Diskothek, mal eine Eisdiele. Dann ist er mal wieder für ein halbes Jahr von der Bildfläche verschwunden, plötzlich taucht er wieder auf. Der war schon ein paar Mal im Knast. Wegen Drogensachen. Aber er ist immer gleich wieder rausgekommen. So richtig hat ihm die Polizei bis heute nichts nachweisen können."

Alfred beobachtete den schönen Julio. Dieser hatte sich bei den Frauen am Nachbartisch breit gemacht, deren leichtes Sträuben ignoriert, sein breitestes Latino-Lächeln aufgesetzt und die Unterhaltung an sich gerissen. Großspurig lud er den ganzen Tisch zu farbenprächtigen Cocktails ein, und schon lag sein linker Arm um die Taille der Blonden und der rechte auf der Schulter der Rassigen. Unglaublich. Wozu Alfred einen ganzen Abend gebraucht hätte, das schaffte dieser Typ in 30 Sekunden.

Alfred drehte sich etwas zur Seite weg. Nicht, dass der Kerl ihn wiedererkannte. Alfred war immerhin Zeuge des Einbruchs gewesen.

„Und er hat Dreck am Stecken?"

„Selbstverständlich. Er verkauft hier auf den Schulhöfen Drogen an Minderjährige. Manchmal werden die Geschäfte auch im Zug abgewickelt. Im Schülerverkehr am Morgen fällt das gar nicht auf, da ist der Zug sowieso rappelvoll. Und abends schleicht er durch die Szenekneipen und versorgt seine Kundschaft mit Stoff."

„Ein Dealer?"

„Jedenfalls hat er Kohle ohne Ende. Du musst nur mal raus schauen vor die Tür. Da steht sein Porsche."

Alfred schluckte. Einer, der ein besseres Auto als er selbst fuhr, war ihm doppelt unsympathisch.

„Und das weiß jeder, und keiner macht was dagegen?"

„Die Polizei versucht's ja. Aber der Kerl ist schlüpfrig wie ein Fisch."

Alfred nahm einen Schluck aus der lila Bierflasche. Es schmeckte wie Zitronensaft. „Gibt's hier kein richtiges Bier?" Irgendwie hatte er genug für heute. Sein Kopf dröhnte. Das Bier schmeckte nicht, weil es gar keines war, und das Ohr juckte, als wäre es zum Treffpunkt einer Ameisenkolonie erkoren worden. Er musste nach Hause. Für den nächsten Tag hatte er sich wieder mit Konrad Horch verabredet. Zu den keltischen Steinkreisen am Schluchsee.

„Gehen wir von dem Prinzip aus, dass der Mensch nicht Materie, sondern Vibration ist, dann können wir viel leichter mit einer anderen Einstellung an Orte der Kraft herangehen." Alfred verdrehte die Augen. Schon wieder diese esoterischen Höhenflüge. Sie hatten das Auto an der Schluchsee-Staumauer geparkt und überquerten jetzt den Damm. Seit er mit Konrad Horch am frühen Morgen losgezogen war, gab es nur zwei Themen: Energiefelder und Drogentote. Konrad Horch hatte sich herabgelassen, in Alfreds Flitzer mitzufahren. Zuerst hatte er auf eine Bahnfahrt bestanden, aber nach genauerem Studium der Fahrpläne Richtung Schluchsee-Seebrugg hatte er eingesehen, dass das Auto die bessere Alternative war. Während Alfred respektvoll auf der nicht ganz schneefreien Straße fuhr, gab Konrad Horch Weisheiten aus dem Füllhorn der Radiästhesie zum Besten: „Früher wanderten die Menschen als Pilger zu Orten spiritueller Kraft. An diesen kosmo-tellurischen Wegen finden wir heute noch Kirchen, Kapellen und Häuser mit der Muschel des Heiligen Jakob. Dieses Symbol bedeutet, dass sich das betreffende Bauwerk an einem der alten Wege befindet, die die Pilger aus ganz Europa nach Santiago de Compostela führten. Manchmal finden wir auf diesen Wallfahrtsrouten auch das Schlangen- oder Sternsymbol, was dem Menschen andeutet, dass er auf einer kosmo-tellurischen Straße geht, die ihm gute Energien verleihen wird, indem sie die Schwingungsfrequenz seiner Zellen und ihn durch diese Alchemie auch als Ganzes verändern würde." Alfred hatte kein Wort verstanden. „Und solche Typen lassen wir in der Schule auf unsere Kinder los", dachte er sich insgeheim, heuchelte aber doch Interesse: „Sie sagten vorher, diese Theorie passt auch auf den Drogentoten, den Sie am Belchen gefunden haben? Das verstehe ich nicht."

„Ganz einfach. Der Mann hat sich nicht einfach nur in den Wald gelegt, um zu sterben. Er hat sich dazu einen Ort der Kraft ausgewählt. Einen Felsen mit hohen Schwingungen."

„Das kann doch purer Zufall gewesen sein."

Konrad Horch nickte zufrieden in seinen Vollbart hinein: „Aus der Sicht des Fixers war das auch Zufall. Der hatte bestimmt keine Ahnung. Es war der Stein, der ihn angezogen hat. Seine magische Kraft hat ihn geleitet."

„Na, ich weiß nicht?" Alfred schaltete den Scheibenwischer ein, nachdem es leicht zu Nieseln begonnen hatte. Er fuhr im Schnee immer noch langsam wie ein Anfänger. Obwohl die Straße frei war.

„Die von höheren Schwingungsebenen stammende Energie wird durch die sieben Chakren, die mit unsichtbaren Trichtern verglichen werden können, in unseren Körper übertragen."

„Aha!" Alfred war abgelenkt, denn er wurde gerade von einem VW-Polo mit Wohnanhänger überholt und wütend ausgehupt. Offensichtlich fuhr er etwas zu defensiv. Er ignorierte das Gehupe und tat auch so, als hätte er Konrad Horchs letzten Erläuterungen überhört: „Für den Drogentoten gibt es eine ganz profane Erklärung. Ich habe mit der Polizei telefoniert. Die sagen, es habe in den letzten zwei Wochen in ganz Südbaden fünf Drogentote gegeben. Einen im Dreisamtal, einen in Löffingen, einen in Bonndorf und zwei im Wiesental."

„Und, was bedeutet das?" wollte Konrad Horch wissen.

„Das sind überdurchschnittlich viele. Die Polizei sieht darin einen Zusammenhang. Sie glaubt, dass den regionalen Dealern aus irgendeinem Grund der Nachschub ausgegangen ist. Jetzt wird überall Heroin und Kokain gestreckt und gepanscht. Ihr Toter vom Belchen hatte laut Polizei einen regelrechten Giftcocktail in sich."

„Und wenn dann noch ein schwingungsreicher Ort der Kraft dazu kommt ..." spann Konrad Horch den Faden auf seine Art weiter.

So ging es die ganze Zeit während der Fahrt. Als sie endlich am Parkplatz beim Schluchseestaudamm an die Luft kamen, dröhnte Alfred der Kopf, wie nach einem doppelten Joint. Doch Konrad Horch war noch nicht am Ende. Während sie über den einsamen Staudamm schritten, Sichtweite etwa zwanzig Meter, holte er erneut aus: „Das feinsinnige Herangehen an einen Ort der Kraft besteht darin, sich auf das Vorhaben vorzubereiten und sich mehrere Tage vorher geistig mit dem Ort in Harmonie zu bringen, seinen Körper und Geist am Morgen des Besuchs zu reinigen ..." – „Hab'ich gemacht!" rief Alfred dazwischen – „... und sich mit Freude und Liebe dort einzufinden."

Ihr Ziel an diesem Morgen waren die keltischen Steinkreise am Schluchsee. Sie waren leicht zu finden. Nur etwa dreihundert Meter südlich der Staumauer liegen sie im Wald versteckt, etwas oberhalb des Restaurants „Eisenbreche". Bevor sie zum ersten Steinkreis gelangten, zweigten sie von der geteerten Straße rechts auf einen kleinen, fast zugeschneiten Pfad ab. Sie waren gewiss die ersten, die ihn seit Tagen benutzten, denn sie fanden keine anderen Fußspuren. Konrad Horch zeigte auf einen großen Felsblock links des Weges und behauptete: „Das ist ein Schwellenwärter!"

Alfred fuhr herum: „Ich sehe nichts!"

„Da, dieser Fels. Er fungiert als Schwellenwärter. Er bildet hier an dieser Stelle eine unsichtbare Schranke. Sie wird von zwölf verschiedenen, zusammengerückten Erdstrahlen gebildet."

„Seit keltischen Zeiten?“ fragte Alfred listig. Und Konrad Horch nickte: „Selbstverständlich!“
„Das bedeutet, dieser Trampelpfad existiert schon seit den Kelten. Sonst würde ja ein Schwellenwächter an dieser Stelle keinen Sinn machen.“ Diese bestechende Logik nötigte Konrad Horch einen grimmigen Blick ab. Er sagte aber weiter nichts, sondern führte Alfred tiefer in den Wald. Tatsächlich stießen sie wenig später auf einen imponierenden Kreis aus groben Felsblöcken, die eindeutig von Menschenhand aufgeschichtet und zusammengefügt waren. Alfred war zum ersten Mal beeindruckt. „Wow!“ Er ließ das Bild auf sich wirken.
„Das ist ein Cromlech“, erklärte Horch und bestieg den Steinring, wie einer, der gerade einen Löwen erlegt hatte. Alfred machte es ihm nach: „Was ist ein Cromlech?“
„So hießen die Steinkreise bei den Kelten. Sie sind ein Symbol der Ewigkeit. Das hier ...“ – Konrad Horch machte eine weit ausholende Geste mit dem rechten Arm – „ ... das ist der Beweis, dass schon lange vor dem Mittelalter Menschen im Hochschwarzwald siedelten. Kelten! Die Wissenschaft will das bis heute nicht eingestehen.“
Alfred balancierte auf der Krone des Steinkreises und wischte mit den Schuhen Schnee beiseite. Die Größe der Steinblöcke variierte zwischen 60 Zentimetern und fast zwei Metern. Sie waren sorgsam eingepasst und bildeten einen eindeutigen Kreis. Alfred fotografierte. Schöne Motive für seine Serie. Konrad Horch hatte die Arme vor der Brust verschränkt und strahlte Triumph aus. Jetzt hatte er es diesem Banausen von Journalisten aber gezeigt. Das hier waren Beweise, die niemand wegreden konnte. Er schnaubte zufrieden, so dass feine Atemwölkchen aufstiegen.
Einen Scherz konnte Alfred sich nicht verkneifen: „Vielleicht haben schon die Kelten versucht, hier einen Staudamm zu bauen.“

Nachdem Alfred noch eine Zigarette gedreht und geraucht hatte, machten sie sich wieder auf den Rückweg. Alfreds in Mull verpacktes Ohr juckte. Aber nicht von der Kälte. Horch dozierte, immer heftig schnaufend, während er wie ein Eber durchs Unterholz brach: „Wieso heißt das hier zum Beispiel Eisenbreche? Weil Eisen gebrochen wurde. Das war vielleicht schon ein Umschlagplatz der jungsteinzeitlichen Völker, die mit Eisen und Silber handelten?"

Als sie wenig später den Damm wieder erreicht hatten und zum Parkplatz zurückkehrten, fiel ihm noch etwas Neues ein: „Wer weiß, vielleicht besteht hier auch ein Zusammenhang mit Kulten an der Göttin Isis, und die Stelle hieß früher Isisbrücke?" Er wollte weitergehen, doch Alfred streckte den Arm aus und hielt ihn zurück. „Stopp!" flüsterte er. Sie hatten das Ende des Dammes erreicht und freien Blick auf den Parkplatz. Dort stand ein schwarzer Mercedes. Ein Leihwagen, wie unzweifelhaft am seitlich angebrachten Werbeaufkleber zu erkennen war. Der schwarze Mercedes vom Golfplatz. Der Mercedes der beiden untergetauchten Asiaten.

Alfred duckte sich unwillkürlich hinter die Brüstung der Staumauer. Konrad Horch brauchte sich nicht zu bücken, er ragte kaum über den Kamm hinaus. „Die zwei Asiaten müssen in der Nähe sein", flüsterte Alfred.

„Dort, aufgepasst!" zischte Konrad Horch und zeigte in Richtung Parkplatz. Vom unweit gelegenen Kiosk her tauchten tatsächlich die beiden Asiaten auf. Der Graue und der Schwarze. Sie stiegen in den Mercedes ein.

„Ihnen nach!" kommandierte Alfred und sprintete los. Konrad Horch schnaufte hinterher. Als sie endlich Alfreds roten Flitzer erreicht hatten, war der Mercedes schon hinter der Biegung Richtung Seebrugg verschwunden. Alfred nahm mit seinem Sportwagen die Verfolgung auf.

Sie hatten Glück. Offensichtlich waren auch die beiden Asiaten keine begnadeten Winterpiloten. Deshalb hatten sie den Mercedes kurz vor Schluchsee schon eingeholt und hefteten sich an seine Stoßstange.

„Was haben die wohl an der Staumauer gesucht?“ grübelte Horch laut vor sich hin. Alfred wusste keine Antwort. Er konzentrierte sich auf das Autofahren. Sie durchquerten Schluchsee, fuhren weiter nach Aha und dann Richtung Altglashütten und Bärental. „Wir sollten vielleicht etwas mehr Abstand halten“, schlug Horch unterwegs einmal vor. „Sonst bemerken die noch, dass sie verfolgt werden.“ In Kriminalfilmen war das immer so einfach. Man ließ einfach zwei oder drei Autos dazwischen schlüpfen und blieb bei solchen Verfolgungen auf sicherer Distanz. In der Schwarzwälder Praxis funktionierte das nicht, denn kein einziges Auto setzte sich zwischen Alfreds roten Sportwagen und den Mercedes der beiden Asiaten. Stattdessen pfiffen sie alle vorbei, als ging es um eine Tageswertung bei der Rallye Paris-Dakar. Ab und zu nahm sich einer die Zeit, empört über die beiden schleichenden Sonntagsfahrer zu hupen. Jedenfalls war es für Alfred unmöglich, Abstand zum Asiaten-Mercedes zu halten, denn viel langsamer konnte er nun wirklich nicht mehr fahren. Im Bärental fuhr der Mercedes schließlich von der Bundesstraße ab. Alfred und Konrad Horch glaubten schon, es ginge nun Richtung Titisee, doch nach wenigen Kurven blinkte der Blinker am schwarzen Mercedes erneut und der Wagen bog nun nach links in ein schmales, schneebedecktes Seitensträßchen ein. Alfred bremste und hielt am Straßenrand an. „Soll ich hinterher fahren? Dann merken sie bestimmt, dass wir sie verfolgen.“

„Der Weg führt ins Bärental“, wusste Konrad Horch und stierte angestrengt in den finsteren Wald hinein. Unwillig schüt-

telte er seinen zotteligen Kopf. „Ich kann mir das nicht erklären. Dieser Weg geht durchs Bärental, bis zu einem großen Wanderparkplatz. Dort steht eine Schranke und man kommt nicht weiter."
„Ich hab keine Winterreifen", warf Alfred ein.
„Es ist ganz flach. Soll ich fahren?"
Alfred wehrte ab. Das hatte ihm gerade noch gefehlt. Niemand außer ihm selbst durfte seinen Flitzer fahren. Entschlossen drückte er den ersten Gang ein und bog in den Seitenweg ein. Wenn die beiden Asiaten das schafften, dann konnte das kein Hexenwerk sein. Im Schleichtempo ließ er den Wagen über den Schnee rollen und achtete dabei darauf, in der Spur zu bleiben, die der Mercedes vor ihm gelegt hatte. Es funktionierte gut, so lange er nicht Gas geben oder scharf bremsen musste. Nach einigen Minuten hatten sie den angekündigten Wanderparkplatz erreicht. Die Schranke war zu. Vom Mercedes war weit und breit nichts zu sehen. Seine Spur schien unter der Schranke hindurch zu führen und ging dahinter weiter.
„Wohin führt dieser Weg?" wollte Alfred wissen.
„Das ist der Wanderweg zum Feldsee und zum „Raimartihof". Das ist ein Gasthaus. Da kommt man nur zu Fuß hin. Für Autos verboten."
„Das wollen wir doch mal sehen." Alfred ließ den Motor laufen, stieg aus und machte sich an der Schranke zu schaffen. Aber sie war durch ein fettes Vorhängeschloss gesichert. Nichts zu machen.
„Die Kerle müssen einen Schlüssel gehabt haben."
Konrad Horch, der sich inzwischen ebenfalls aus dem Auto geschält hatte, schüttelte den Kopf. „Das kann nicht sein. Schlüssel haben nur die Forstverwaltung und die direkten An-

lieger. Das sind ein paar Bauern und der „Raimartihof“ mit seinen Übernachtungsgästen.“

Alfred stutzte: „Was sagen Sie da? – Übernachtungsgäste im ‚Raimartihof‘?“

Horch nickte und rollte mit den Augen.

„Wie weit ist der ‚Raimartihof‘ von der Gipfelstation des Sechser-Sesselliftes entfernt?“

Noch während Konrad Horch im Geiste Kilometer zusammenrechnete, dämmerte ihm, auf was Alfred hinauswollte: „Aber klar! Die sind im ‚Raimartihof‘ abgestiegen.“

„Deshalb waren sie wie vom Erdboden verschwunden. Da hinten hat sie natürlich niemand gesucht.“

„Aber was machen sie da?“

Alfred kehrte zum Auto zurück und stellte den Motor ab: „Das werden wir herausfinden“, rief er über die Schulter zu Konrad Horch hin, der immer noch an der Schranke stand. „Wie lange braucht man zu Fuß bis zum ‚Raimartihof‘?“

Horch stöhnte: „Eine Stunde, mindestens!“

Beim „Raimartihof“ kam die „Badische Zeitung“ in der Regel mit der Post. Es wäre ja auch keinem Zeitungsträger zuzumuten gewesen, täglich am frühen Morgen durch den dunklen Wald einen mindestens halbstündigen Anmarsch (wenn man vom Seebuck oben herunter kam) in Kauf zu nehmen, nur um eine Zeitung abzuliefern. Also brachte der Briefträger, der einen Schlüssel für die Schranke im Bärental hatte, die Zeitung mit dem Auto. Meistens am frühen Nachmittag. Raimartiwirt Bernhard Andris kam dann meistens erst am Abend dazu, einen Blick in die Zeitung vom Tage zu werfen. Als erstes interessierte er sich dann für die Feldberg-Seite. Schließlich war er streitbares Mitglied im Feldberger Gemeinderat und außerdem engagiertes Mitglied im Wirteverein und von daher am kommunalpolitischen Geschehen stark interessiert. Es gab aber auch Tage, da waren so viel Betrieb in der Gaststätte und Arbeit rund um den Hof, dass er einfach die Zeitung vergaß, oder dass er sie erst am nächsten Tag in die Hand bekam und dann nur noch oberflächlich durchblätterte.

So kam es, dass er unter der Woche auf der Kreis-Seite einen Artikel verpasst hatte, bei dem es um eine Prügelei auf dem neuen Golfplatz bei Titisee gegangen war. Hätte er diesen Artikel gelesen, dann wäre er vielleicht stutzig geworden. Denn in diesem Artikel war die Rede von zwei Asiaten, vom Titiseer Geschäftsmann Alexander Brunner und von mysteriös verschwundenen Kuckucksuhren, um die es bei der Prügelei gegangen sein soll. Bernhard Andris hätte wohl schnell erkannt, dass die Rede von jenen zwei Asiaten war, die seit fast zwei Wochen bei ihm im Ferienhüttle Quartier genommen hatten. Da er aber den fraglichen Artikel nicht gelesen hatte, blieb er bis zum Wochenende ahnungslos. Den Hochschwarzwald-Kurier, der ebenfalls über die Prügelei berichtet hatte und dabei sogar einen Zusammenhang zu dem Toten vom Sechser-Sessellift hergestellt hatte, bekam er in seiner Einsiedelei am Feldsee erst gar nicht zugestellt.

Jetzt aber saß er in einer ruhigen Minute am Ofentisch in der urigen Gaststube, rührte in seinem Kaffee und studierte den Lokalteil der Samstagsausgabe. In der Wirtschaft war nicht viel los. Um die wenigen Gäste kümmerte sich das Personal. An einem Tisch saß ein verirrtes Pärchen, Städter aus dem Unterland, wie Bernhard Andris sie einschätzte. Es waren eine hübsche, junge blonde Frau und ihr für die Jahreszeit etwas seltsam aufgemachter und etwas älterer Begleiter. Er trug zwar klobige Wanderschuhe, aber dazu einen völlig unpassenden Anzug mit Jacket und Krawatte. So war er vom Bärental her heraufgewandert und mit beschlagener Brille und ziemlich verschlottert im „Raimartihof" angekommen. Bernhard Andris hatte schmunzeln müssen, als die beiden eingetroffen waren. Aber so waren sie nun mal, die jungen Leute aus Freiburg. Hatten keine Vorstellung von der rauen Natur am Feldberg. Diese beiden waren die einzigen Gäste, außer noch den zwei asiatischen Hausgästen, die wie jeden Tag am Fenstertisch in der Ecke saßen und miteinander flüsterten. Kein Stress also für die Bedienung. Der Raimartiwirt wandte sich wieder seiner Tageszeitung zu. In großer Aufmachung stand dort: „Mord im Sessellift –Polizei fahndet nach zwei asiatischen Touristen". Sofort war er hellwach, schob den Kaffee beiseite und hastete durch den Artikel: „Der mysteriöse Tod eines asiatischen Touristen vor zwei Wochen im Sechser-Sessellift am Seebuck war möglicherweise ein Verbrechen. Die Kriminalpolizei Freiburg fahndet nach zwei Begleitern des Toten, die von mehreren Zeugen am fraglichen

Tag am Sechser-Sessellift gesehen wurden und seither verschwunden sind. Es handelt sich bei den Gesuchten möglicherweise um die gleichen Männer, die am vergangenen Sonntag den bekannten Titiseeer Geschäftsmann Alexander Brunner überfallen und mit Schusswaffen bedroht haben (wir berichteten). Eine erste heiße Spur erhielte die Polizei durch eine Einbruchsmeldung beim Hotel „Hofgut Sternen" im Höllental. Dort sollen vor drei Wochen drei Asiaten abgestiegen sein, bei denen es sich um den noch immer unbekannten Toten und seine zwei Begleiter handeln könnte. Die drei Männer sind seit dem 12. November aber nicht mehr im „Sternen" aufgetaucht. Der 12. November ist exakt der Tag, an dem sich der Vorfall im Sessellift ereignet hat. Von Seiten der Hotelleitung hieß es, man habe angenommen, die drei Männer hätten einen mehrtägigen Ausflug unternommen. Sie haben ihre Zimmer im Voraus bis Ende des Monats bezahlt. Ihr Fehlen wäre deshalb nicht weiter aufgefallen, wenn nicht Anfang der Woche in eines ihrer Zimmer ein Einbruch verübt worden wäre. Der Zimmerservice fand am Morgen ein total verwüstetes Zimmer vor, unter anderem mit einem umgestürzten und gewaltsam demolierten Schrank. Die Polizei hat Blutspuren und Fingerabdrücke sichergestellt. Sie geht davon aus, dass es sich bei den verschwundenen Hotelgästen um den Toten und seine zwei asiatischen Begleiter handelt. Nach dem Vorfall am Golfplatz ist sich die Kripo sicher, dass die beiden Untergetauchten noch in der Region unterwegs sind, eventuell mit einem größeren schwarzen Fahrzeug, vermutlich einem Mercedes oder Audi. Es handelt sich um zwei ältere Männer asiatischer Herkunft, beide etwa 40 bis 55 Jahre alt, mit gepflegtem Auftreten. Mindestens einer der beiden spricht gutes Deutsch. Beide Männer sind bewaffnet. Die Polizei hat folgende Fragen an die Bevölkerung: Wer hat die

beiden Verdächtigen in den letzten zehn Tagen gesehen? Wer weiß etwas über ihren Aufenthaltsort? Wer kann Auskünfte über das beschriebene Fahrzeug geben? Hinweise an die Kripo Freiburg oder das Polizeirevier in Titisee-Neustadt, Tel ..."
Mehrmals während des Lesens hatte Bernhard Andris ungläubig aufgeschaut, hinüber zum runden Fenstertisch am anderen Ende der Gaststube. Dort saßen die beiden Asiaten, die er seit zehn Tagen beherbergte, und vesperten, wie jeden Nachmittag, ihr neu entdecktes Leibgericht „Bibbeleskäs mit Pellkartoffeln". Der Raimartiwirt rieb sich die Augen. Konnte es sein ...? Aber ja, es gab keinen Zweifel. Das waren die beiden. Etwa 50 Jahre alt, der eine grauhaarig, der andere noch mit schwarzem Haar, einer sprach deutsch, die Zeiträume stimmten, die Beschreibung stimmte, und vor der Tür stand der schwarze Leihmercedes von „Wehrle-Hertz, Citytankstelle Neustadt". Das waren die Gesuchten.
Bernhard Andris sah nochmals hin. Die beiden schauten zurück. Der Graue winkte sogar. Man kannte sich inzwischen. Die beiden waren gute Gäste. Sie hatten bis Monatsende im Voraus gezahlt. Sie kamen jeden Nachmittag zum Essen. Sie waren freundlich. So freundlich, dass Bernhard Andris sich sogar hatte breitschlagen lassen, für die beiden eine Kuckucksuhr bei „Brunners Welt der tausend Uhren" abzuholen, was ja nicht geklappt hatte, weil die richtige Uhr gefehlt hatte. Wieder machte es „Klick" beim Raimartiwirt: „Brunners Welt der tausend Uhren". Prügelei mit Alexander Brunner auf dem Golfplatz! Wenn das kein Zusammenhang war? Es entfuhr ihm ein leiser Pfiff, so dass seine Frau Ruth erstaunt über die Theke herüberschaute und fragte: „Ist was? Hast du dich verschluckt?"
Bernhard Andris schüttelte den Kopf und schob sich vorsichtig hinter dem Stammtisch hervor: „Warte mal, ich muss

dir was erzählen. Du wirst es nicht glauben." Die Zeitung klemmte er unter den Arm. Er schielte nochmals zu den beiden Asiaten. Die erhoben sich gerade. Sie waren im Begriff zu gehen. Im gleichen Augenblick wurde die Tür zur Gaststube aufgerissen und zwei neue Gäste erschienen. Zwei Wanderer offensichtlich: Ein junger Kerl mit einer für die Witterung etwas zu fahrlässigen Lederjacke und mit Zigarette im Mundwinkel, im „Raimartihof" wurde nicht geraucht –; der andere, ein Stämmiger, Kleiner, trug einen Parka, dessen Kapuze er wie ein Polarforscher über den Kopf und um den Vollbart geschnürt hatte. Bernhard Andris registrierte aus den Augenwinkeln, wie die beiden Neuankömmlinge sich in die Gaststube drückten und wie ertappte Sünder wegdrehten, als die beiden Asiaten an ihnen vorbei den Raum verließen. Um die zwei Neuen würde sich die Bedienung kümmern. Er musste jetzt schnellsten seine Frau einweihen und dann die Polizei in Neustadt anrufen. Das war ja ein dicker Fisch, der ihm da ins Netz gegangen war.

Alfred und Konrad Horch hatten sich beide instinktiv abgewendet, als die beiden Asiaten an ihnen vorbei nach draußen gingen. Dabei bestand kaum eine Gefahr. Die beiden kannten sie ja nicht und wussten wohl auch nicht, dass sie verfolgt wurden. Alfred und Horch hatten eine knappe Stunde gebraucht, um zu Fuß durch den knöcheltiefen Schnee vom Wanderparkplatz zum „Raimartihof" zu kommen. Das war eine gute Gehleistung. Konrad Horch hatte das Tempo vorgegeben, Alfred war hinterher gejapst und hatte Nikotinrückstände ausgehustet.

Während eine ältere, resolute Bedienung Alfred unmissverständlich klar machte, dass der „Raimartihof" eine Nichtraucherwirtschaft war und er gefälligst seine Zigarette ausmachen sollte, was aber nicht leicht war, da es keine Aschenbecher gab, rutschte Horch auf den Knien auf der Fensterbank hinter die Tische und spähte zum kleinen Kreuzfensterchen hinaus. Das junge Pärchen am Nachbartisch, die Blonde und ihr Anzugs-Wanderer, verfolgte staunend und leicht pikiert den Auftritt.

„Das wär's noch, dass die beiden jetzt wieder zurückfahren und wir hier stehen wie die Dubel", klagte Alfred, während er seine Kippe in einer Blumenvase versenkte. Aber Konrad Horch winkte ab: „Nein, sie lassen das Auto stehen. Sie gehen zu Fuß."

„Was darf ich Ihnen bringen, möchten Sie was essen?" fragte die resolute Bedienung und hatte schon den Bestellblock gezückt. Alfred wäre liebend gerne in der Wirtschaft geblieben. Ihm war nach Bier und Schnaps, auch wenn das seine letzten fünf Euro gekostet hätte. Außerdem pochte sein verletztes Ohr. Es verlangte dringend nach Wärme. „Bleiben wir hier, und warten, bis die beiden zu ihrem Auto zurück kommen", schlug er deshalb vor. Aber Konrad Horch war anderer Meinung: „Wer weiß, was die beiden aushecken. Wir sollten ihnen folgen. Los, so lange sie noch in Sicht sind!"

Widerstrebend folgte Alfred, als Horch entschlossen wieder nach draußen stürmte. Sein Bedarf an Fußmärschen und Heimatforschung jeder Art war eigentlich für heute gedeckt. Andererseits war er selbst neugierig, wohin die beiden rätselhaften Asiaten sie jetzt noch führen würden. Und so langsam fügte sich das Ganze für ihn ja auch zu einer tollen Sensationsstory, mit der er im Hochschwarzwald-Kurier groß aufmachen konnte. Leuchter würde staunen.

Bergseits führte der große Wanderweg am „Raimartihof" vorbei Richtung Feldsee. Diesen Weg hatten die beiden Asiaten eingeschlagen. Alfred und Horch sahen sie gerade noch über die nächste Kuppe verschwinden. Inzwischen hatte wieder leichter Schneefall eingesetzt. Das verschlechterte zwar die Sicht, hatte aber den Vorteil, dass frische Fußspuren sich auch für einen Amateur-Indianer wie Alfred unübersehbar im Schnee abzeichneten. So konnten sie in sicherem Abstand den beiden rätselhaften Männern folgen. Die Spuren führten sie an der ersten Weggabelung nach links und von dort gleich wieder nach links auf einen kleinen, fast schon zugeschneiten Pfad, der zu einer rustikalen Holzhütte führte. Unschlüssig warteten sie einige Minuten, die Alfred dazu nutzte, eine weitere Zigarette zu drehen und hastig zu inhalieren. Die halbe Kippe warf er weg. Es war fast zu kalt zum Rauchen. Es schmeckte nicht! Dann entschlossen sie sich, näher an die Hütte heran zu gehen.

„Spüren sie irgendwelche Schwingungen?" fragte Alfred frech. Horch verzog missbilligend das Gesicht. Das war jetzt nicht der Zeitpunkt zum Scherzen.

Mit vorsichtigen, storchenhaften Schritten, die sie für raffiniertes Anschleichen hielten, näherten sie sich der Hütte. Aus einem Schornstein kämpfte sich wackerer Qualm in den Winterhimmel, wurde aber schon nach wenigen Metern vom Schneetreiben geschluckt. Ein Fenster war blass erleuchtet. Keine Geräusche.

Horch zupfte Alfred am Ärmel und zeigte auf die Seitenfront der Hütte. Die Eingangstür stand offen. Sie sahen sich an. Alfred zuckte mit den Schultern und nickte mit dem Kinn Richtung Hütteneingang. Horch nickte zurück. Irgendwie hatten sie sich ohne Absprache zur Taubstummensprache verabredet. Horch tappte voraus, Alfred folgte ihm. Lederstrumpf und Chingachgook im Schwarzwald.

Tatsächlich stand die Hüttentür auf. Von drinnen dampfte unternehmungslustig die Wärme heraus und huschte unter den Tannenwipfeln davon. Die ganze Szene sah unnatürlich aus. Die Hüttentür hätte geschlossen sein müssen. So weit geöffnet gab sie der Hütte etwas Hastiges, Fluchtartiges. Das Wort schoss Alfred durch den Kopf: Flucht! Ob die beiden Asiaten geflohen waren? Vorsichtig tasteten sie sich in den Hütteneingang hinein. Jetzt hatte Alfred die Führung übernommen. Es waren immer noch keinerlei Geräusche zu vernehmen. Alfred öffnete im kleinen Vorraum vorsichtig die hölzerne Tür, die in einen größeren Wohnraum führte und linste gespannt um die Ecke. Das Zimmer war leer. Licht brannte. Die zwei Fensterflügel standen weit offen. Eine kitschige Karo-Gardine wehte im Wind, einzelne Schneeflöckchen verirrten sich ins Innere. Mit zwei Schritten hatte Alfred den Raum durchquert. Er lehnte sich aus dem Fenster. Es lag nicht hoch über dem Erdboden. Ohne Mühe konnte ein Mann hinausspringen. Unten vor dem Fenster sah Alfred schon an den Fußspuren, dass seine Vermutung richtig war: Die beiden Asiaten hatten ihre Hütte durch das Fenster wieder verlassen. Und das war eindeutig nicht der übliche Ausgang. Also waren die beiden geflohen. Vor wem oder was? Etwa vor ihm und Konrad Horch? Es war Alfred ein Rätsel, was sie falsch gemacht hatten. Wieso hatten die beiden Asiaten gewusst, dass sie verfolgt wurden?

„Die haben uns doch gar nicht gekannt und noch nie gesehen?“, sagte er zu Horch, nachdem auch dieser sich kriminalistisch aus dem Fenster gebeugt und entsprechende Mutmaßungen angestellt hatte.

Horch schüttelte sich den Schnee aus der Parka-Kapuze und zupfte tropfende Eiszäpfchen aus dem Vollbart: „Vielleicht sind sie überhaupt auf der Flucht, also, ich meine, sie fliehen vor jedem, der ihnen zu nahe kommt.“

„Aber dann gehen sie doch nicht gemütlich im ‚Raimartihof‘ essen.“

Horch drehte sich in dem engen Raum einmal um sich selbst und studierte die Einrichtung. „Ich glaube, die haben hier gewohnt.“ Alfred machte zaghaft ein paar Fotos.
„Sollen wir sie weiter verfolgen?“ Alfred schaute skeptisch aus dem Fenster. Die Spuren führten in einem Bogen wieder zurück zum Wanderweg, soweit man das in der diesigen Sicht zwischen den Bäumen erkennen konnte. Der Reporter schüttelte den Kopf. „Ich glaube, es reicht. Ich wette, wenn wir zum ‚Raimartihof' zurück kommen, ist der Mercedes verschwunden, und die beiden sind über alle Berge.“
Diese Wette hätte Alfred allerdings verloren. Denn der Mercedes stand noch immer an seinem Platz, allerdings nicht mehr ganz unverschrt. Die Seitenscheibe an der Fahrertür war eingeschlagen. Der Stein, mit dem dies geschehen war, lag noch auf dem Fahrersitz. Irgendjemand hatte Handschuhfach und Seitenfächer durchwühlt. Alfred kletterte hinein um zu fotografieren und nach Hinweisen zu suchen.
In diesem Augenblick kam das Pärchen aus dem „Raimartihof“, das sie zuvor als einzige Gäste am Ecktisch gesehen hatten. Der geschniegelte und für die Witterung völlig unpassend angezogene Büromensch und seine Partnerin, eine blonde Schönheit mit langem, wallendem Haar und Engelsgesicht. Die beiden stapften vorbei und beäugten misstrauisch die Szene. Alfred, der auf dem Fahrersitz des Mercedes kniete und den Hintern aus der Fahrertür streckte, konnte die skeptischen Blicke nicht sehen, mit denen sie ihn beobachteten. Aber Konrad Horch bemerkte durchaus, dass sie beide einen sehr kompromittierenden Anblick boten. „Es ist nicht so, wie Sie vielleicht denken“, stotterte er und machte eine hilflose Geste mit den ausgebreiteten Armen.
Die junge Frau zog ihren Begleiter, der stehen bleiben wollte, am Ärmel und forderte: „Komm Lothar, das geht uns nichts

an ...“ Die beiden nahmen auf dem Wanderweg Kurs Richtung Bärental und waren bald im Schneetreiben verschwunden.

Es gibt vier Fußwege, die zum Feldsee und „Raimartihof" führen. Der kürzeste ist ein kleiner Wanderweg, der sich in schmalen Serpentinen vom „Feldbergerhof" und der Sessellift-Talstation durch den Wald hinunterschlängelt in den Feldseekessel. Er ist, zumindest abwärts und zu freundlichen Jahreszeiten, auch von den Teilnehmern einer Kaffeefahrt zu bewältigen. Der zweite Fußweg führt vom Rinkensattel herüber, ein Forstweg, mehr oder weniger die nächste Verbindung nach Hinterzarten, häufig verstopft von Mountainbikern und Freizeitreitern. Wanderern bleibt oft nur der Tanz um die Pferdeäpfel. Im Winter führt eine Langlaufloipe über diesen Weg. Jetzt, Ende November, halber zugeschneit, von einigen umgestürzten Bäumen, die in den Herbststürmen schlapp gemacht hatten, versperrt, war er fast unpassierbar. Die beiden anderen Wege führen auf unterschiedlichen Routen, einer „höheren" und einer „tieferen" direkt von der Schranke am Wanderparkplatz im Bärental Richtung „Raimartihof". Die beiden Wege sind etwa gleich lang. Die meisten Raimartihofbesucher pflegten auf dem unteren Weg hin zu marschieren, und auf dem oberen Weg zurückzukehren, der Abwechslung wegen. Der untere Weg ist auch autotauglich. Der obere Weg hingegen war höchstens für Traktoren und Geländewagen zu empfehlen.

Diese kleine Vorrede über das Wegenetz muss sein, damit man versteht, wie es passieren konnte, dass sich alle Akteure an diesem späten Sonntag Nachmittag verfehlten, obwohl sie fast zeitgleich am fast gleichen Ort waren.

Die Polizei vom Posten Feldberg, die vom Raimartiwirt Bernhard Andris alarmiert worden war, nachdem dieser mit Verspätung den Zeitungsbericht über die zwei vermissten Asiaten gelesen hatte, landete zunächst am Wanderparkplatz im Bärental. Normalerweise wäre für die Streifenbeamten die Schranke am „unteren Weg" kein Hindernis gewesen. Sie besaßen einen Schlüssel. Und trotz der leichten Schneedecke hätte ihr Streifenwagen den Waldweg gepackt. Doch irgendein Idiot hatte unmittelbar vor der Schranke seinen roten Sportwagen geparkt. Die Beamten notierten sich das Kennzeichen, fluchten fürchterlich und klemmten einen saftigen Strafzettel (erst 60 Euro, dann besannen sie sich und machten 100 Euro draus) an den Scheibenwischer. Aber bevor sie einen Abschleppwagen ins Bärental beorderten, entschieden sie sich angesichts der hereinbrechenden Dämmerung für den Umweg über den Berg. Vom Polizeirevier in Titisee-Neustadt forderten sie gleichzeitig Verstärkung an, und der stellvertretende Revierleiter Uwe Kaiser versprach am Funk, dass er sich persönlich mit einem Kollegen aufmachen werde. Die Feldberger Polizisten kletterten zurück in ihren Wagen und fuhren aus dem Bärental hinaus, hoch auf die Bundesstraße B317, die zum Feldberggipfel und zum Seebuck führte. Dort geht ein kleiner Forstweg unterhalb der Sechser-Sessellift-Talstation in den Wald hinein. Die Polizisten, inzwischen verstärkt um Waldemar Winter und Uwe Kaiser, die aus Neustadt um Hilfe gerufene Streife, fuhren so weit, bis der Waldweg sich verengte und steil ins Tal hinunterführte. Hier war Endstation für die Streifenwagen, und die vier Beamten machten sich zu Fuß an den Abstieg zum Feldsee hinunter.

Ungefähr zum gleichen Zeitpunkt hechelten Alfred und Konrad Horch auf ihren eigenen Spuren im Schnee den „unteren Weg" zurück in Richtung Wanderparkplatz. Beide waren müde, erschöpft und verfroren. Außerdem steckten ihnen das erneute Verschwinden der beiden Asiaten und der aufgebrochene Leih-Mercedes in den Knochen. Sie konnten all die

Einzelteile dieses Puzzles nicht zusammenbringen. Und sie hatten auch ein bisschen ein schlechtes Gewissen. Nicht, dass der Raimartiwirt sie vielleicht beobachtet hatte, als sie in die Hütte eingedrungen waren; oder, dass das seltsame Touristenpaar sie für die Autoknacker hielt, die den Mercedes aufgebrochen hatten.
Dieses „seltsame Touristenpaar" war gar kein Touristenpaar, sondern es handelte sich um zwei Ausflügler aus Freiburg, Lothar und Heide, die sich zwar in der Witterung verschätzt hatten, ansonsten aber harmlos und nichts ahnend waren. Sie hatten für ihren Rückweg zum Wanderparkplatz den „oberen Weg" eingeschlagen und wunderten sich nur, dass an jener Stelle, wo der Waldweg Richtung Rinken und Hinterzarten links abbog, vor ihnen plötzlich zwei Gestalten über den Weg huschten und dann schnell im Unterholz verschwanden. Lothar und Heide waren stehen geblieben, und Lothar scherzte: „Das war bestimmt der Strunzmeier vom Feldberg", – ein Insiderscherz, nur verständlich für Radiohörer, die die Radiokunstfigur „Strunzmeier vom Feldberg" kennen. Lothar war nämlich ein Radiomoderator mit Faible für skurrile Comedyfiguren. Aber das ist alles ein anderes Thema. Jedenfalls blickten er und Heide den davoneilenden beiden Gestalten hinterher. „Die sahen aus, wie Italiener", hielt Heide fest, aber Lothar schüttelte den Kopf: „Hier gibt's doch keine Italiener! Die gibt's nur in der Pizzeria." Seine Art von Humor. Er fügte hinzu: „Das waren Wilderer!"
Die beiden Unbekannten verschwanden im Dämmerlicht Richtung Hinterzarten. Lothar und Heide setzten ihren Weg fort. Auch sie hatten ihr Auto am Wanderparkplatz abgestellt. Allerdings vorschriftsmäßig, nicht vor der Schranke. Sie kamen dort kurz vor Alfred und Horch an und waren schon davon gefahren, heimwärts Richtung Freiburg, als Alfred und

Horch am „unteren Weg“ endlich aus dem Wald geschlappt kamen. Alfred zerfetzte den Strafzettel in der Luft, ohne ihn gelesen zu haben, – eine Unsitte, die ihm aber als einzig angemessene coole Reaktion auf die törichten Disziplinierungsversuche der Staatsmacht erschien. Irgendwann würde sowieso die Mahnung im Briefkasten landen. Horch fiel in den Beifahrersitz, wie ein Sack voller Bärenfelle, eine Wolke von Schneestaub aufwirbelnd. Endlich machten sie sich auf den Heimweg.

Unterdessen hatten die vier Polizeibeamten, angeführt von Kommissar Uwe Kaiser, dem Ranghöchsten unter ihnen, den Feldsee erreicht. Ihr erster Weg führte zum „Raimartihof“, wo die beiden Feldberger Kollegen zurückblieben, um mit dem Raimartiwirt ein vorschriftsmäßiges Protokoll aufzunehmen und den aufgebrochenen Mercedes nach Spuren abzusuchen. Kommissar Kaiser schlug währenddessen mit seinem Streifenbeamten Waldemar Winter den Weg zur Hütte ein, den ihnen der Raimartiwirt gezeigt hatte. Sein Anerbieten, sie zu begleiten, hatten sie abgelehnt. „Es könnte gefährlich werden“, sagte Waldemar Winter und sein blondes Lächeln bekam einen Hauch von Miami Vice. Bernhard Andris zuckte mit den breiten Schultern, als wollte er sagen: „Dann halt nicht, selber schuld.“ Er ließ die beiden Polizisten alleine ziehen. Unwillkürlich nahmen diese eine geduckte Haltung ein, als sie sich der Hütte näherten. Immerhin hatten sie es mit zwei Unbekannten zu tun, die offiziell zur Fahndung ausgeschrieben waren, die vielleicht in einen Mordfall verwickelt waren, die ganz sicher bewaffnet waren, wie man seit dem Vorfall auf dem Golfplatz wusste. Uwe Kaiser lockerte den Verschluss seiner Pistolentasche.

Die Hüttentür stand auf. Ein paar verwirrende Fußspuren kreuzten sich vor der Hütte, führten teilweise um sie herum,

von dort in den Wald, wieder zurück, in die Irre. Waldemar Winter kratzte sich in der blonden Mähne, als er von der Rückseite der Hütte wieder zu seinem Vorgesetzten zurückgekehrt war, und gab das Ergebnis seiner Nachforschungen bekannt: „Sie sind ausgeflogen!“
Uwe Kaiser nickte: „Entweder, sie haben den Braten gerochen, oder etwas hat sie aufgescheucht.“ Er beugte sich zu den Spuren hinunter, suchte nach Auffälligkeiten und richtet sich dann wieder auf: „Folgen wir mal den Fährten!“
Das war leichter gesagt, als getan. Inzwischen war es nämlich dunkel geworden. Zwischen den Tannen war wenig zu erkennen. Auf dem Fußweg vermischten sich die Spuren unter dem nachfallenden Schnee zu einem unentzifferbaren löchrigen Brei. Es war aussichtslos, auch wenn Waldemar Winter jetzt eine Taschenlampe anknipste. Aber Uwe Kaiser wollte nicht aufgeben. „Der Wirt sagte, vor zwei Stunden hätten die beiden Vögel noch bei ihm in der Wirtschaft gesessen. Ihr aufgebrochenes Auto steht noch da. Also sind sie zu Fuß unterwegs. Weit können sie nicht sein. Die sitzen doch hier in der Falle, in diesem zugeschneiten Kessel.“
Der blonde Waldemar-Polizist nickte zustimmend, hatte aber auch keine Idee, wie man diese Erkenntnisse in Taten umsetzen konnte.
„Leucht mal hier!“ forderte Kommissar Kaiser seinen Kollegen auf. Sie waren dem Weg ein Stück bergwärts gefolgt und hatten jetzt die Stelle erreicht, wo er sich gabelte, einmal Richtung „Raimartihof“, einmal Richtung Feldsee.
„Hier führen Spuren zum Feldsee!“
„Ich hab's gesehen.“
„Hinterher?“
Uwe Kaiser nickte: „Hinterher. Aber vorsichtig!“ Er zückte sein Funkgerät und hielt per Funk die beiden Kollegen im

„Raimartihof" auf dem Laufenden. „Es ist vielleicht besser, ihr kommt auch raus."

Der Feldsee hätte kaum glaubwürdiger wie ein Eiszeitsee aussehen können, als in dieser Nacht, wo eine neblige Wolkensuppe über dem ganzen Feldseekessel hing und feuchte Schlieren von halbwüchsigem Schnee entlud. Die Wasseroberfläche war eisenschwarz. An den Rändern hatte sich eine erste Eiskruste gebildet, überall da, wo herausstehende Felsen, umgestürzte Bäume, auskragendes Wurzelwerk oder ins Wasser wucherndes Gestrüpp Halt boten. Ein paar trostlose, abgehalfterte Schilfstangen ragten in der Nähe des Auslaufs aus dem dunklen Wasser. Ein Ast, der aussah, wie ein menschliches Bein. Waldemar Winter richtete den Strahl der Taschenlampe darauf: „Sieht aus wie ein Bein, dieser Ast", kommentierte er, ehe er erschrocken zusammenzuckte. Der Kommissar riss ihm die Taschenlampe aus der Hand und versuchte in großen Sätzen am Ufer entlang näher an die Stelle zu kommen.

„Da liegt einer im Wasser!"

Der Lichtkegel der Taschenlampe beleuchtete ein seltsam bleiches, menschliches Bein, an dem noch ein Schuh hing. Es ragte etwa ab der Wade aus dem finsteren Moorwasser und wirkte im Spotlicht der Taschenlampe wie eine Zirkusattraktion, die nun gleich in der abgedunkelten Manege ungeahnte Kunststücke vollbringen würde. Zu diesem Bein gehörte unzweifelhaft ein Mensch, von dem nur nichts zu sehen war, da seine wesentlichen Teile im Feldsee versenkt waren. Aber das Bein, wie eine Boje aus dem Wasser ragend, markierte die Stelle, wo man den Menschen suchen musste.

„Nichts anfassen, wir holen Verstärkung, Spurensicherung, Kripo, THW, ein Arzt, alles muss her, was wir auftreiben können. Ich glaube, das ist eine ganz heiße Sache."

Kommissar Uwe Kaiser hatte das richtige Gespür. Als zwei Stunden später, flutlichtartig beleuchtet von den großen Katastrophenscheinwerfern des Technischen Hilfswerkes, Spezialisten der Kripo Freiburg in Taucheranzügen den Leichnam bargen, entpuppte sich der Fund als Volltreffer. Es war einer der beiden gesuchten Asiaten.

NACHT DER SCHNEEMÄNNER

Alfred entging der Verhaftung durch die Freiburger Kripo vorerst nur dadurch, dass mitten in der Nacht, schon um zehn Minuten nach drei Uhr, das Telefon klingelte und ihn aus dem Bett scheuchte.

„Hä?“ meldete er sich.

„Es ist so weit“, meldete sich eine taufrische Stimme voller Tatendrang, die Alfred nicht zuordnen konnte. Also sagte er noch mal „Hä?“

„Wir haben minus sechs Grad. Es ist so weit. Wir machen Schnee!“

So langsam dämmerte es bei Alfred. „Schnee machen?“

„Ja, die Temperatur stimmt. Wir sind seit zwei Uhr dran. Du hast doch gesagt, wir sollen dich anrufen, wenn es so weit ist. Es ist so weit!“

Alfred stöhnte. Oh ja, er erinnerte sich. Großspurig hatte er den Jungs vom Schanzenteam versprochen, er würde eine packende Reportage vom nächtlichen Betrieb der Schneekanonen an der Sprungschanze schreiben, sobald es von den Temperaturen her passend sei. Sie sollten ihn einfach anrufen. Jederzeit. Das mache ihm gar nichts aus, auch mitten in der Nacht nicht. Er erinnerte sich an seine voreiligen Sprüche. Das war im „Baccio“ gewesen, zu einem Zeitpunkt, als die Welt noch lustig ausgesehen hatte, und die Realität des nächtlichen Schneemachens so weit weg gewesen war wie ein Lottogewinn.

Und jetzt war es so weit!

„Was ist? Kommst du?“

Alfred gähnte. Die Strapazen vom gestrigen Tag am Feldsee steckten ihm noch in den Knochen. Es war Montagmorgen. Er hätte gerne ausgeschlafen. Das Ohr juckte. Müde entzif-

ferte er die Uhrzeit am leuchtenden Ziffernblatt seiner Armbanduhr. Viertel nach drei! Wer rief da überhaupt an? „Wer ist eigentlich am Apparat?“
„Ich bin’s, Harald. Vom Schanzenteam. Du hast gesagt, wir sollen dich anrufen.“
„Ja, ja, schon gut. Ich komme. Ich komme gleich. Zieh mich nur noch warm an. In zehn Minuten bin ich da.“
Tatsächlich brauchte er zwanzig Minuten, bis er endlich schlotternd am Fuße der Hochfirstschanze stand. Dort nahm ihn einer in Empfang, dessen Namen Alfred nicht richtig verstanden hatte. „Long“, so sagten die anderen zu ihm. Kann man Long heißen? Vielleicht ein Schwarzwälder Traditionsname? Alfred wusste es nicht. Jedenfalls schleppte Long ihn zur vereisten und verschneiten Stahltreppe, die, etwa so steil wie eine Speichertreppe, vom Auslauf bis zum Schanzentisch hinauf führte. Die spitzen Schneilanzen, die im Abstand von vielleicht zehn oder fünfzehn Metern entlang der Schanze platziert waren und wie lange metallische Fühler in den Schanzenauslauf hineinragten, sprühten bereits feine Wolken von Schneestaub aus. Alfred erkannte eine eingemummelte, kleine Figur, die sich an einer der Schneilanzen zu schaffen machte. Der Stimme nach, die heftig über irgendeine „Drecksmuffe“ fluchte, war es Alois. Eine andere Stimme schall von der jenseitigen Seite der Schanze durch den Schneenebel herüber: „Vorwärts jetzt, Männer! Das passt! Wir schaffen genug Schnee.“ Das war die Stimme des Generalsekretärs. Tatsächlich, die ganze Mannschaft war auf den Beinen. Im diffusen Licht machte Alfred noch eine weitere Person aus. War es „das Fränzle“? In der Dunkelheit konnte Alfred nicht viel erkennen. Außerdem verschleierte der ständige Schneevorhang, den die Schneilanzen ausspuckten, die Sicht nach allen Seiten. Schon war Alfred vollkommen durch-

nässt. Er fror wie ein Frosch im Kühlschrank. Long erklärte ihm, während sie treppauf stapften, wie die Schneilanzen funktionierten. Aber es war zu kalt, um mit zu schreiben. Alfreds Finger wurden schon zu Eiszapfen, als er nur ein paar Fotos machte. Soviel konnte er behalten: Das Wasser für die Schneekanonen wurde aus einem kleinen Weiher gepumpt, den die Schanzenmannschaft im Sommer angelegt hatte. Dort sammelte sich das Wasser des Schmiedsbachs, der dem kleinen Tal im Osten Neustadts seinen Namen gegeben hatte. Temperaturen von dauerhaft minus drei Grad waren mindestens erforderlich, um ergiebig Schnee zu produzieren. „Bei Wasser aus der Trinkwasserleitung brauchen wir sogar minus vier oder minus fünf Grad“, erklärte Long. Das Trinkwasser habe eine so gute Qualität, dass es nicht so leicht kristallisiere, wie Bachwasser. „Das hat was mit den Schwebestoffen zu tun, die im Wasser sind.“ Alfred war beeindruckt.
Auf dem Schanzenbuckel bildeten sich schon die ersten kleinen Schneehügel. „Wenn genug Schnee produziert ist, verteilen wir die Haufen mit dem Pistenbully. Den hängen wir oben am Schanzentisch in einer Seilwinde ein, und dann ziehen wir ihn den Aufsprunghügel hoch und lassen ihn wieder runter. Sehr gefährlich!“
Long hatte kaum ausgesprochen, da dröhnte von unten aus dem Nebel am Auslauf ein mächtiges Motorengeräusch herauf, als ob ein Hubschrauber die Wolkendecke durchbräche.
„Das ist er!“
„Wer?“
„Matsy, der Schanzenchef. Mit dem Pistenbully. Er verteilt jetzt erst mal den Schnee im Auslauf unten. Vom Aufsprung bis zum Schanzentisch, den Teil machen wir erst, wenn es hell ist. Das wäre viel zu gefährlich jetzt.“ Long machte eine kleine Kunstpause, um dann zu fragen: „Willst du mitfahren?“

Alfred stierte angestrengt in die Tiefe. Er konnte nichts erkennen, hörte nur den dröhnenden Motor der Pistenwalze. So ungefähr mochte es aussehen, wenn ein Fallschirmspringer über der Wolkendecke aus dem Flugzeug nach unten schaut. Er winkte ab: „Kein Bedarf!“ Inzwischen war er regelrecht zum Eismann erstarrt, von oben bis unten mit kalten Schneekristallen übersät. Eindeutig hatte er sich falsch angezogen. Hier draußen an der Schanze hätte er eine Polarforscher-Ausrüstung gebraucht. Die dick vermummten Kerle vom Schanzenteam hatten leicht reden, die waren warm und mollig eingepackt. Aber er, er drohte zu erfrieren.
„Ich klettere wieder runter“, erklärte er mit blauen Lippen dem leicht enttäuschten Long, der ihn soeben noch zum Sprungturm hatte hinauf führen wollen. „Hab genug gesehen!“
Etwa zur gleichen Zeit waren 20 Kilometer entfernt, droben im unwirtlichen Bärental, noch weitere Schneemänner unterwegs. Der schöne Drogendealer Julio und sein etwas klein geratener Kumpan und Handlanger Steffano irrten durch den verschneiten Winterwald. Sie hatten nach den Vorfällen am Feldsee und am „Raimartihof“ nicht etwa kopflos die Flucht ergriffen, obwohl das vielleicht so ausgesehen hatte, als sie Lothar und Heide über den Weg gelaufen waren, sondern sie waren zielgerichtet einer Spur gefolgt. Der Spur des flüchtigen Asiaten Wang. Den mussten sie schnappen, wenn sie an ihr Geld oder an die versprochene Ware kommen wollten.
Doch das war leichter gesagt, als getan. Wang war ihnen am Feldsee entwischt. Doch im Neuschnee hinterließ er gut sichtbare Spuren. So konnten Julio und Steffano ihm folgen, trotz der Dunkelheit. Sie hatten eine Taschenlampe und leuchteten immer wieder akribisch den Schnee vor sich ab. Noch einmal wollten sie den Kerl nicht mehr davon kommen

lassen. Die Verfolgung war mühsam. Wang hatte kein erkennbares Ziel und keine Orientierung. Er hatte sich zuerst Richtung Bärental gewandt, war immer wieder in den Wald hinein abgeschwenkt, teilweise im Kreis gelaufen, und hatte sich dann Richtung Rinken entschieden. Sein Vorsprung wuchs freilich, denn Julio und Steffano mussten mühsam seine Spuren identifizieren. So kam es, dass sie die ganze Nacht unterwegs waren. Im fast 20 Zentimeter hohen Neuschnee stapften sie durch den Wald. Irgendwann erreichten sie den zugeschneiten Wanderparkplatz am Rinken. Dort hatte sich der flüchtige Asiate wider Erwarten nicht talwärts Richtung Hinterzarten, sondern erneut bergauf Richtung „Baldenweger Hütte“ und Naturfreundehaus gewandt. Der Kerl war eindeutig in Panik und wusste nicht wohin.

„Bald habe mir ihn. Er wisse nixe wohin!“ frohlockte Julio. Trotz der körperlichen Anstrengungen sah er immer noch aus wie aus dem Katalog. Sogar die verschwitzten Haare in der Stirn wirkten irgendwie dekorativ. Steffano hingegen war platt von den Anstrengungen. Er spuckte energisch und wütend in den Schnee. Er hatte die Nase voll. Und er sah auch längst nicht mehr so tadellos aus wie sein Boss Julio. Er hatte eine triefende Rotznase, rote Ohren, nassgefrorene Kleider am Leib und feuchte Füße, weil seine italienischen Halbschuhe beim besten Willen nicht für Abenteuer am verschneiten Feldberg konstruiert waren. Sie waren jetzt bald zehn Stunden unterwegs und er war am Ende seiner Kräfte. Er wollte nach Hause. Außerdem traute er den eigenen Spurensucher-Qualitäten nicht. Was, wenn sie seit Stunden die falsche Spur im Schnee verfolgten? Doch Julio trieb ihn unermüdlich an. „Da hoch!“ kommandierte er.

Der, dem sie auf den Fersen waren, hatte zu diesem Zeitpunkt gerade die „Baldenweger Hütte“ erreicht. Es war etwa drei Uhr morgens. Kopflos war Wang vom Feldsee weg in den Wald geflohen. Bergauf, bergab, in den Wald hinein, wieder hinaus. Er hatte keinerlei Orientierung, keinerlei Ortskenntnisse. Er wusste nur, dass er möglichst viel Abstand zwischen sich und seine Verfolger bringen musste. Jetzt ging es nicht mehr um pünktliche Lieferung, um zu viel oder zu wenig gezahltes Geld, um fehlende Ware. Jetzt ging es um Leben und Tod. Wie hatte die Sache nur so aus dem Ruder laufen können? Und das alles nur, weil Kuahira aus dem Sessellift gefallen war. Jetzt war Kuahira tot und Okinawe auch. Und nur er, Wang, war noch am Leben. Aber wo sollte er sich verstecken? Wie sollte er die Tage überstehen, bis von der Gesellschaft Hilfe kam? Zurück in den „Raimartihof" konnte er nicht mehr. Das war ein gutes Versteck gewesen. Zurück ins Hotel „Hofgut Sternen" im Höllental konnte er erst recht nicht. Dort wartete sicher längst die Polizei. Und dort würde auch dieser verfluchte Julio ihn finden. Die Lage war verfahren. Und er drohte hier im Neuschnee zu erfrieren, vor der Tür der „Baldenweger Hütte".

Er schlotterte wie ein rasierter Pudel. Bei ihrer überstürzten Flucht aus der Hütte am Feldsee hatte er sich nur das Jackett übergeworfen. Viel zu wenig für die kalte Nacht. Nur die ständige Bewegung hatte ihn warm gehalten. Aber er war von oben bis unten durchnässt. Er würde sich eine Lungenentzündung holen.

Wann machte die „Baldenweger Hütte" auf? Man müsste irgendwie hinein kommen. Er drückte die Türklinge an der Eingangstüre hinunter, in der festen Erwartung, eine verschlossene Tür vorzufinden. Doch die Tür war nicht abgeschlossen. Er konnte ins Haus hinein.

Die „Baldenweger Hütte" ist eine der ehemaligen Viehhütten rund um das Feldbergmassiv, die in den letzten Jahrzehnten zu Wanderheimen und Gaststätten ausgebaut worden waren. Sie ist Eigentum einer Weidegemeinschaft und verpachtet an Wirtsleute, die im Sommer verpflichtet waren, auch die Viehweiden zu betreuen. Im Winter aber kreuzten hier Langläufer, Schneewanderer und Partygruppen ihre Wege. Die Matratzenlager im Obergeschoss der urigen Bauernhütte waren meist ausgebucht. Man lag in Fünfer, – Siebener- oder Zehner-Zimmern, in Stockwerkbetten unter der Dachschräge. Vom Eingang rechts führte eine Tür in die kleine, schnuckelig renovierte Gaststube. Wang überlegte kurz. Die Versuchung war groß, sich hier auf einer Bank auszustrecken und endlich den überfälligen Schlaf nachzuholen. Aber man würde ihn hier sicher am frühen Morgen sofort entdecken und dann wäre er in Erklärungsnot geraten. Inzwischen wusste er ja auch, dass die örtliche Polizei nach ihm fahndete. Er hatte den entsprechenden Zeitungsartikel gesehen und mit seinen bruchstückhaften Deutsch-Kenntnissen immerhin im Kern verstanden. Linkerhand führte eine schmale Treppe ins Obergeschoss. Von dort drang zufriedenes Schnarchen in verschiedenen Variationen herunter. Dort waren die Massenlager. Wang schlich auf Zehenspitzen hinauf. Nach einem Lichtschalter suchte er erst gar nicht. Er wollte niemanden auf sich aufmerksam machen. Aber er musste etwas riskieren, denn er konnte auch nicht auf der Treppe sitzen bleiben. Oben an der Treppe lauschte er. Fast aus jedem Raum drangen Schlafgeräusche. Schnarchen, Stöhnen, Furzen, Pfeifen, Bettengeraschel. Alles, was ein Massenlager zu bieten hat. Rechts neben der Treppe befand sich eine Schiebetür. Sie führte ebenfalls in ein kleines Schlafzimmer. Durch ein schmales Dachgaupenfenster leuchtete so etwas wie Nachthelligkeit herein, eine Mischung aus Wintermond und Schneedämmerung. Wang erkannte, dass in diesem Raum noch Betten frei waren. Ihm war alles egal. In einem Doppelbett erkannte er pellwurstartige Schlafsäcke. In einem anderen hatte sich jemand unter Decken vermummt. Ein drittes Bett war unbesetzt. Wang krabbelte hinein. Im Sitzen und Liegen entledigte er sich bis auf die Unterhose all seiner nassen Kleider. Dann hüllte er sich in die schwere Filzdecke ein, die er am Kopfende des Bettes gefunden hatte, zog sich alles über den Kopf und schlotterte sich unverzüglich in den Schlaf.

Die Wirtin der „Baldenweger Hütte“ hieß Silvia. Eine fesche und patente Frau, die anpacken konnte. Am Abend war sie die letzte, die die Lichter ausmachte und den Bierhahn in der Gaststube abdrehte. Am Morgen war sie wieder die erste, die in der Küche stand und den Frühstückskaffee brodeln ließ. Sie wunderte sich nicht schlecht, als an diesem Morgen um halb sieben schon zwei verfrorene Gäste hereinschneiten. Offensichtlich Südländer, mangelhaft angezogen. Sie hatte mit einem Blick erfasst, dass das keine typischen Wanderer oder gar Wintersportler waren. „Wo hat's denn euch hergeweht?“ lachte sie, bekam aber zur Antwort nur grimmige Blicke und ein undefinierbares Knurren.

„Habe du Kaffee?“ fragte der größere der beiden, ein gut aussehender, braungebrannter Kerl mit Schnurrbärtchen und blitzenden Augen. Fast ein Fall zum Flirten, wenn da nicht so etwas Verschlagenes in seinem Blick gewesen wäre, ein Lauern, als ob er vor einer unsichtbaren Gefahr auf der Hut sei. Die fesche Silvia machte sich keine weiteren Gedanken. Gast ist Gast. Sollten sie ihren Kaffee haben. Wenn sie nur nicht die ganze Wirtschaft mit nassem Schnee voll tropfen würden. Da war gleich wieder Putzen angesagt, und der Tag hatte noch nicht einmal richtig angefangen. Die beiden waren ja durchnässt, als hätten sie die ganze Nacht im Schnee zugebracht.

Die Wirtin wusste gar nicht, wie richtig sie mit dieser Vermutung lag.
Wang hatte unglaubliches Glück. Niemand wunderte sich über seine Anwesenheit. Man ließ ihn bis gegen Mittag schlafen. Bei solchen Massenlagern waren es die Wanderer und Skitouristen gewohnt, mit Fremden in einem Raum zusammengelegt zu werden. Und dann stellte sich noch heraus: Unter den Übernachtungsgästen der „Baldenweger Hütte" befand sich eine zehnköpfige Gruppe von Landsleuten. Japaner, die ihren Urlaub im Hochschwarzwald gebucht hatten, um am nächsten Wochenende, dem ersten Dezemberwochenende, das Weltcup-Skispringen in Neustadt auf der Hochfirstschanze live mitzuverfolgen. Natürlich, um die japanischen Asse Kasai, Funaki und Myahira anzufeuern. Sie freuten sich wie kleine Kinder, als sie den Landsmann entdeckten. Unter heftigem Geschnatter tauschten sie sich aus, woher, wohin, wie lange schon im Schwarzwald? Wang gab sich als einsamer Europatourist aus und fragte mit ausgesuchter fernöstlicher Höflichkeit, ob er sich für einige Tage, etwa bis nach dem Skispringen, der Gruppe seiner Landsleute anschließen dürfe. Das wurde mit großer Herzlichkeit aufgenommen und so war Wang vorerst in Sicherheit.
So nahm diese Nacht der Schneemänner ein unterschiedliches Ende für die Protagonisten: Wang fand Unterschlupf in der japanischen Touristengruppe, mit der er fröhlich in der „Baldenweger Hütte" den Mittagstisch teilte, grimmig beobachtet von Julio und Steffano. Die beiden wussten nur zu gut, dass sie an ihr Opfer nicht heran kommen konnten, so lange dieses sich inmitten des japanischen Rudels bewegte. Aber soviel war auch klar: Sie würden ihn von nun an nicht mehr aus den Augen lassen. Julio beauftragte Steffano, sich ebenfalls in der „Baldenweger Hütte" einzuquartieren. Er

selbst machte sich auf den mühsamen Rückweg Richtung Hinterzarten. Er versprach, bald mit frischen Klamotten und Winterausrüstung zurück zu kommen. Und mit einem Plan. Denn mit Wang hatte er noch eine Rechnung offen.
Alfred schließlich kehrte vom Schneemachen an der Hochfirstschanze irgendwann gegen sechs Uhr in der Frühe nach Hause zurück und war eigentlich fest entschlossen, sich noch einmal zwei oder drei Stunden ins Bett zu legen. Doch aus diesem Traum wurde nichts. Vor der Tür zu seiner Wohnung erwarteten ihn zwei Polizeibeamte. Zum ersten Mal in seinem Leben wurde Alfred verhaftet. Wegen Mordverdachts!

EXPERTENRUNDE IN DER „SPRITZ“

Der ganze Kriminalfall „tote Asiaten“ breitete sich vor der Hochschwarzwälder Öffentlichkeit erst am Mittwochmorgen aus, als nämlich der Hochschwarzwald-Kurier in breiter Aufmachung von den Vorfällen am Feldsee berichtete: von dem toten Asiaten im Feldsee, von dem aufgebrochenen Leih-Mercedes der Firma Autoverleih Hertz-Wehrle, vom Zusammenhang mit dem toten Sessellift-Asiaten, von der Festnahme des eigenen, engagierten und unter Einsatz von Leib und Leben recherchierenden Jungredakteurs, von erheblichen Verdachtsmomenten gegen einen an den Vorfällen beteiligten Neustädter Realschulehrer, vom Zusammenhang mit dem Einbruch und der Zimmerverwüstung im Hotel „Hofgut Sternen“, von der Schlägerei auf dem Golfplatz. Alfred hatte den Artikel aus der Untersuchungshaft in der Freiburger Justizvollzugsanstalt heraus geschrieben. Soweit waren die dortigen Beamten ganz kooperativ gewesen. Er hatte einen Computer zur Verfügung gestellt bekommen und mit seinem Redaktionschef Leuchter kommunizieren dürfen. Leuchter war natürlich begeistert über den Artikel und empört über die Verhaftung. Er fügte Alfreds Artikel deshalb einen eigenen entrüsteten Kommentar hinzu, der sinngemäß etwa die böse Justiz geißelte und die Einschränkung der Pressefreiheit, und der zornig als vergleichbares Beispiel die Spiegel-Affäre von anno dazumals aufführte. Alfred verbreitete aber Optimismus, was seine baldige Freilassung betraf. In einer ersten Vernehmung hatte er den Freiburger Kripo-Beamten seine komplette Sicht des Falles dargelegt und seine aktive eigene Beteiligung ohne Beschönigung und so vollständig wie möglich dargestellt, allerdings ohne den Kauf der Kuckucksuhr bei „Brunners Welt der tausend Uhren“ zu erwähnen, so dass er eigentlich damit rechnen durfte, wieder auf freien Fuß gesetzt zu werden, sobald die Polizei seine Angaben überprüft haben würde. Am stärksten sprach gegen ihn die Zeugenaussage eines gewissen „Lothar“, der mit seiner Freundin zusammen gegenüber der Polizei an Eides statt versichert hatte, Alfred auf frischer Tat beim Aufbrechen und Ausräubern des Leih-Mercedes am Ramartihof beobachtet zu haben. Aber auch das sollte sich noch ausräumen lassen. Die Polizei vernahm ja auch noch gesondert den Realschullehrer Horch, und der würde Alfreds Angaben sicher bestätigen und ihn entlasten.

Das alles wusste natürlich der Expertenstammtisch im Gasthaus „Spritzenhäusle“ in Neustadt nicht, als er an diesem Mittwoch zusammentrat. Er wusste nur, was jeder im Hochschwarzwald-Kurier gelesen hatte. Das Gasthaus „Spritzenhäusle“ in Neustadt, bei Einheimischen nur kurz „Spritz“ genannt, war so etwas wie das städtische Kommunikationszentrum. All die Informationen, die in der Tageszeitung nur lückenhaft oder unvollständig nachzulesen waren, wurden am Stammtisch der „Spritz“ kompetent weitergesponnen, ausgemalt, interpretiert und analysiert. Und zwar war das so seit etwa 120 Jahren. Die Anfänge der Kneipe gingen zurück auf das späte 19. Jahrhundert. In dem Haus, das vielleicht noch mal hundert oder zweihundert oder fünfhundert Jahre älter ist, keiner weiß es, befand sich früher einmal eine Uhrmacherwerkstatt der berühmten Uhrmacherfamilie Sorg. Sie hatte Schwarzwalduhren hergestellt, keine Kuckucksuhren. Außer dass in der heutigen Gaststube an der Wand eine große Uhr hängt, die aussieht wie eine Bahnhofsuhr und fast immer auf Viertel vor Acht steht, erinnert heute kaum noch etwas an diese Uhren-Vergangenheit der Spritz. Doch, eines noch: Das mittlere Fenster zur Straßenseite hin – die „Spritz“

hat lauter kleine Sprossenfenster mit breiten Fensterbänken – war einmal eine Uhrmacherwerkbank, über die der Uhrmachermeister Sorg zur Straße hin seine Uhren verkaufte. Alles noch im Original erhalten.

In der Gaststube ist manches noch im ursprünglichen Zustand erhalten. Zum Beispiel die hölzerne Tür mit ihren Lüftungsklappen aus den Anfängen der Haustechnik. Oder zum Beispiel der schiefe, raumhohe Kachelofen mit dem eingekachelten badischen Landeswappen. Dieser Kachelofen ist mehr oder weniger ständig in Betrieb, oft auch im Hochsommer, jedenfalls immer heftige Wärme ausstrahlend – ein Trick des Spritzenwirts, um dem Durst der Gäste etwas auf die Sprünge zu helfen. Original ist außerdem noch die rauchgeschwärzte Holzkassettendecke. Geübte Augen vermochten unter der von Generationen von Stumpenrauchern imprägnierten Teerschicht sogar noch ein ehemaliges Deckengemälde zu erkennen.

Mit dem Stammtisch in der „Spritz“ war das so eine Sache. Die ganze Kneipe besteht eigentlich nur aus Stammtischen. Am Ofen ist der Stammtisch der Ärzte, Juristen und „Gscheiten“ und all derer, die sich dazu zählten, gegenüber ist der Stammtisch der Arbeiter, hinten in der Ecke ist der Stammtisch der Kartenspieler, direkt an der Theke ist der Spezialstammtisch der täglichen Hausgäste und Sonderfreunde, gegenüber der Expertenstammtisch, jener Stammtisch, der uns hier interessiert. Hier sitzen ausschließlich Experten, und zwar in allen Sachfragen, die die Welt bewegen. Begnadete Fußballtrainer und Bundesligaexperten, Insider der Weltpolitik, Experten in Sachen Kultur, Wirtschaft und Geschichte, Besserwisser in allen Belangen der Kommunalpolitik, unentbehrliche Ratgeber für Sexualfragen, Altersbeschwerden, Benimm-Regeln, Kochrezepte, Stadtgeschichte, Fernsehpro-

gramme und Bierpreise. Am Spätnachmittag, so etwa ab 16.30 Uhr, pflegte sich dieser Stammtisch zu füllen, um dann anzuschwellen und zu wachsen bis etwa 18 Uhr, wo es schon vorkommen konnte, dass die Experten in Zweierreihen saßen, ehe dann bis spätestens 20 Uhr sich alle wieder in ihr häusliches Privatleben verflüchtigten. Wer also je nach Neustadt kommt und unmittelbar, schnell und kompetent auf das Laufende gebracht werden will, der begebe sich um etwa 17 Uhr in die „Spritz" an besagten Stammtisch. Der kleine Haken daran, jedenfalls für Außenstehende, ist der, dass sie nicht geduldet werden, an diesem Stammtisch. Beziehungsweise, keiner wird abgewiesen, wenn er sich dazu setzt, aber wenn er nicht dazu gehört, dann tritt augenblicklich kollektives Schweigen ein und alle Augen richten sich auf den einen, neu Angekommenen, und zwar so lange, bis dieser etwas sagt, was dann ringsum, egal, was es ist, zu grimmigen und unnahbaren Mienen, ironischem Lächeln, viel sagenden Blickwechseln und anderen Äußerungen des Missfallens führt. Diese subtile Form des Stammtisch-Mobbings sorgt dann dafür, dass der Betreffende ganz schnell seinen Platz wieder räumt.
Unter dem Eindruck der aktuellen Veröffentlichung im Hochschwarzwald-Kurier war dieser Expertenstammtisch nun also auf dem Laufenden in Sachen „Asiaten-Mord" (so hatte Leuchter getitelt) und hatte sein Gesprächsthema für diesen Abend.
„Meine Theorie ist die, dass das ein Racheakt ist", behauptete der städtische Bauhofmitarbeiter, der im blauen Anton am Tisch saß und Bier aus der Flasche trank. „Soviel ist doch klar, die Asiaten bringen sich gegenseitig um!"
„Warum sollten sie?" fragte der mürrische Frührentner, der ihm gegenüber saß und mit wachsamen Augen die gesamte

Gaststube unter Kontrolle hatte. „Da steckt mehr dahinter."
„Die haben doch da in Asien immer solche Geheimlogen und Organisationen. Drachenclan gegen Jaguarclan, oder so ähnlich. Die brauchen keinen Grund, sich umzubringen. Das ist einfach so bei denen, seit Jahrhunderten. Hab ich doch im Fernsehen gesehen."
„Die haben doch auch immer so heimliche Tätowierungen, an denen sie sich gegenseitig erkennen", fügte der Bayer hinzu, ein am Stammtisch geduldeter Fremdling, der es mit bayrischer Gemütlichkeit und anderen sympathischen Eigenschaften geschafft hatte, als Zugereister in dieser Runde akzeptiert zu werden.
„Du meinst, diese Mini-Tätowierungen auf der Schulter, oder unter den Achselhöhlen", fragte der Malermeister, ein quirliger, runder, geselliger Mensch mit raumbeherrschendem Organ und einem schier unerschöpflichen Fundus an Stammtischwitzen zu jedem Thema und auf jedem Niveau. Er fügte hinzu: „Bei den Frauen tätowieren sie an Stellen, die nur die ganz Eingeweihten zu sehen kriegen."
Auf der anderen Seite des Stammtisches, neben dem Stadtarbeiter, lächelte der Alt-Stadtrat vielsagend in sich hinein und zwirbelte an seiner Krawatte herum. „Sag doch gleich am Fiddle", forderte er seinen Vorredner auf.
„Was ist Fiddle?" fragte der Bayer.
„Bei euch heißt es Arsch!" klärte der Malermeister auf.
Der Bayer wandte sich seinem Nachbarn zu, der bisher nichts gesagt, aber aufmerksam zugehört hatte. Man kannte ihn von der heimischen Stadtmusik. Er trank – völlig untypisch – aus dem Halben-Glas, während fast alle anderen am Tisch die 0,3- oder 0,4-Liter Gläser bevorzugten, oder noch lieber mit der Flasche vorlieb nahmen. Jeder am Stammtisch hatte ja so seine Eigenheiten, die der Wirt und die Wirtin alle

kennen mussten. Dieser Halbe-trinkende Stadtmusiker zum Beispiel, der bestand darauf, dass ihm das volle Halbe-Glas so hingestellt wurde, dass er den Henkel mit der linken Hand fassen konnte, weil er ein Links-Händer beim Trinken war. Der Alt-Stadtrat hingegen, nur um noch so eine Schrulle aufzuzählen, mochte zum Bier gerne ein kleines Kupfereimerchen mit heißem Wasser, um das Bier hinein zu stellen und damit auf eine ihm genehme Betriebstemperatur zu bringen. Der alte Gipsermeister, der auch noch am Tisch saß, trank ebenfalls aus der Flasche, bestand aber darauf, sich die Flasche selbst aus dem Kasten hinter der Theke zu holen, wozu er eine Art Ausnahmegenehmigung besaß. Ansonsten war der Bereich hinter der Theke nämlich für den gemeinen Gast tabu.
Jetzt wandte sich also der Bayer, der beim Biertrinken keine Schrulle hatte, sondern à la Carte trank, seinem Nachbar zu, dem mit der linken Hand: „Hast du schon mal eine Frau mit Tätowierung am Hintern gesehen?"
Der andere schüttelte den Kopf.
„Sind nicht sowieso alle Asiaten tätowiert?" fragte der Stadtarbeiter dazwischen. „Das wird bei denen doch schon gleich nach der Geburt gemacht."
„Das verwechselst du", korrigierte der Malermeister. „Was du meinst, das ist Beschneiden. Das machen die Juden. Hat mit den Asiaten nichts zu tun."
„Was hat das überhaupt mit dem Mord da oben am Feldsee zu tun?" mischte sich jetzt noch ein weiterer Stammtisch-Gast ein, nämlich der alte Gipsermeister.
„Irgendwie hat doch der Journalist Dreck am Stecken", behauptete der Bayer. „Ich kann mir nicht vorstellen, dass der da einfach nur zufällig so hinein geschlittert ist."
„Vielleicht Erpressung?" schlug der Alt-Stadtrat vor.

„Oder Weibergeschichten", empfahl der Malermeister. Seine Fantasie drängte mächtig in diese Richtung: „Irgendwas mit asiatischer Prostitution, oder so."
„Dieser Journalist da, Alfred, oder wie er heißt, der hat vielleicht in Bangkok ein Mädchen kennen gelernt, im Puff natürlich, und sich in sie verknallt. Und das waren dann ihre Zuhälter, die's ihm mal zeigen wollten ..."
„Ja gibt's denn so was? Wer ist dieser Alfred überhaupt? Von dem hab ich ja noch nie gehört?" fragte jetzt der einzige Anzugträger am Tisch, der smarte Jung-Geschäftsführer aus der Getränkebranche. Er war eigentlich ein Neustädter Gewächs, aber beruflich hatte es ihn etwas weiter weg verschlagen, so dass er nur sporadisch noch den Weg in die alte Heimatstadt und dann aber sofort an den Stammtisch in der „Spritz" fand, wo er immer nach den neuesten Neuigkeiten aus dem Dorftratsch fragte und sich bestens amüsierte.
„Der ist ganz neu beim Kurier", wusste jetzt der Stadtarbeiter. „Ich hab ihn kürzlich mal im „Baccio" getroffen. Da war er ziemlich betrunken und hat versucht, ein paar Gigs von der Narrenzunft anzubaggern."
„Der hatte halt Liebeskummer, wegen seiner Prostituierten aus Thailand", spekulierte der Malermeister.
Spielverderber wie immer war der Frührentner: „Die Kerle waren doch gar nicht aus Thailand. Das waren doch Japaner."
„Ist doch völlig wurst", widersprach der Malermeister. „Ist eh alles das gleiche, da unten. Die sehen ja auch alle gleich aus."
„Aber jetzt mal im Ernst", versuchte der Jung-Geschäftsführer aus der Getränkeindustrie den Faden wieder aufzunehmen. „Da steckt doch etwas dahinter. Diese ganzen Vorfälle haben doch einen Zusammenhang. Da war doch auch was auf dem neuen Golfplatz."

„Die Golfplatz-Gesellschaft hatte vielleicht einen Kredit von den Japanern und konnte ihn nicht zurückzahlen“, schlug der Alt-Stadtrat vor.

„Die sind sowieso immer pleite“, ergänzte der Malermeister.

Der Stadtmusiker, mit der linken Hand seinen Halben absetzend, warf ein: „Bei den Mitgliedsbeiträgen! Kann ja keiner zahlen.“ Für seine Verhältnisse war das schon ein überdurchschnittlich langes Statement gewesen. Es war zu erwarten, dass nun in der nächsten halben Stunde von dieser Seite nichts mehr kommen würde.

„Ich verstehe sowieso nicht, wieso ihr in eurem schönen Schwarzwald überall Golfplätze haben müsst. Hier muss man doch Wandern und Radfahren und die freie Natur genießen,“ sagte der Bayer.

„Golfplatz ist freie Natur“, widersprach der Alt-Stadtrat.

„Aber mit unanständigen Eintrittspreisen!“ kommentierte der Malermeister.

„Früher haben wir auch keinen Golfplatz gebraucht. Der ist sowieso nur für die Lehrer, die am Nachmittag nichts zu tun haben“, knurrte der Frührentner, der alte Besserwisser. „Wer was schafft, der hat gar keine Zeit für Golfplatz.“

Er musste es ja wissen. Er hatte sich vor ungefähr zwanzig Jahren in den komfortablen Zustand eines öffentlich subventionierten und arbeitsunfähigen Frührentners verabschiedet und diesen Status bis zum heutigen Zeitpunkt zielstrebig ausgebaut. Er war sozusagen ein Experte in Sachen Arbeitsscheu. Sein Elan reichte allerdings noch aus, um täglich einmal alle relevanten Stammtische in den verschiedenen Kneipen der Stadt abzuklappern und überall die wichtigsten Brocken aufzuschnappen, die er wahrscheinlich zu Hause stasimäßig irgendwie protokollierte. Vielen galt er als Spion des Finanzamtes. Andere vermuteten hinter ihm die GEMA als Auftraggeber.

Der Jung-Geschäftsführer aus der Getränkeindustrie hatte sich inzwischen zu einer Theorie durchgerungen: „Ich glaube, dieser Alfred, dieser Journalist, der ist den beiden Asiaten bei irgend einem krummen Geschäft auf die Schliche gekommen. Und dann hat er sie bei diesem Geschäft gestört und sie haben sich gegenseitig umgebracht. Irgendetwas in die Richtung."
Der Stadtarbeiter tippte sich an den Kopf: „Was soll das für ein krummes Geschäft sein, was man oben am Feldberg abwickelt, in der Nacht am Feldsee?"
Der Bayer hatte die Idee: „Seltene geschützte Pflanzen stehlen und mit in die Heimat nehmen. Die Japaner sind doch heiß auf solche Souvenirs. Und da oben ist alles unter Naturschutz. Da darf man nichts pflücken und keinen Stein umdrehen."
„Das Braxenkraut! Das ist es!" Der Malermeister hatte das Stichwort auf den Tisch geworfen.
„Was für ein Kraut?" Der Getränkemanager war nicht auf dem Laufenden. Der Alt-Stadtrat half ihm über die Informationslücke: „Das eiszeitliche, stachelsporige Braxenkraut. Es wächst nur im Feldsee und im Titisee. Ist 20.000 Jahre alt. Eine Rarität. So etwas wie der Dinosaurier unter den Pflanzen."
„Wegen dem Kraut darf man ja auch nicht mehr im Feldsee baden", ergänzte der Stadtarbeiter. „Es könnte eingehen, wenn die Touristen ihre Schweißfüsse ins Wasser stecken."
„So, so, aber eine Leiche darf man hineinschmeißen", murrte der Alt-Gipsermeister, ein schrulliger Kauz, dessen Kommentare ebenso rar wie beißend waren. Er widmete sich wieder seiner Bierflasche.
Inzwischen war der Spritzenwirt an den Tisch getreten. Es ist hier nicht der Platz, das Buch über den Spritzenwirt zu

schreiben, das nötig wäre, seine Persönlichkeit umfassend zu würdigen. In diesem Rahmen muss genügen, dass er die unangefochtene und oberste Autorität in seinen Gasträumen war und weder Widerspruch duldete, noch Kommentare zu seinen Portionen oder Bemerkungen über seine oft eigenwilligen Küchenöffnungszeiten, oder unangemessenes Verhalten in den Gasträumen, etwa, wenn jemand es wagte, Kaffee zu bestellen, wenn er selbst gerade darauf eingestellt war, nur noch Bier zu zapfen, oder, wenn jemand die Frechheit besitzen sollte, Kritik an der subtropischen Kachelofenhitze zu äußern. Da war man schnell rausgeschmissen, bei all diesen Vergehen.
Er hielt ein Bündel Küchenpetersilie in der Hand und warf es vor dem Jung-Getränkemanager auf den Tisch: „Da! Braxenkraut! So sieht es aus!"
Gelächter am Tisch. Der Stadtmusiker schnappte sich einen Stängel und knabberte daran wie ein Hase am Löwenzahn.
Inzwischen hatte der Malermeister die Theorie weiter gesponnen: „Die brauchen das Braxenkraut für ihre China-Restaurants. Ganz klar. Die Asiaten essen doch lauter so exotische Sachen. Habt ihr schon mal von dem giftigen Fisch gehört. Den schlucken sie in so einem Knödel eingelegt, und meistens ersticken sie daran."
„Das verwechselst du jetzt aber", widersprach der Bayer.
„Er verwechselt sowieso einiges", schmunzelte der Alt-Stadtrat. „Erst waren es bei ihm Thailänder, dann Juden, dann Japaner, und jetzt sind es Chinesen."
„Er war mal Maler", sagte der Spritzenwirt mit ironischem Unterton, während er nebenbei die leeren Gläser abräumte: „Der unterscheidet nur nach Farben. Und die sind alle gelb!"
„Wisst ihr, wieso die Chinesen alle so gelb sind und solche Schlitzaugen haben?" hob der Malermeister zu einem völkerkundlichen Witz an.

Der Stadtarbeiter wollte es wissen.
„Weil sie soviel Reis essen!"
„Verstehe ich nicht."
„Ist doch klar!" Dem rosigen Gesicht des Malermeisters sah man schon die Vorfreude auf die Pointe an: „Reis gibt Verstopfung. Und mit Verstopfung sitzen die Chinesen auf dem Klo und drücken, bis sie gelb werden und Schlitzaugen kriegen. Ha, ha, ha!" Immerhin konnte er selber lachen.
Der einzige, der offenbar ernsthaft an der Aufklärung des „Asiaten-Mordes" interessiert war, war der Jung-Getränkemanager. Er nahm den Faden wieder auf: „Irgendwie muss das doch alles zusammenhängen, auch mit dem Zeitungsredakteur, dem verhafteten. Oder mit dem Realschullehrer?"
„Der! Der ist sowieso an allem schuld!" Der Stadtarbeiter hatte einen empörten Ton angeschlagen. „Den hab ich gefressen. Der hat sich mal im Rathaus über mich beklagt, nur weil ich fünf Minuten nach Beginn der Mittagsruhe noch am Rasenmähen war. Ich hab' nen mordsmäßigen Anschiss gekriegt."
Daraufhin gab jeder am Stammtisch eigene Erlebnisse mit dem Realschullehrer Konrad Horch zum Besten. Jeder hatte irgendwie so seine Erfahrungen gemacht. Sie reichten von Anfeindungen in Leserbriefen über körperliche Auseinandersetzungen bis hin zu Prozessandrohungen.
„Der isch Lehrer, der het halt Zitt", resümierte am Schluss der knurrige Alt-Gipsermeister. Es folgte eine längere Debatte über die Ferienregelungen an baden-württembergischen Realschulen und über Lehrerarbeitszeiten und Lehrermotivation. Zum Glück saß kein Lehrer mit am Tisch, sonst hätte es wahrscheinlich eine vernichtende Schlacht gegeben.
Der Jung-Getränkemanager unternahm nach einer Phase geduldigen Zuhörens einen letzten Versuch, doch noch einmal

den Asiaten-Fall aufzurollen, indem er fragte: „Glaubt denn einer ernsthaft, dass der Realschullehrer etwas mit diesen Morden zu tun hat?“

Der Malermeister, der eigentlich gerade einen Lehrerwitz hatte erzählen wollen, runzelte die Stirn und zog eine Augenbraue schräg nach oben: „Erinnerst du dich vielleicht noch, wie wir hier am Stammtisch vor ein paar Jahren den Güllelochmord aufgeklärt haben? Damals haben wir auch gleich auf den richtigen Täter getippt. Und so ist es diesmal auch wieder, wart's ab!“

„Und wer ist der richtige Täter?“

„Die asiatischen Ganoven sind Grabräuber. Die wollten die alten alemannischen Keltengräber ausrauben. Und deshalb sind sie mit dem Realschullehrer aneinander geraten. Das ist doch so ein keltischer Hobbyarchäologe.“

„Wegen so eines alten Steinhügels bringt man doch keinen um“, widersprach der Bayer.

„Das ist es ja gerade. Die müssen in einem der Gräber etwas furchtbar Wertvolles entdeckt haben. Vermutlich ein Königsgrab.“

„Ein keltisches Königsgrab am Feldberg?“ Der Alt-Stadtrat war skeptisch. „Was könnte da drin sein?“

„Gold, Silber, Bronze, alles Mögliche“, spekulierte der Malermeister. „Jedenfalls super wertvoll, vor allem auf dem Schwarzmarkt in Asien.“

„Oder das Nibelungenlied“, schlug der Stadtarbeiter vor.

„Quatsch, das stammt doch nicht von den Kelten, sondern aus dem Mittelalter“, widersprach der Alt-Stadtrat.

„Dann eben die Artus-Sage. Oder überhaupt die älteste schriftliche Aufzeichnung der Kelten. Vielleicht eine Art keltische Bibel.“

Der Fantasie waren keine Grenzen gesetzt. Es gab niemanden am Stammtisch, der den Kelten nicht mindestens den Buchdruck zugetraut hätte. Bei der Aufgabe, sie zeitlich einzusortieren, schwankten die Stammtischexperten zwischen 10.000 vor Christus „oder noch älter" (der Jung-Getränkemanager) und „vor den Nazis" (der Alt-Gipsermeister). Die Nazis seien die letzten gewesen, die versucht hätten, keltische Bräuche wieder zu beleben. Sonnwendfeier und dergleichen. Es müsse also ein Zusammenhang bestehen.
Vielleicht sei ja auch ein Nazi-Schatz in einem Keltengrab versteckt worden, spekulierte listig der Frührentner. Und die Asiaten hätten es darauf abgesehen.
Man sieht, der Fall näherte sich unabwendbar der Aufklärung ...

Wie erwartet wurde Alfred schon am Mittwoch wieder auf freien Fuß gesetzt. Glaubhaft hatte er seine zufälligen Verstrickungen in den Fall erläutert. Seine Darlegungen vor der Polizei und der Staatsanwaltschaft waren so überzeugend gewesen, dass der Haftbefehl schon nach einem Tag wieder aufgehoben wurde. Allerdings fing er sich eine heftige Rüge ein, weil er nicht alle seine Erkenntnisse gleich offen gelegt hatte. Insbesondere, dass er sein Erlebnis im Hotel „Hofgut Sternen" verschwiegen hatte, wurde ihm von der Kripo übel genommen. „Hätten Sie das gleich gemeldet, dann wären wir viel weiter. Dann hätten wir die Asiaten längst gefunden und diesen Drogendealer Julio hätten wir auch am Wickel gehabt", schimpfte der ermittelnde Kommissar.
Bei dieser Gelegenheit schnappte Alfred ein Gespräch zwischen zwei Kripo-Beamten auf. Es waren nur ein paar Fetzen, aber sie brachten ihn auf eine Spur. Es ging dabei um die Drogenszene im Hochschwarzwald. „Total zusammengebrochen", „nur noch gepanschter Stoff", „schon wieder ein Toter", „irgendwo müssen die Quellen versiegt sein", – das waren die Wort- und Satzfetzen, die er aufschnappte. Sie reichten, um Alfreds Fantasie anzuregen. Schließlich war er Journalist.
Zurück in Neustadt und in der Redaktion des Hochschwarzwald-Kurier machte er sich unverzüglich an die Recherche. Zunächst erntete er aber höchstes Lob von Leuchter, und zwar gleich in mehrfacher Hinsicht. „Bombig" sei seine Story über den Asiaten-Mord gewesen. „Die hat voll eingeschlagen", freute sich Leuchter. „Vor allem, weil die Badische Zeitung keine Zeile hatte. Die haben gar nichts mitgekriegt."
Nicht alle waren dieser positiven Meinung. In der Post befand sich wieder einmal ein empörter Brief des Feldberger

Bürgermeisters Stefan Wirbser. Wie der Hochschwarzwald-Kurier dazu komme, schon wieder solche negativen Berichte über den Feldberg zu verbreiten. Er solle sich mal ein Beispiel an der Badischen Zeitung nehmen. Die schreibe viel positiver über den Feldberg. Die Berichte des Hochschwarzwald-Kurier hingegen seien schädlich für den Tourismus und für das Image der Gemeinde Feldberg. Der Bürgermeister zählte in seinem Brief im Folgenden sämtliche touristischen Errungenschaften seiner Gemeinde auf, von der geführten Kräuterwanderung über den Wanderbus bis hin zum Sechser-Sessellift. Und „dieser negativ eingestellte Redakteur" (gemeint war Alfred) könne sich jederzeit vor Ort selbst überzeugen, er sei herzlich auch zu allen Veranstaltungen eingeladen, etwa zum Heimatabend am Wochenende in der Festhalle Altglashütten, oder zur Saisoneröffnung am Seebuck-Sessellift, wo derzeit eifrig mit Schneekanonen die Skipiste für die Wintersaison präpariert werde. Selbstverständlich erwarte er, Wirbser, dass sein Leserbrief in voller Länge und an herausragender Stelle im nächsten Kurier veröffentlicht werde.
„Ich hab am Wochenende keine Zeit", erklärte Alfred, als Leuchter den zaghaften Versuch unternahm, ihn für den Heimatabend in Altglashütten zu begeistern. „Ich muss zum Weltcup-Skispringen in Neustadt." Leuchter wirkte verblüfft: „Moment mal! Über das Weltcup-Skispringen berichte ich. Das ist doch wohl klar. Das ist Chefsache. Ich bin ja schließlich auch akkreditiert."
Alfred nickte beschwichtigend: „Ja, ja, ich will ja auch gar nicht berichten. Aber ich habe eine VIP-Karte abgestaubt, beim Schanzenteam. Und das lasse ich mir natürlich jetzt nicht entgehen. Ich habe noch nie ein Skispringen erlebt."
Leuchter grinste säuerlich. Das passte ihm nun gar nicht, dass Alfred schon soviel Kontakte geknüpft hatte, dass er be-

reits mit VIP-Karten ausgestattet wurde. Denn das war eindeutig Leuchters Revier. Wer zum Skispringen ging und gar noch VIP-Karten oder Sonder-Zugangsberechtigungen hatte, das war eine Frage der Krawattenordnung. Aber Leuchter konnte wenig dagegen sagen. Immerhin hatte Alfred brauchbare Fotos vom Schneemachen im Morgengrauen geliefert, auf rätselhafte Weise einen guten Draht zum Schanzenteam aufgebaut und sich auch sonst schon rund um das Skispringen engagiert.

Leuchter verzog sich grummelnd wieder hinter seinem Schreibtisch, und Alfred sichtete weiter die Post. Noch ein Leserbrief: Ein Lob für die „sehr kompetente, sachkundige und unvoreingenommene Berichterstattung" über die keltische Vergangenheit des Hochschwarzwaldes. „Ihre Serie ist eine journalistische Wohltat gegenüber all den hämischen und verlogenen Sensations- und Spottgeschichten, die sonst in den Zeitungen über das hiesige Keltentum und die Techniken der Geomantie verbreitet werden." Alfred schaute sich den Absender genauer an: „Freundeskreis der Geomantie e.V." Dem Leserbrief lag eine Einladung zum zweitägigen Wochenendseminar in Weinheim/Bergstraße bei: „Theoretische und praktische Grundlagen zur Thematik - Auffinden von Kraftplätzen in der Natur, - energetische Strukturen in Bauwerken, - Nutzung der Orte für Meditation und Gesundung." In der näheren Erläuterung stand: „Wir werden Kraftplätze im Raum Heidelberg besuchen und dort für die praktische Arbeit auch in die Natur gehen. Bitte bringen Sie daher geeignete Kleidung und festes Schuhwerk mit. Sie können gerne Ihre eigenen Ruten und Pendel verwenden oder diese bei der Veranstaltung erwerben." Preis für das Tagesseminar: 225 Euro! Alfred war zwar nach erfolgtem Monatswechsel wieder halbwegs flüssig, zumal auch ein kleines Weih-

nachtsgeld auf dem Konto aufgetaucht war, aber er gedachte nicht, nach der völlig verschwenderischen Kuckucks-Uhren Ausgabe vom Vormonat, erneut Geld zum Fenster hinaus zu werfen. Bei dieser Gelegenheit fiel ihm ein: Er musste bei den Kuckucksuhren-Fachleuten nachfragen, ob sie herausgefunden hatten, warum seine Riesenkuckucksuhr nicht funktionierte. Er kramte die Telefonnummer heraus. Es meldete sich die Sprechstundenhilfe des Frauenarztes und erlag zunächst einem Missverständnis. Alfred, nachdem er seinen Namen genannt hatte, erklärte, er rufe an, um zu fragen, ob in seiner Sache schon ein Untersuchungsergebnis vorläge. Er bekam die Auskunft, dass er jedenfalls nicht schwanger sei, sonst wäre dies in der Karteikarte vermerkt worden. Eine Kuckucksuhr könne ja wohl schlecht schwanger werden, frotzelte Alfred zurück und stürzte die Sprechstundenhilfe in noch größere Verwirrung. Sie war erkennbar desorientiert und flüchtete schließlich resigniert in die Kapitulation: „Ich verbinde mit dem Doktor."
Zu seiner Enttäuschung erfuhr Alfred, dass man seine Kuckucksuhr noch nicht untersucht hatte. Der Frauenarzt war zwar ausgesucht höflich, aber Alfred glaubte am Telefon herauszuhören, dass ihm der ganze Auftrag lästig war. „Wir haben leider keine Zeit gehabt. Aber nach dem Wochenende schauen wir nach, ganz bestimmt. Die Uhr liegt bei mir zu Hause. Keine Sorge, da ist sie bestens aufgehoben. Wir werden den Fehler auf jeden Fall finden." Es klang ungefähr so wie: „Machen Sie mal keinen Aufstand wegen Ihrer kitschigen Touristen-Kuckucksuhr. Mit echter Schwarzwälder Uhrmacherkunst hat das sowieso nichts zu tun."
Ob das wirklich so ein guter Tipp von Konrad Horch gewesen war, die Riesenkuckucksuhr dem Freundeskreis Schwarzwalduhren zur Untersuchung anzubieten? Diese Uhrenex-

perten bewegten sich doch in ganz anderen Sphären. Das war wahrscheinlich ungefähr so, als hätte man Picasso gefragt, ob er nicht einen Balkon anstreichen könnte. Alfred nahm sich vor, die Uhr wieder zurück zu holen, wenn er nicht in der nächsten Woche einen Bescheid bekam.

Sein nächstes Telefonat führte ihn ins Neustädter Polizeirevier, wo er sich durchfragte bis zu einem der Jugendbeauftragten der Hochschwarzwälder Polizei, einem Beamten namens Hauser. Alfred stellte sich vor und berichtete von dem Gespräch, das er bei der Kripo Freiburg mitgehört hatte, bei dem es um die Hochschwarzwälder Drogenszene gegangen war.

„Jetzt wollte ich mal nachfragen, ob das tatsächlich stimmt. Oder wie ist die Lage hier oben?“

„Wenn Sie das so gehört haben bei der Freiburger Kripo, dann wird das wahrscheinlich stimmen. Ich darf Ihnen dazu nichts sagen. Auskünfte an die Presse gibt der Pressesprecher der Kripo Freiburg, der heißt Ulrich Brecht ...“

Alfred unterbrach das Gespräch. Er hatte schon verstanden. Also, mal wieder mit Brecht telefonieren. Das war ja wenigstens ein angenehmer Gesprächspartner.

Vom Kripo-Pressesprecher erfuhr Alfred dann, was er in Bruchstücken sowieso schon wusste: Die Drogenszene im Hochschwarzwald war offenbar in den letzten Wochen zusammengebrochen. Die lokalen Dealer hatten keinen Stoff mehr. In ihrer Not streckten sie ihre letzten Vorräte mit Zucker, Mehl, Waschmittel oder Aspirinpulver, jedenfalls mit äußerst ungesundem Zeugs. Die Folge: Es gab immer mehr Opfer. Ein markanter Anstieg der Zahl der Drogentoten in Südbaden. Junge Partygäste im Koma! Ein Bewußtloser im Colombi-Park in Freiburg, in letzter Sekunde im Uni-Krankenhaus gerettet. Schlägerei unter Kleindealern in Waldshut. Ein Junkie mit Entzugserscheinungen, der vom Dach des

Bonndorfer Schlosses springen wollte. Ein ausgeflippter Teenager am Kreisgymnasium in Neustadt ging bewaffnet auf die Lehrer los. Diagnose der Ärzte: Drogenentzug! Ulrich Brecht zählte Dutzende solcher Meldungen auf.
„Wenn Sie mich fragen", so fasste er am Schluss seine ganzen Erkenntnisse zusammen, „da ist gewaltig die Kacke am dampfen. Irgendwie sind die Versorgungswege unterbrochen. Es kommt kein Nachschub mehr in die Region."
„Wo kommt den der Stoff Ihrer Meinung nach normalerweise her?"
Zur Überraschung Alfreds war Polizeisprecher Brecht recht freimütig: „Das ist alles international. Ob das Rauschgift aus Südamerika kommt, oder aus Asien, das können wir hier kaum feststellen. Die Südamerikaner versuchen es meistens über die europäischen Drehscheiben. Amsterdam und Zürich. Von dort wird dann über alle Grenzen geschmuggelt, was das Zeug hält. Da sitzen manchmal Halbwüchsige im Zug von Frankfurt nach Basel, die haben den Bauch voll mit Plastikbeuteln. Lebensgefährlich! Haarsträubend!"
„Und die Asiaten?" fragte Alfred dazwischen.
„Schwer zu sagen. Da gibt es Kanäle über den Balkan und über Osteuropa. Die lassen sich immer was Neues einfallen. Und wenn das Rauschgift erst einmal im Land ist, wird es an die regionalen Dealer weiterverteilt, und die tragen es dann bis in den letzten Winkel."
„So wie Julio, der Italiener?" fragte Alfred.
„Vorsicht!" warnte der Polizeisprecher. „Wir kennen die Person zwar, von der Sie reden. Der Mann ist einschlägig vorbestraft. Aber wir haben keine Beweise, dass er erneut tätig ist. Hier gilt erst einmal die Unschuldsvermutung."
Alfred lachte spöttisch: „Der Kerl macht die hiesigen Schulhöfe unsicher."

„Gegen den Mann wird ermittelt, keine Sorge. Wir haben ihn im Auge. Auch, was seine Beteiligung am Einbruch im „Hofgut Sternen“ angeht. Aber wir müssen ihn schon fast in flagranti erwischen, wenn wir ihm etwas anhaben wollen. Dieser Kerl ist glatt wie ein Aal. Und wenn wir ihn zu sehr erschrecken, dann verschwindet er mal wieder für ein Jahr, und wir fangen wieder bei Null an.“

„Wie ist denn nun der genaue Ermittlungsstand in Sachen Asiatenmord? Gibt es da schon was Neues?“

Jetzt war es Polizeisprecher Brecht, der spöttisch lachte: „Das fragen Sie mich? Sie wissen doch wahrscheinlich mehr als die Polizei. Wir suchen immer noch nach dem dritten Mann. Über das Hotel „Hofgut Sternen“ haben wir jetzt wenigsten die Namen und Papiere der drei Asiaten. Natürlich alles gefälscht! Also sauber waren die nicht, soviel ist klar. Mit Hilfe der Fotos und der Fingerabdrücke hoffen wir jetzt, über Interpol mehr herauszufinden. Irgendwo müssen die Kerle ja registriert sein.“

„Und an was ist der Tote im Feldsee gestorben?“

„Ertrunken. Er ist ertrunken, ganz einfach. Das hat die Obduktion ergeben.“

„Sie glauben aber nicht, dass er freiwillig in den Feldsee gesprungen ist?“

„Was ich glaube oder nicht glaube, das spielt hier keine Rolle. Wir haben jetzt erst einmal das Obduktionsergebnis. Alles Weitere ist Sache der Ermittler.“

Alfred stöhnte gequält auf: „Sie haben also immer noch keine Theorie?“

Polizeisprecher Brecht blieb kühl: „Das überlassen wir Ihnen und Ihren Kollegen!“

Den Donnerstag nutzte Alfred in Absprache mit Leuchter für eine etwas weiter führende Erkundungsfahrt. Er hatte sich daran erinnert, dass er auch in Drubbas Uhrenladen beim „Hofgut Sternen“ ein Exemplar jener monströsen und überteuerten Riesenkuckucksuhr gesehen hatte. Hatte die Verkäuferin nicht gesagt, auch diese Uhr sei reserviert? Gleiches Muster wie in Titisee. Irgendwie keimte in Alfred ein vager Verdacht, dem er nachzugehen gedachte.

Im Internet besorgte er sich deshalb die wichtigsten Kuckucksuhren-Adressen aus der näheren und weiteren Umgebung. Furtwangen, Triberg, Schönwald, Hornberg. Dann machte er sich auf die Tour. Das winterliche Triberg empfing ihn mit einer fast malerischen Eis-Kulisse. Er ignorierte die vielen Hinweise auf die Wasserfälle und stattete statt dessen dem „Haus der tausend Uhren“ einen Besuch ab. Ähnlich wie in Titisee wurde er auch hier schon alleine vom Gebäude mächtig auf den Schwarzwald eingestimmt. Unter einem breiten Walmdach nahm ein überlebensgroßes Uhren-Ziffernblatt in Kuckucksuhr-Design die Frontseite des Gebäudes ein. Noch riesiger als die Riesenkuckucksuhr. Jedenfalls bestand kein Zweifel, dass Alfred an einem zentralen Umschlagplatz für Schwarzwalduhren gelandet war. Er brauchte im Innern der modernen Ladenpassage nicht lange zu suchen. Auch hier fand er schnell die Riesenkuckucksuhr, die er schon aus Titisee kannte. Und sein Verdacht wurde bestätigt. Die Verkäuferin erklärte ihm freundlich, die Uhr sei leider reserviert und deshalb nicht mehr verkäuflich. Zwar hätte sie schon vor über einer Woche abgeholt werden sollen, aber man gebe sie trotzdem nicht heraus, denn bei dem Kunden handele es sich um einen wohlhabenden Asiaten, mit dem man schon mehrfach gute Geschäfte gemacht habe, und mit dem wolle man es sich nicht verderben. Er werde auch sicher in den nächsten Tagen aufkreuzen, er habe seine Bestellungen in der Vergangenheit noch immer abgeholt. Alfred hatte sich schon etwas Derartiges gedacht.

Im „Haus der Schwarzwalduhren“ im benachbarten Hornberg-Niederwasser widerfuhr ihm das mehr oder weniger gleiche Erlebnis. Auch hier gab es die Riesenkuckucksuhr, doch auch hier war sie reserviert, seit langem bestellt, noch nicht abgeholt. Kunde: Ein Asiate. Die Puzzleteile begannen sich für Alfred zusammenzufügen. Auch in den einschlägigen Uhrenmetropolen Furtwangen und Schönwald wurde er fündig. Zusammen mit Titisee und dem „Hofgut Sternen“ hatte er am Schluss sechs verschiedene Häuser, in denen nach gleichem Muster asiatische Käufer Riesenkuckucksuhren der identischen Bauart bestellt hatten, um sie irgendwann abzuholen. Das war möglicherweise nur die Spitze eines Eisberges. Unmöglich konnte er aber den ganzen Schwarzwald nach Riesenkuckucksuhren abklappern. Immerhin, soviel war klar: Mit diesen Riesenkuckucksuhren hatte es seine besondere Bewandtnis.

WELTCUP (VORHER)

Die Stadt war wie ein Ameisenhaufen. Das Weltcup-Wochenende hatte die eher schläfrige Gemütlichkeit von Titisee-Neustadt in ein aufgeregtes Durcheinander verwandelt. Jeder hatte irgendwie etwas mit dem Springen zu tun. Die Einzelhändler in der Stadt hatten ihre Schaufenster dekoriert, manch alter Ski aus den Pioniertagen des Wintersports hing plötzlich in den Auslagen. Wer solche Raritäten nicht besaß, der behalf sich mit Rodelschlitten, Helmen, Startnummern, einem Hornschlitten oder einfach lebensgroßen Hannawald-Postern. Das „Café Butsch“ brillierte mit einer Marzipan-Sprungschanze. Bei „Schwenk beim Münster“ hing an Nylonfäden ein kompletter silbriger Springeranzug, eine Leihgabe des Gasthauses „Bären“, von wo ein Sohn des Wirtes, Andy Scherer, jahrelang als aktiver Springer Mitglied der deutschen Nationalmannschaft gewesen war.
In der Buchhandlung „Im Roten Haus“ erfuhren die alten Georg-Thoma-Schmöcker eine Renaissance, und die Gaststätten erweiterten ihre Speisekarten um „Springerwurstsalat“ und „Weltcup-Teller“.
Zu allem Glück lag wegen der Schneefälle der letzten Tage über allem ein weißer Zuckerguss. Der Kurdirektor strahlte, als hätte er den Schnee höchstpersönlich selbst gemacht. Aber er strahlte sowieso immer.
Im Rathaus waren alle noch wichtiger als sonst. Das will etwas heißen. Im Stadtkern waren Straßen gesperrt, die sonst immer offen waren, und solche waren für den Verkehr geöffnet, die sonst immer gesperrt waren. Durch die verkehrsberuhigte Hauptstraße rumpelte Verkehr wie in den siebziger Jahren, als es noch keine Umgehungsstraße gegeben hatte. Diese war jetzt wegen des Springens gesperrt, denn dort

parkten die Omnibusse. Der gesamte Durchgangsverkehr wurde über die Innenstadt umgeleitet. Fremde Menschen fühlten sich fast wie in St. Moritz und stapften in Pelzstiefeln und Eskimo-Anzügen durch die schmalen Schneisen zwischen den Schneebergen, die sich an den Gehwegen angesammelt hatten.

Am Samstag, dem Tag des Weltcup-Springens, waren viele schon früh am Morgen hinauf zur Hochfirstschanze gepilgert. Schon das Qualifikationstraining versprach Spektakel. Außerdem war die Sonne hervor gekrochen und zauberte einen flimmernden, klaren Wintertag auf die Wälderstadt. Es war ein Tag, an dem die Postkartenfotografen Bilder schossen, von denen sie später noch zehn Jahre leben sollten.

Alfred hatte es trotz hartnäckigster Interventionen nicht geschafft, eine Sonderausnahmegenehmigung zu bekommen, um mit seinem roten Flitzer ins Skistadion fahren zu dürfen. Notgedrungen musste er zu Fuß gehen, wie das gesamte gemeine Volk. Die Schanze war zwar nur wenige Gehminuten vom Bahnhof entfernt, aber Alfred wurde grundsätzlich mürrisch, wenn er irgendwo nicht bis unmittelbar vor die Haustüre fahren konnte. Deswegen war er auch allergisch gegen Fußgängerzonen. Der Weg von der Unterstadt unter der Bahnunterführung hindurch und dann zur Schanze hinauf, auf dem schmalen Schützensträßchen – so benannt nach dem Schützenverein, der direkt neben der Sprungschanze sein Clubheim unterhielt –, war verstopft von Fahnen schwingenden Fangruppen, Familien, Kindern, Teenagern, Senioren, Touristen und Einheimischen. Alle strömten sie an die Hochfirstschanze. Links und rechts des Weges hatten die örtlichen Vereine ihre Fressbuden aufgebaut. Etwa auf halbem Wege lockten dröhnende Techno-Lautsprecher in das Partyzelt des Narrenvereins „Raugeisthexen“. Weil ein paar junge, hübsche Dinger hinter der Theke standen und zum Takt der Techno-Rhythmen die T-Shirts hüpfen ließen, fühlte Alfred sich sofort angesprochen und legte einen Halt ein. Ein trendiges Modebier mit lila Etikett trinken und T-Shirts angucken!

Für Uwe Kaiser und Waldemar Winter vom Neustädter Polizeirevier war der Einsatz an diesem Tag nicht ganz so sorgenfrei. Sie hatten die Aufgabe, ein waches Auge auf die Einhaltung der erst jüngst vom Gemeinderat erlassenen „Stadionordnung" zu richten. Demnach war es unter anderem verboten, alkoholische Getränke mit auf das Schanzengelände zu nehmen. Die Überwachung dieser weitsichtigen Gemeinderatsverfügung barg allerdings gewisse Schwierigkeiten. Denn der Verkauf alkoholischer Getränke im Skistadion und dem dort aufgebauten Festzelt war ja keineswegs verboten. Wer sich also als Zuschauer mit ein paar Bierflaschen eindeckte, etwa am exponierten Verkaufsstand des Skiclubs, der konnte damit fröhlich über das Festgelände wanken, ohne dass er ein Fall für die Justiz wurde. Wer aber irgendwo in der Stadt ein paar Batterien Six-Packs einkaufte und sie im Rucksack zur Schanze hoch schleppte, der durfte sich nicht erwischen lassen.

Verboten war laut Stadionordnung auch das Mitbringen von Lärm- und Feuerwerksutensilien sowie von sperrigen Gegenständen, wie etwa Klappstühlen oder Kisten. Wenn also jemand eine leere Bierkiste mitbrachte, um vielleicht darauf seinem Sohn oder seiner kleinwüchsigen Ehefrau eine bessere Sicht auf das Geschehen an der Schanze zu ermöglichen, dann hätten die Polizeibeamten Winter und Kaiser eigentlich einschreiten müssen. Waldemar Winter hatte an diesem Tag aber sein engelsgleiches Lächeln aufgelegt und war so mit dem höflichen Grüßen nach links und nach rechts be-

schäftigt, dass er nicht auch noch auf solche Vergehen achten konnte, zumal sich sowieso niemand an die Verbote hielt oder an den Überschreitungen störte.
Konrad Horch stapfte unterdessen in seiner etwas mürrischen Art durch die Menge und bahnte sich einen Weg zum Schützenhaus, dem Vereinsheim des Schützenvereins, in dem das Pressebüro der Weltcup-Organisatoren untergebracht war. Konrad Horch grüßte nicht nach rechts und nicht nach links, obwohl er bekannt war wie ein bunter Hund. Er hatte sich eine Presse-Akkreditierung besorgt, mit der etwas fragwürdigen Referenz der Schülerzeitung, die er an der Neustädter Realschule mit betreute. Und mit dieser in Plastik verschweißten Akkreditierung um den Hals hatte er Zugang zum Pressebüro, wo es neben Start- und Ergebnislisten vor allem auch belegte Brötchen, Kuchen und Getränke umsonst gab. Konrad Horch machte ausschweifend von diesem Angebot Gebrauch. Ansonsten lungerte er herum und gab sich wichtig. Er hatte zwar ein balladenähnliches Mundart-Gedicht „S'Schanzegumpe“ verfasst, aber sein Angebot, es während der Eröffnung über den Stadionlautsprecher vortragen zu wollen, war vom Weltcup-Organisationsbüro kategorisch und einstimmig abgelehnt worden. Man erinnerte sich noch zu gut an Horchs öffentliche Dichtungen aus Anlass des Stadtfestes oder der Deutsch-Französischen Partnerschaftswochen. Sie endeten jedes Mal im literarischen Eklat. Horch war also in eher mürrischer Verfassung und nur wenig getröstet durch das kostenlose kulinarische Angebot, als er im Pressebüro im Wege herum stand und Startlisten studierte. Die Namen der Springer sagten ihm nichts. Außer Sven Hannawald. Den hatte er schon einmal gehört. Aber der sprang erst ganz zum Schluss.
Die japanische Touristengruppe war schon am frühen Morgen angereist. Von der „Baldenweger Hütte“ waren sie durch

den Winterwald bis an den Wanderparkplatz „Rinken“ marschiert, dort in den Bus gestiegen und in fröhlicher Stimmung nach Neustadt gefahren. Am Vortag hatten sie bereits das Training verfolgt, heute freuten sie sich auf das Weltcupspringen. Schließlich waren sie deswegen überhaupt in den Schwarzwald gereist. Sie wollten ihre Landsleute anfeuern, die Helden des Weltcups, Kasai, Miahyra, Funaki und Co. Wang fühlte sich in dieser Touristengruppe leidlich in Sicherheit. Er hatte in den letzten Tagen alle ihre Touren und Ausflüge mitgemacht. Er hatte immer darauf geachtet, dass er mit mehreren Landsleuten zusammen war. Denn nur dann war er vor seinen Verfolgern sicher. Er hatte wohl bemerkt, dass er unter Beobachtung stand. Der kleine Italiener, der sich in der „Baldenweger Hütte“ einquartiert und ihn beim Frühstück niemals aus den Augen gelassen hatte, war ihm nicht entgangen. Jede Bewegung Wangs in den letzten Tagen hatte dieser Italiener über Handy an seine unbekannten Auftraggeber gemeldet. Dann war da noch der Schönling, der immer wieder auftauchte. Einmal war er ihrem Bus mit einem roten Porsche bis ins Glottertal hinterher gefahren. Wang ahnte, dass das sein Verfolger aus der Nacht beim „Raimartihof“ war. Und er ahnte auch, dass diese zwielichtigen Südländer darauf aus waren, ihn alleine zu erwischen, um ihn in die Mangel zu nehmen. Er kannte diese Typen nicht, das war das Problem. Denn er, Wang, war ja nur das kleinste Rädchen im System gewesen, der Neue, der erst in das Europa-Geschäft eingeweiht werden sollte. Kuahira war ihr Boss und Kontaktmann gewesen. Kuahira der Schlaue, der aus dem Sessellift gekippt war. Mit seinem Tod hatte die ganze Malaise angefangen. Sie waren in Panik geraten und hatten die Flucht ergriffen. Das war vielleicht der erste Fehler gewesen. Dann hatten sie die Geschäftspartner nicht genau gekannt.

Die Adressen und Namen hatte nur Kuahira im Kopf. Wie sollten sie an die Kuckucksuhren kommen, ohne Kuahiras Hilfe? Und ohne Kuckucksuhren gab es kein Geschäft. Kein Wunder, dass die Italiener nervös geworden waren. Die warteten schließlich auch auf die Ware. Und so hatte Eines das Andere gegeben. Zwei Männer waren tot, und er, Wang, musste in diesem scheußlichen Hochschwarzwald noch durchhalten, bis Hilfe aus der Heimat kam. Jeden Tag telefonierte er dort hin. Aber die Gesellschaft konnte erst nächste Woche jemanden schicken. Jemanden, der sich auskannte, auch mit den Geschäftspartnern. Solange musste Wang die Stellung halten. Das war lebensgefährlich. Die Italiener, die ihn seit Tagen beobachteten, wollten ihm an den Kragen, das wusste er. Unwillkürlich machte er sich kleiner bei diesen Gedanken, als wollte er sich verstecken. Aber inmitten des Trubels am Fußweg zur Hochfirstschanze gab es kein Verstecken. Er konnte nur hoffen, dass er weiterhin in der Gruppe der japanischen Touristen untergetaucht bleiben konnte. Das war seine Lebensversicherung. Er würde seine Landsleute nicht aus den Augen lassen, sich immer an ihre Fersen heften. Denn er war sicher, dass auch jetzt, da sie das weite Rund des Skistadions im Schmiedsbachtal betraten, irgendwo in der Menge seine Verfolger lauerten.

Julio hatte Wang längst entdeckt. Er stand ganz oben auf der obersten Terrasse des Skistadions, direkt im Gegenhang zur Sprungschanze, und überwachte den Publikumsstrom mit einem Fernglas. Die kleine Schützenstraße, die bis unmittelbar ins Skistadion führte, hatte den Vorteil, dass auf ihr sämtliche Zuschauerströme zusammenliefen und kurz vor der Sprungschanze wie durch ein Nadelöhr gepresst wurden. Man musste also nur diese eine Stelle knapp oberhalb des Festzeltes im Auge behalten, und kein einziger Besucher

konnte einem entgehen. So hatte Julio durch sein Fernglas den Gesuchten schon ausfindig gemacht, ehe dieser auch nur die Schanze gesehen hatte. Und mit einem Schwenk, etwas die Straße hinunter, bekam Julio auch seine eigenen Leute ins Blickfeld. Da war Steffano, der kleine Prahlhans, höchstens fünf Meter hinter Wang, das Handy am Ohr. Er hatte den Auftrag, den Asiaten keine Sekunde aus den Augen zu lassen. Etwas weiter zurück schlich dann auch noch Julios zweiter Helfer, Bosco, ein pockennarbiger Albaner, ebenfalls mit einem Handy bewaffnet. Er sollte Steffano helfen, den Japaner im Getümmel von seiner Gruppe abzudrängen und so zu separieren, dass sie ihn dann gemeinsam in die Mangel nehmen konnten. Wäre doch gelacht, wenn sie aus dem Kerl nicht herausprügeln könnten, wo der Stoff geblieben war. In seinem skurrilen Italo-Schwarzwälderisch kommandierte Julio in sein Handy hinein: „Alles klar eh, habbe euch voll druff. Dran bleibe! Eh, ok? Musse weiter verfolge. Immer Abstand, bis ische Kommando gebbe, klar, eh?“
„Klaro Chef!“ kam es von Steffano zurück.
„Verstanden, ich bleib dran!“ bestätigte auch Bosco.
Julio griff wieder zum Fernglas. Von seinem Aussichtsplatz hinunter zu den Massen der heraufströmenden Besucher waren es Luftlinie vielleicht 100 Meter. Er hatte alles genau im Blick. Wang und seine Gruppe näherten sich einer Fressbude, von deren Dach ein blinkender und zuckender hölzerner Hornochse lockte. Der Wurst- und Bierstand des Neustädter Hornschlittenvereins „die Hornochsen“. Julio setzte sich seine dunkel getönte Sonnenbrille wieder auf, zündete zufrieden eine Marlboro an und zog fröstelnd den Reißverschluss seines grellroten Bogner-Anoraks bis zum Halse zu. Es war zwar ein sonnenklarer Tag, doch man unterschätzte leicht die Temperaturen. Kein Wetter, zum Brusthaare Zeigen.

Als Alfred zufällig aus den Augenwinkeln die japanische Touristengruppe mit Wang in ihrer Mitte erblickt hatte, hätte er beinahe den Anschluss verpasst. Er hatte gerade begonnen, sich am Stand der Raugeisthexen wohl zu fühlen. Nach dem dritten Zeitgeist-Bier und dem ersten Pflaumenschnaps Namens „Heißer Hüpfer", von dem er eine Runde spendiert hatte, um mit den T-Shirt-Mädels besser ins Gespräch zu kommen, gewann bei ihm die Überzeugung Oberhand, dass er das Skispringen vielleicht auch von hier aus verfolgen konnte. Man hörte hier immerhin noch die schnarrenden Ansagen aus den Stadionlautsprechern. Und im Hintergrund der Raugeisthexen-Bude lief sogar ein kleiner Fernseher mit. Vorerst fachsimpelten dort Dieter Thoma, der Ex-Skispringer, und Günther Jauch, der Fernsehmoderator. Beide waren irgendwo live oben im Stadion, das wusste Alfred. Ab und zu schwenkte die Kamera über die Besucherströme, hinunter auf die verschneite Stadt Neustadt, wo sie am markanten Münsterturm hängen blieb. Schöne Bilder aus dem Hochschwarzwald. Alfred war jedenfalls so abgelenkt, dass er die Asiaten fast übersehen hätte. Es war, wie gesagt, nur ein Blick aus den Augenwinkeln, der ihm signalisierte: Da war doch was? Alarm! Er drehte sich von der holzgezimmerten Theke weg und suchte die Menge ab. Was war ihm da ins Auge gestochen? Tatsächlich, inzwischen schon fast aus dem Blickfeld verschwunden, schob sich dort ein Rudel asiatischer Schlachtenbummler die Straße hinauf. Mitten drin einer, der Alfred bekannt vorkam. Das war doch ...! Nichts wie hinterher! Alfred nahm die Verfolgung auf. Den kleinen Italiener Steffano, den er noch aus der Nacht im „Hofgut Sternen" kannte, sah er in diesem Moment noch nicht. Und auch Bosco, der Albaner, fiel ihm nicht auf.

Als über Stadionlautsprecher gerade mit großem „Hallo“ eine hektische und sich schier überschlagende Stimme den ersten Springer des Wettbewerbs ankündigte und gleichzeitig das Publikum aufforderte, diesen Springer mit einem lauten „Ziieeh“-Ruf anzufeuern, hetzte Alfred noch an der letzten von insgesamt fünf Kassenbarrieren vorbei in das Skistadion hinein. An den Kassen saßen hübsche Mädchen, in rot-graue Weltcup-Anoraks verpackt. Sie kamen Alfred bekannt vor. Waren das nicht die „Gigs“? Die Frauen aus dem „Baccio“? Bei dieser Gelegenheit fiel Alfred ein, dass er immer noch nicht recherchiert hatte, wer oder was die „Gigs“ eigentlich waren. Sein Verdacht ging in Richtung Frauen-Selbsthilfegruppe. Aber keine Zeit jetzt, sich damit zu beschäftigen. Auch zum Flirten war keine Gelegenheit. Erstens waren die Frauen damit beschäftigt, die immer noch stetig strömenden Besuchermassen abzukassieren, zweitens hätten sie ihn sowieso nicht wahrgenommen, weil er ein Jüngling und damit nicht ihre Preisklasse war, und drittens war Alfred in Eile. Es galt, den Asiaten nicht aus den Augen zu verlieren. Alfred war sich sicher, dass es der Gesuchte war.
Weiter oben im Skistadion langweilte sich Konrad Horch in der Nähe des Schützenhauses. Mit dem sportlichen Teil des Skispringens konnte er wenig anfangen. Seine Versuche, die am Schulkopierer produzierten Vervielfältigungen seines lyrischen Textes „S'Schanzegumpe“ unter die Leute zu bringen, schlugen fehl. Immer wenn die Angesprochenen bemerkten, dass es sich bei dem verteilten Papier nicht um die Startaufstellung für das Springen handelte, gaben sie das Blatt dankend zurück oder warfen es achtlos weg. Ein harter Schlag für den Lyriker in Konrad Horch. So stand er blin-

zelnd in der Frühnachmittagssonne, kaute an einem im Pressezentrum abgestaubten Wurstbrötchen und ließ sich von den Menschenmassen mal hierhin, mal dorthin schubsen. Bisher hatte er keinen Spaß am Weltcupspringen.

Die Hochfirst-Schanze im Schmiedsbachtal in Neustadt ist eine Naturschanze. Die größte Naturschanze Europas, wie in Neustadt gerne betont wird. Ein bisschen ist das geschummelt, denn beim großen Umbau anno 2001 hat man den Anlauf mit einem Turm künstlich verlängert, weil die natürliche Topografie nicht mehr ausgereicht hatte. Sprünge bis zu 145 Meter weit sollen hier möglich sein. Über 140 Meter haben es einige Spitzenathleten in den letzten Jahren schon geschafft. Sven Hannawald aus dem benachbarten Hinterzarten war auch heute wieder Favorit. Aber er hatte in Neustadt schon einmal den Sieg verschenkt, damals, 2001, als er, in Führung liegend, den weitesten Sprung gelandet hatte, nur um dann vom Schiedsgericht dabei ertappt zu werden, dass er den Springeranzug nicht ordnungsgemäß verplombt hatte. Das bedeutete damals die Disqualifikation. Während Dieter Thoma und Günther Jauch dies alles in die Kamera hinein einem Millionenpublikum bei RTL erzählten, standen die beiden Fernsehleute am Treppenaufgang unmittelbar hinter den Zuschauerreihen am Auslauf. Es war jener Treppenaufgang, den die Springer benutzen mussten, wenn sie nach ihrem Sprung zu Fuß zurückkehrten zum Parkplatz. Dort standen Serviceautos, die sie wieder hinauf zum Anlaufturm brachten. Dabei legten die Springer einen Weg von etwa 50 Metern entlang des Auslaufes zurück, direkt unterhalb der Zuschauertribünen. Und wenn sie an jenem Treppenaufgang die letzten Meter überbrückten, waren sie dem Publikum am nächsten. Deshalb standen längs der Treppe, direkt am Absperrgitter, auch all die schwärmenden Teenager mit ihren

Autogrammblocks und Transparenten. „Martin, ich will ein Kind von dir", stand an die Adresse von Skispringer Martin Schmitt auf einem dieser Transparente. Oder, für Hannawald gedacht: „Hanni - auch ohne Plombe bist du ne Bombe!"

„Dieter, hättest du gedacht, dass Skispringen im Schwarzwald jemals eine solche Euphorie auslösen könnte?" fragte Günther Jauch. Dieter Thoma, dem man wieder einmal wie einer Schaufensterpuppe ein grelles Stirnband aufgesetzt hatte, das die roten Haarbüschel grotesk nach allen Seiten abspreizte, machte sein Fachmann-Gesicht und antwortete: „Ich habe schon immer gesagt, dass hier ein großes Potenzial schlummert. Und wenn man nur die Nachwuchsarbeit bei meinem Heimatverein, dem SV Hinterzarten, sieht, was da Großes geleistet wird ..." Das weitere Loblied auf die Nachwuchsarbeit des SV Hinterzarten ging unter im Jubel und im Pfeifkonzert, das die rund 20 000 Zuschauer im Stadion jetzt anstimmten, weil der erste deutsche Teilnehmer des Springens angekündigt wurde: Christoph „Duffy" Duffner, ein Skispringer-Urgestein aus dem nicht weit entfernten Schönwald, der hier natürlich ein Heimspiel hatte.

Polizeiwachtmeister Waldemar Winter war so darin versunken, den Sprung von „Duffy" mit einer Minikamera zu fotografieren, dass er gar nicht merkte, wie er von seinem Streifenpartner und Chef, Uwe Kaiser, getrennt wurde. Es war aber auch schwer, in diesem Getümmel zusammen zu bleiben. Eine Gruppe asiatischer Touristen quetschte sich durch die Menge Richtung VIP-Zelt. Waldemar Winter wurde von dieser Gruppe näher Richtung Schanzenauslauf gedrängt, Uwe Kaiser hingegen schoben die Asiaten zu den Zuschauerterrassen am Gegenhang. Viel nachdrängendes Volk zwängte sich vorbei, ein paar grölende Polen, ein Schwarm Teenager, Familien mit Kindern, Leute in dicken Anoraks, andere in

Pelzmänteln, feine Damen, Väter mit Kindern auf den Schultern. Keine Chance für Waldemar Winter und Uwe Kaiser, sich wieder zu einer Doppelstreife zu vereinen. Sie waren für's Erste voneinander getrennt. Uwe Kaiser fluchte darüber und versuchte, sich gegen den Strom wieder zu seinem Kollegen zurückzukämpfen. Waldemar Winter hatte noch nichts bemerkt. Er bejubelte den 132-Meter-Sprung von Duffy. Bisher größte Weite und Führung im Wettbewerb.

Das war die Gelegenheit! Alles jubelte über den Duffy-Sprung. Das Publikum war aus dem Häuschen, der Stadionsprecher drohte an seiner Begeisterung zu kollabieren, das Stadion kochte. Alle waren abgelenkt.

„Jetzt eh! Alles klar? Schlage zu! Verstande!" brüllte Julio in sein Handy hinein.

„Verstanden Julio!" meldete Bosco zurück.

„Alles klar Chef!" bestätigte auch Steffano.

Dann drängten sich die beiden unsanft in die Menge hinein, schoben den Vater mit seinem geschulterten Kleinkind zur Seite, drückten einen fetten Touristen mit Currywurst in die Arme der Pelzmantel-Dame, und schon waren sie mitten in der Gruppe der Asiaten, so wie sie es geplant und mehrfach besprochen hatten.

Von weit oben im Stadion, wo irgendwo an einem guten Aussichtspunkt Julio die Szene durch sein Fernglas beobachtet, kam der Hinweis: „Mehr nach rechts!"

Bosco und Steffano, beide das Handy am Ohr, hatten ihr Opfer aber schon ausgemacht. Bosco packte Wang am rechten Arm und zerrte ihn von der Gruppe der übrigen Asiaten weg. Steffano stellte sich so in den Weg, dass Wang keine Möglichkeit hatte, sich wieder in den Schutz seiner Gruppe zurück zu ziehen. Bosco hatte ein Messer gezückt. Er drückte es Wang unsanft in die Seite und drängte ihn weiter ab.

Steffano hielt ihm den Rücken frei. Die anderen Mitglieder der japanischen Fangemeinde bekamen nichts davon mit, dass einer der Ihren plötzlich fehlte. Sie waren alle ganz auf das Springen konzentriert. Günther Jauch sprach im RTL-Fernsehen: „Duffy hat eine echte Duftmarke gesetzt. Jetzt bin ich mal gespannt, was die Japaner zu bieten haben."
Eine hysterische Frau im Pelzmantel hatte Alfred gepackt und schüttelte ihn verzweifelt: „Was haben Sie getan, Sie Flegel. Schauen Sie nur meinen schönen Pelzmantel an! Sie haben ihn versaut. Alles voll Curryketchup. Das kriegt man doch nie wieder raus. Oh je, oh je!" Alfred versuchte sich zu befreien. Dabei drückte er die kreischende Pelzmantel-Tussy direkt rücklings in den Fressstand des Skiclubs Neustadt. Sie landete mit dem Hintern auf der offenen Senftube. Ihr Schreck war so groß, dass sie Alfred endlich los ließ. Er reckte sich, um mehr zu sehen. Jetzt hatte er den Japaner doch glatt aus den Augen verloren. Vor ihm baute sich grimmig ein fetter Tourist auf, in der rechten Hand ein leeres Papiertellerchen. „Wo ist meine Currywurst?" knurrte der Mann und sah Alfred an. Oh je, vom Regen in die Traufe gekommen. Alfred duckte sich und zwängte sich an dem Dicken vorbei. Da vorne, eine Rangelei! Das war doch der Asiate! Mit wem stritt er sich? Es schien, als versuchte er, sich von jemandem loszureißen. Alfred konnte wenig erkennen. Zu viele Menschen befanden sich zwischen ihm und der Szene. Er hüpfte in die Höhe. Den kleinen Italiener da, den kannte er doch. Das war doch der Wichtigtuer aus dem „Hofgut Sternen". Der Helfer des Schönlings Julio. Auweia, da war etwas im Busch. Wieder hüpfte Alfred. Diesmal erhaschte er einen Blick auf den um sich schlagenden Wang, der sich von einem Kerl freizumachen versuchte, der ihn am Arm gepackt hatte. Dieser Kerl schob den Asiaten immer weiter aus dem Publikumsge-

dränge hinaus Richtung Schützenhaus. Dorthin, wo sich das Pressebüro befand. Irgendeine Sauerei war da im Gange, soviel hatte Alfred sofort kapiert. Er drängelte sich rücksichtslos vorwärts.

Wenn es jemanden interessiert hätte, so hätte das Gedicht von Konrad Horch angefangen: „Hit isch widder Schanzegumpe; – do losst s' Städtle sich it lumpe ..." Aber es interessierte ja niemanden, die Kopien mit dem Schanzen-Gedicht lagen im Schnee herum. Auch die „BZ" hatte das Weltcup-Gedicht von Konrad Horch nicht abgedruckt. Dass es in der Schülerzeitung erscheinen würde, war ein schwacher Trost. Banausen! Die ganze Stadt bestand aus lauter Banausen! Der gekränkte Dichter Konrad Horch hatte schon beschlossen, dem Skispringen den Rücken zu kehren, da wurde er abgelenkt von einem heftigen Handgemenge, direkt vor seiner Nase. Jemand trampelte auf seinen Blättern herum. „He, he, he!" ging Konrad Horch mit seiner Gewichtheberbrust dazwischen, ohne zu wissen, um was es ging. „Aus dem Weg, du Idiot!" schrie ihn einer an, was dieser aber besser nicht getan hätte. Konrad Horch versetzte dem zwielichtigen, pockennarbigen Kerl eine klassische Ohrfeige, so wie er sie gerne hin und wieder bei seinen Schülern verabreicht hätte, wenn das nicht verboten gewesen wäre. Der Geohrfeigte wäre fast rücklings in den Schnee gefallen. „Wer ist hier ein Idiot?" Konrad Horch war gerade in der richtigen Stimmung. Der Kerl funkelte ihn giftig an und sah sich nach seinem Kumpanen um. Dann zückte er ein Handy. „Wo ist er hin, Julio? Er ist mir entwischt!" Konrad Horch verstand nur Bahnhof.

Geistesgegenwärtig hatte Wang die Situation ausgenutzt. Das war vielleicht seine letzte Chance, zu entkommen. Er war, nachdem er sich von seinem Verfolger losgerissen hatte, blitzschnell in einer Fangruppe grölender Polen untergetaucht. Dort machte er sich ganz klein und umarmte zwei selige Wodkatrinker. Gemeinsam skandierten sie „Adam,Adam!“ und die Polen waren glücklich, dass ein Japaner ihren Volkshelden Adam Malysz anfeuerte und nicht die japanischen Asse. Wang lotste seine beiden Sangeskameraden behutsam weg vom Schützenhaus, näher hin zum VIP-Zelt. Dort war eine Absperrung. Dort hatten nur noch Presseleute, VIP-Karten-Inhaber oder Helfer des Organisationskomitees Zugang. Wang dirigierte seinen polnischen Haufen direkt auf die Absperrung zu. Zwei junge Männer verstellten ihnen den Weg, um die Karten zu kontrollieren. Und während die Polen sofort eine radebrecherische Diskussion darüber begannen, ob ihre Karten zum Zugang ins VIP-Zelt berechtigten oder nicht, nutzte Wang die Gelegenheit, um an den Ordnern vorbei in die abgesperrte Zone vorzudringen.

Erst hätte Alfred Waldemar Winter fast nicht erkannt. Wo gab es das schon, einen Streifenpolizisten, der während eines Weltcupspringens mit einer Minolta-Kamera Aufnahmen machte? Erst als sie beide fast zusammengerempelt wären und der blonde Polizist die Kamera vom Auge nahm, erkannte Alfred ihn. Waldemar Winter lächelte sein Engelslächeln und machte Anstalten, weiter zu fotografieren. Aber Alfred hinderte ihn daran: „Ich habe den Asiaten entdeckt. Den Gesuchten vom Feldsee. Du weißt doch?“

Winter lächelte: „Ja, wirklich, schön!“ Er sagte es in einem Tonfall, als ginge es darum, ein Kleinkind für ein besonders gelungenes Bild zu loben. „Und ...?“

Alfred hätte sich die Haare raufen können. „Er ist hier. Gar nicht weit. Er ist auf der Flucht. Er wird verfolgt. Wir müssen hinterher!“

Irgendwie machte es jetzt „Klick“ beim Polizisten. Er steckte seine Minolta-Kamera in die Uniformtasche und blickte jetzt etwas ernster drein. „Wo ist er?“

„Komm mit, ich hab ihn bis vor wenigen Sekunden beobachtet. Er ist hinter den VIP-Zelten verschwunden."

Waldemar Winter ließ sich von Alfred führen. Sie boxten sich durch die Menge ihren Weg frei. Die Ordner bei der Absperrung am VIP-Zelt ließen sie anstandslos passieren. Polizei hatte immer freien Zugang. Waldemar Winter sowieso. „Hallo Walder", grüßten ihn die Ordner. Man kannte sich. Jeder kannte in Neustadt Waldemar Winter.

Auch Steffano und Bosco hatten sich an den Ordnern vorbei geschlichen. Dirigiert von Julio, der von seinem Aussichtsplatz immer noch die ganze Szene gut beobachten konnte und der ungefähr wusste, wo Wang sich verkrochen hatte, wurden Bosco und Steffano am VIP-Zelt vorbei gelotst, hinunter Richtung Orga-Gebäude, dort hin, wo die Service-Fahrzeuge parkten, die die Springer nach oben zum Anlaufturm brachten.

„Mache, mache! Schnell, schnell!", kommandierte Julio. „Der Kerle haut ab, eh. Do, ich kanne ihn sehe. Musche weiter unte renne, Bosco, schneller! Jetzte ischer in Auto gestiege. Der will abhaue. Schneller mache, Bosco! Isch es silbrige Opel, muesch gucke. Inne silbrige Opel."

Tatsächlich hatten Julios hektische Kommandos ihre Berechtigung. Wang hatte in seiner Verzweiflung die Tür eines der Service-Fahrzeuge aufgerissen und sich auf den Rücksitz geworfen.

Die Service-Fahrzeuge für das Weltcup-Springen in Neustadt wurden von den heimischen Autohäusern kostenlos bereitgestellt. Sie dienten dem Transfer der Skispringer vom Auslauf hinauf an den Anlaufturm. Da die Hochfirstschanze noch nicht über den üblichen Springerlift verfügte, mussten alle Springer mit dem Auto über einen Forstweg durch den Hochfirst-Wald an den Start gebracht werden. Diese Service-Autos wurden von ehrenamtlichen freiwilligen Helfern aus Titisee-Neustadt gesteuert. Am Steuer des Opel-Zafira, den sich Wang als Zuflucht ausgesucht hatte, saß keine Geringere als die Firmenchefin des Autohauses, das diesen Opel zur Verfügung gestellt hatte. Sie blickte kurz über die Schulter, als sie bemerkte, dass jemand eingestiegen war, sah den Japaner und hielt ihn sofort für einen Funktionär des japanischen Springerteams, den es nun nach oben zu chauffieren gälte. Also startete sie das Auto und brauste davon, gerade als zwei hechelnde und erschöpfte Gestalten herbeigehetzt kamen und winkend und Hände rudernd versuchten, ihr den Weg zu verstellen. Zu spät. Schon hatte sich der Opel Zafira auf die Fahrt zum Anlaufturm gemacht.

Alfred und Waldemar Winter wären beinahe über den Haufen gefahren worden. Die ehernamtlichen Fahrer in den Springerautos waren freie Fahrt gewohnt. Der kurze Fahrweg vom Sammelplatz über das Gelände des Schützenvereins bis zum Waldweg, der nach oben an den Start führte, war abgesperrt. Bis auf ein paar Ordner, Presseleute und Funktionäre kam niemand in diesen Bereich. Deswegen wurde auch keine Rücksicht auf die Straßenverkehrsordnung genommen. Jedenfalls konnten sich Alfred und Waldemar Winter nur mit einem Sprung zur Seite in Sicherheit bringen, als der Zafira vorbei sauste. Aber Alfred hatte immerhin einen Blick in das Innere des Fahrzeuges erhascht. Er erkannte den flüchtigen Wang. „Da! Da ist er! Er sitzt im Auto“ rief er und zeigte hinter dem davonbrausenden Wagen her.

„Bist du sicher?“ fragte Waldemar Winter. Alfred nickte. „Wir müssen hinterher.“

Waldemar Winter nestelte sein Polizeifunkgerät vom Gürtel und suchte Kontakt zu seinem Vorgesetzten Uwe Kaiser, der irgendwo im Zuschauergetümmel steckte. Es fiepte und rauschte im Gerät. Das war offensichtlich ein größerer technischer Akt. Alfred hatte sich schon immer gewundert, warum Polizisten mit diesen umständlichen Funkgeräten ausgestattet wurden und nicht einfach auf die viel handlicheren und praktischeren Handys umstiegen. Aber das war das Geheimnis höherer Mächte.

Auf dem Rücksitz des Opels lag eine komplette Springerausrüstung. Silbriger Anzug, Helm, Skibrille, Handschuhe, Springerstiefel. Wang überlegte nicht lange. Während der Zafira in der Manier eines Geländewagens holpernd über den schneebedeckten Waldweg nach oben rumpelte, entledigte er sich seiner Jacke, seines Hemdes, seiner Schuhe, seiner Hose. Die Frau am Steuer beobachtete ihn irritiert im Rückspiegel, einmal drehte sie sogar den Kopf nach hinten, obwohl das riskant war, denn der schmale Waldweg, auf dem zudem noch versprengte Touristen in der Fahrspur torkelten, verzieh keinen Fahrfehler. Sie konnte sich wahrscheinlich keinen Reim auf den Striptease auf ihrer Rückbank machen. Immerhin war es ein Erlebnis: Einen nackten Japaner hatte sie nämlich noch nie gesehen.

Wang mühte sich mit dem sperrigen Skianzug ab. Er zwängte sich in die silbrige Hülle. Die Beine passten mühelos hinein, um die Hüften wurde es eng, an den Schultern spannte es. Obwohl Wang von vergleichsweise kleinem Wuchs war, zwickte und klemmte die silberne Wurstpelle an allen Enden. Trotzdem: Als Tarnung war der Skianzug optimal. Wang zwängte sich auch noch in die futuristischen Stiefel, zog sich die Handschuhe über die Finger und stülpte sich den Helm über den Kopf. Bei der ganzen Aktion warf es ihn auf dem Rücksitz hin und her. Doch als sie oben im „Springerdorf“ ankamen, hatte er es geschafft. Er war verpackt wie ein Skispringer und überzeugt: Niemand würde unter dieser Verkleidung den flüchtigen Wang vermuten. Mit einem breiten, dämlichen Grinsen bedankte er sich bei seiner immer noch verwirrten Fahrerin, kletterte aus dem Zafira und zog hinten am Skiständer das dort befestigte Paar Sprungski heraus, als sei es das Selbstverständlichste der Welt. Mit einem Wink der linken Hand entließ er seine Fahrerin. Es sollte wie ein sportlicher Gruß wirken, sah aber so aus, als salutierte Wang vor seiner Chauffeurin.

In Führung nach dem ersten Durchgang lag Adam Malysz, vor Lokalmatador Sven Hannawald, dem Österreicher Andy Goldberger und dem Schweizer Simon Amann. Duffy war Fünfter, ein sensationelles Ergebnis für einen, der aus Altersgründen bereits in den B-Kader verbannt worden war. Ob das Ergebnis für ihn eine Überraschung sei, wollte im Fernsehen Günther Jauch von Dieter Thoma wissen. Das Interview wurde auf der Großleinwand im Skistadion übertragen. Jeder konnte sehen, dass Dieter Thomas Stirnband verrutscht war. Der Ex-Ski-Star musste blinzeln. Aber anstatt sich das Stirnband wieder richtig in Position zu schieben, ertrug er das Handicap mannhaft, blickte kritisch hinauf an den Schanzentisch und gab kund, er habe dieses Ergebnis so nicht erwartet, es sei aber auch keine ganz große Überraschung, weil im Sport schließlich alles möglich sei, und im zweiten Durchgang gebe es sowieso noch für jeden alle Chancen, das Klassement noch auf den Kopf zu stellen, und für den Duffy sei es wichtig, jetzt auch den zweiten Sprung „sauber" herunterzubringen, und es sei den Schwarzwäldern sowieso zu gönnen, dass ein Schwarzwälder ganz vorne lande, denn bei der vorbildlichen Nachwuchsarbeit beim SV Hinterzarten ..." Davon erfuhr man nicht mehr viel, denn Günther Jauch versprach: „Wir sind gleich wieder da", um in der gleichen Sekunde mitsamt Dieter Thoma vom Bildschirm zu verschwinden: Werbepause! Immerhin würde Dieter Thoma jetzt Zeit haben, sein Stirnband zu ordnen. Waldemar Winter wandte den Blick von der Großleinwand ab und widmete sich jetzt wieder dem völlig nervösen Alfred, der unruhig über die Köpfe des Publikums hinweg Ausschau hielt: „Wo bleibt denn dein Chef nur, wir warten schon seit zehn Minuten?"

Waldemar Winter hatte die Ruhe weg und strahlte nach wie vor engelsgleiche Zufriedenheit aus. „Er muss doch erst mit dem Streifenwagen von hinten über den Berg hier herüber kommen. Durch die Zuschauermengen kann er schließlich nicht hindurch fahren. Aber keine Angst. Der Asiate kann uns nicht entkommen. Er ist ja hinauf zum Schanzenturm gefahren. Da gibt es nur den einen Weg. Er sitzt da oben in der Falle."

Alfred war trotzdem nervös. Nachdem Waldemar Winter per Funk endlich seinen Kollegen Uwe Kaiser erreicht und den Sachverhalt geschildert hatte, hatten sie vereinbart, dass Kaiser mit dem Streifenwagen kommen sollte, damit sie den Flüchtigen verfolgen und stellen konnten. Gleichzeitig hatten sie vom Revier in Neustadt Verstärkung angefordert und auch die Kripo in Freiburg alarmiert. Schließlich war Wang zur Fahndung ausgeschrieben.

Bosco und Steffano waren von ihrem Boss Julio ebenfalls zum Anlaufturm hinauf beordert worden. Ihnen stand allerdings kein Auto zur Verfügung, also hetzten sie auf dem schneebedeckten, schmalen Serpentinenweg nach oben. Eine sportliche Leistung, denn es ging steil bergauf. Man brauchte zu Fuß etwa eine halbe Stunde, um auf dem Waldweg vom Schanzenauslauf bis hinauf an den Anlaufturm zu kommen. Bosco und Steffano schafften es in 15 Minuten, sozusagen in der Pause zwischen dem ersten und dem zweiten Durchgang. Unterwegs mussten sie immer wieder zur Seite

in den Tiefschnee springen, um den Fahrzeugen auszuweichen, die jetzt im Minutentakt die Springer nach dem ersten Durchgang wieder nach oben brachten. Julio blieb währenddessen unten im Skistadion. Falls der Asiate dort wieder auftauchen sollte. Und um alles unter Kontrolle zu behalten, wie er den beiden anderen am Handy erklärte. Und er spornte sie auch an „kurze Prozesse" zu machen, was immer das heißen mochte. Langsam habe er nämlich die Schnauze voll. „Ich lasse mich nitte mehr die Nase herumeführe", schimpfte er, und Bosco und Steffano, die ihren Boss kannten, wussten, dass er es ernst meinte.
Das „Springerdorf" oben, auf einem in den Wald hinein gebaggerten Plateau, bestand aus etwa zwei Dutzend kleinen Holzhütten, die der OBI-Baumarkt gestiftet hatte. Diese Hütten standen den Springern und ihren Teams zur Verfügung, um Ski zu wachsen, sich aufzuwärmen, sich vor weiblichen Teenagern zu verstecken oder die Plomben am Springeranzug zu kontrollieren. Für jede Nationalmannschaft gab es eine Hütte. An den Türen flatterten kleine Fähnchen: Polen, Österreich, Japan, Südkorea, Tschechien, Frankreich, Schweiz, Slowenien, Finnland, Norwegen usw. Eine Weile stapfte Wang in seinem Springeranzug, die zweieinhalb Meter langen Ski geschultert, zwischen den Hütten hin und her und überlegte, wie es weiter gehen sollte. Vorerst fühlte er sich in Sicherheit. Aber was war nach dem Springen? Seine Verfolger waren ja noch nicht abgeschüttelt. Sie wussten, wo er sich befand. Sie würden auf ihn warten. Sie hatten es auf ihn abgesehen. Das Messer in seiner Seite hatte eine deutliche Sprache gesprochen. Er hatte Angst. Todesangst.
Inzwischen hatte der Stadionsprecher den Beginn des zweiten Durchganges angekündigt. Man verstand seine Ansagen bis hier herauf ins OBI-Springerdorf. Wang blickte unsicher

hinauf auf den Anlaufturm, der noch einmal einige Meter über die Baumwipfel hinaus ragte. Ein Vorspringer war soeben die steile Rampe hinuntergerast und segelte jetzt irgendwo weit, weit unten in die Tiefe. Auch hier im Springerdorf waren ein paar Ordner und Funktionäre unterwegs. Man erkannte sie an den gelben Leibchen und an den in Plastik verschweißten Ausweiskärtchen, die sie alle um den Hals trugen. Noch war niemand auf Wang aufmerksam geworden und hatte Verdacht geschöpft. Aber ihm war klar, dass sein stupider Spaziergang, mit den Sprungskiern auf der Schulter von Hütte zu Hütte, irgendwann jemandem auffallen musste. Gerade als er überlegte, ob er sich seitwärts in den verschneiten Wald schlagen sollte, um über eine neuerliche Flucht durch das Unterholz seine Verfolger abzuschütteln und noch einmal unterzutauchen, erspähte er die beiden Männer, die vom Fahrweg her kommend die vorderste OBI-Hütte erreichten. Vor Schreck hätte Wang fast die Skier fallen lassen. Der Mann mit dem Messer! Und der Kleine, der ihn schon in der Baldenweger-Hütte die ganze Zeit beobachtet hatte. Wang drehte sich weg. Sie konnten ihn in seiner Verkleidung nicht erkennen, das war unmöglich. Ruhe bewahren und immer das Gesicht wegdrehen, schärfte er sich ein. So unauffällig wie möglich schlenderte er von den beiden weg, ans andere Ende des Springerdorfes. Aber Bosco und Steffano kamen systematisch näher. Sie nahmen misstrauisch jeden ins Visier, der ihnen über den Weg lief. Mit Entsetzen beobachtet Wang, wie Bosco jetzt unter seine Jacke griff und eine Pistole zückte. Sie würden ihn entdecken. Es gab keinen Fluchtweg. Wenn er jetzt im Wald verschwände, dann würden sie sofort wissen, wer er war. Wenn er aber stehen bliebe, dann würden sie ihn auch erwischen. Er drehte sich um. Hinter ihm war der Anlaufturm. Die Springer, die zum zwei-

ten Durchgang antreten durften, kamen aus den Hütten und stapften hintereinander ins Innere des Turmes. Sie hatten alle den gleichen stoischen Gang, die gleiche konzentrierte und abwesende Miene, die gleiche Körpersprache, die Lässigkeit und höchste Anspannung gleichzeitig ausdrückte. Wang reihte sich ein. Er sah dabei aus, wie eine Gans unter Schwänen. Aber es war keine Sekunde zu früh. Bosco tauchte in der gleichen Sekunde neben ihm auf und blickte ihm in die Augen. Der hartnäckige Albaner erkannte ihn sofort. Wang machte schnell ein paar Schritte vorwärts und verschwand im Eingang des Anlaufturmes. Dort standen zwei Ordner und bewachten die Türöffnung. Ein fremder Zivilist ohne Plastikausweis kam hier hoffentlich nicht hinein.
Im engen Treppenhaus des Anlaufturmes gab es für Wang kein Versteck. Keuchend und schwitzend versuchte er mit den Springern Schritt zu halten, die elastisch die Stufen nahmen und ganz auf sich selbst konzentriert waren: Niemand nahm Notiz von ihm. Direkt unter dem Ausstiegsloch öffnete sich schließlich ein kleiner Aufenthaltsraum, wo die Springer noch einmal absitzen und auf ihren Sprung warten konnten. Sogar ein kleiner Fernsehmonitor mit der Live-Übertragung war hier aufgebaut. Ein RTL-Kameramann nahm jeden ins Visier, der von unten das Treppenhaus herauf kam. Wang senkte den Kopf. Aber es war schon zu spät. Die RTL-Kamera hatte ihn eingefangen und in der gleichen Sekunde unten im Skistadion an die Großleinwand geworfen. Das Gesicht eines verschwitzten, verängstigten und total erschöpften fünfzigjährigen Japaners hinter der Scheibe eines Sprunghelmes. Eine Sekundeneinblendung. Unten im Skistadion hatten viele die Frequenz auf der Großleinwand zwar wahrgenommen, aber irgendwie nicht richtig sortiert. Sie war schon wieder verschwunden, ehe man sich Gedanken darüber machen

konnte. Nur einer war elektrisiert: Julio! Er erkannte genau, wen er da vor sich hatte. Er griff zu seinem Handy, das auf Dauerbetrieb mit Bosco geschaltet war, und brüllte hinein.
„Er sitzt in der Falle. Obbe in Sprungschanze drin. Jetzt habbe mer ihn!“
„Und was jetzt Boss?“ fragte Bosco. „Soll ich warten, bis er wieder raus kommt?“
„Nixe warte! Hinterher! Mach ihn kalt!“
In der OBI-Hütte mit der Fahne Kasachstans hielt sich nur noch ein einsamer Zeugwart auf, der die Siebensachen seiner zwei Springer zusammenräumte und für den Abtransport packte. Seine zwei Athleten hatten sich nicht für den zweiten Durchgang qualifiziert. Die Arbeit für heute war getan. Feierabend!
Da hatte der kasachische Zeugwart sich aber getäuscht. Als die Tür von außen geöffnet wurde und zwei zwielichtige Typen hereingeschneit kamen, da lächelte er noch. Als er die Pistole in der Hand des einen sah, gefror sein Lächeln. Als er um Hilfe schreien wollte, war es schon zu spät. Ein heftiger Schlag traf ihn an der Stirn, er sackte zusammen, versank in Bewusstlosigkeit. Steffano und Bosco rissen zwei Springeranzüge aus dem Fundus der kasachischen Nationalmannschaft an sich und zwängten sich in hastiger Eile hinein. Sie machten sich nicht die Mühe, die eigenen Kleider darunter abzustreifen. Sie schlüpften auch nicht in Springerschuhe, sondern ließen ihr eigenes Schuhwerk an. Es ging ihnen nur darum, die Ordner am Eingang des Anlaufturmes zu täuschen. Dazu reichten die Anzüge und die Helme, hinter deren getönten Scheiben sie ihre Gesichter verbergen konnten. Auf den ersten Blick gingen sie als Springer durch.
Der kleine Aufenthaltsraum leerte sich. Die letzten fünf Springer waren jetzt dran. Duffy raffte sich auf und kletterte

die letzten Stufen zum Ausstieg hinauf. Andy Goldberger hob einen Daumen in die Höhe, um dem Sportskameraden viel Glück zu wünschen. Die anderen drei Springer saßen wie in Trance. Keiner registrierte Wang, der zerknittert und zitternd in einer Ecke kauerte und sich hinter seinem Helm versteckte. In dieser Phase des Wettbewerbs waren die Spitzenspringer so konzentriert, dass neben ihnen ein LKW hätte umkippen können, sie hätten es nicht bemerkt. Draußen erhob sich ein dumpfer und brodelnder Lärm, der von unten aus dem Skistadion herauf scholl. Das Anfeuerungsgebrüll und Pfeifen von 20.000 begeisterten Zuschauern, die jetzt ihren Duffy auf eine neue Rekordweite brüllen wollten. Andy Goldberger kletterte hinterher, denn er würde der nächste sein. Auch Simon Amann, der Alpenzwerg, richtete sich schon.

Draußen flog Duffy zu Tal. Riesengeschrei. Ein lang anhaltendes „Zieh!“ Ein gedämpftes, kollektives Stöhnen, kein Jubel. Absturz von Duffy, nur 118 Meter. Weiterhin B-Kader! Auf der Videoleinwand erklärte Dieter Thoma: „Das war immer das Problem von Duffy, zwei saubere Sprünge. Ein guter Sprung alleine reicht nicht.“ Klug wie immer nahm Günther Jauch das Gespräch auf: „Dafür hoffen wir jetzt alle auf Sven Hannawald. Der kann es packen, der ist ganz nah dran, der hat es heute doch drauf, oder Dieter?“

Von der ganzen Fernsehanalyse verstand Wang reichlich wenig. Er sah nur, dass jetzt als vorletzter Springer Sven Hannawald im Ausstiegsloch verschwunden war und Adam Malysz, der Beste des ersten Durchgangs, ihm bereits folgte. Wang war mit dem RTL-Kameramann plötzlich alleine im Aufenthaltsraum. Doch drunten auf der Treppe dröhnten Schritte, die schnell näher kamen. Jemand polterte in großer Eile herauf. Der RTL-Kameramann stellte seine Kamera auf die Bank und wollte hinunter spähen. Auch er wunderte sich, dass da noch jemand kam. Er wurde von Bosco geradezu über den Haufen gerannt. Bosco in einem kasachischen Springeranzug und mit italienischen Slippern bekleidet. Darin hatte er so schnell die Treppe herauf stürmen können.

Wang sprang auf. Bosco hatte seine Pistole gezückt. In seinen Augen hinter dem Helmvisier funkelte Mordlust. Hinter Bosco tauchte jetzt auch noch schnaufend Steffano auf. Der RTL-Mann bekam einen heftigen Fußtritt in die Magengrube und verkroch sich unter die Bänke. Bosco zielte ungeniert auf Wang. Gleich würde er schießen. Doch in diesem Moment brandete draußen unglaublicher Jubel auf, ein Schrei aus tausend Kehlen, der Bosco für Sekundenbruchteile ablenkte. Es war das Triumphjubeln des Publikums für den überragenden Sprung von Sven Hannawald, der bei sagenhaften 144 Metern gelandet war und damit souverän die Führung im Wettbewerb übernahm.

Das kurze Zögern Boscos reichte Wang, um sich mitsamt seinen Zwei-Meter-Fünfzig-Sprunglatten durch die schmale Ausstiegsöffnung nach oben zu retten. Es gab nur noch einen Fluchtweg. Vorwärts! Wang stand im Freien. Er schwankte, als er sah, wo er sich befand. Ganz oben an der Anlaufspur. Oberste Luke. Zwei Meter tiefer stieß sich gerade Adam Malysz vom Sitzbalken ab und stürzte sich in die Anlaufspur, die endlos weit und steil hinunterführte, um dann unvermittelt am Schanzentisch zu enden. Und dann – oh weh, jetzt richtete Wang den Blick erst richtig in die Tiefe – der unendliche Kessel, das Skistadion, weit, weit unten. Menschen, klein wie Ameisen. Und ein Adam Malysz, der hinunter segelte wie ein Wesen aus einer anderen Welt. Elegant, geschmeidig, souverän, mit spielerischer Leichtigkeit und Könnerschaft absolvierte der Pole seinen Flug. Für Sekunden während dieses

Sprunges hielt das Stadion den Atem an. Es war mucksmäuschenstill. Selbst Günther Jauch verharrte in stummer Andacht. Dann die Landung. Das verzweifelte Stöhnen des Publikums. War das weiter als Sven Hannawald? Die Stimme des Ansagers: „143 Meter!" Ohrenbetäubender Jubel. Sven Hannawald hatte gewonnen.

Dies alles spielte sich in wenigen Sekunden ab. Sekunden, in denen Wang in seiner Panik auf dem Hosenboden Richtung Absprungbalken gerutscht war. Denn hinter sich spürte er den Atem seiner Verfolger. Bosco erklomm bereits die Stufen zur Ausstiegsluke. Wang zitterte sich ein paar Meter neben der Anlaufspur nach unten. Dort stand einer der Funktionäre. Ein alter Bekannter: Das Fränzle vom Schanzenteam. Der staunte nicht schlecht, als plötzlich noch ein Springer dahergerobbt kam. Ungläubig schaute Fränzle auf den zittrigen Vogel, der sich mit allen Vieren an den Treppenstufen festzukrallen schien. Ein Vorspringer, der nach dem Wettbewerb noch über die Schanze wollte? Unmöglich, so etwas gab es nicht. Fränzle zückte sein Funkgerät und rief ratlos um Hilfe.

„Hier steht noch einer, der will springen. Ein komischer Typ, so ein alter Japaner. Noch nie gesehen. Was soll ich machen?"

Der „alte Japaner" rangierte unterdessen ungeschickt mit seinen überlangen Sprungskiern herum. Wang wusste selbst nicht, was er jetzt eigentlich tun wollte. Er wusste nur, dass Bosco ihm auf den Fersen war. Der Albaner stand schon oben an der Luke und zückte wieder die Pistole.

„Er schnallt sich die Sprungski an und zittert wie ein nackter Affe", brüllte das Fränzle verzweifelt in sein Funkgerät hinein. „Was soll ich machen? Soll ich ihn festhalten?" Offenbar gab irgend jemand auf der anderen Seite der Funkverbindung dic Anweisung, den verrückten Japaner unter allen Umständen aufzuhalten und bloß nicht springen zu lassen, denn

Fränzle näherte sich jetzt mit entschlossener Miene, um dem ungebetenen Gast zumindest mal die Sprungski abzunehmen.
Die weiteren Ereignisse überstürzten sich: Fränzle erwischte den rechten Ski. Beim Versuch, ihn zurückzuerobern, glitt der linke Ski Wang aus den Fingern und machte sich selbstständig. Er rutschte erst halbschräg ein Stück die Anlaufspur hinunter, fädelte sich dann in die Spur ein, schoss auf den Schanzentisch zu und segelte federnd in die Lüfte, um bei beachtlichen 85 Metern, aber leider weit links im Aufsprung, wieder zu landen. Ein Teil des Publikums schrie entsetzt auf, andere johlten begeistert und klatschten Beifall, als handle es sich um eine gelungene Einlage des Veranstalters, viele bekamen das Drama, das sich abspielte, aber gar nicht mit. Oben am Absprungbalken verlor Wang im Kampf um seine Skier den Halt und rutschte in dem Moment auf dem Hosenboden aus, in dem Bosco den Kampfplatz erreicht hatte und wütend einen Schuss abfeuerte. Die Kugel surrte haarscharf an der gut geföhnten Frisur von Fränzle vorbei und verirrte sich dann am Himmel über Neustadt. Wang sauste unterdessen auf dem Hintern die Anlaufspur hinunter, drehte sich dabei zweimal wie ein Kreisel, bremste mit Händen und Füßen, und plumpste mit immer noch erheblicher Geschwindigkeit unsanft über den Schanzentisch. Die Weite: 15 Meter! Bosco, der hinterher wollte, kam nicht mehr dazu, denn inzwischen waren nacheinander Uwe Kaiser, Waldemar Winter und vier weitere Polizisten aus der Ausstiegsluke gestürmt. Klickend legten sich stählerne Handschellen um Boscos Handgelenke. Uwe Kaiser nahm die Pistole in Gewahrsam. Waldemar Winter half dem Fränzle, das sich auf den Hosenboden gesetzt hatte und am Absprungbalken festhielte, wieder auf die Beine. Der zweite Sprungski von Wang

machte sich selbstständig und folgte dem ersten Richtung Tiefe. Der erste hatte unterdessen noch erhebliches Unheil angerichtet. Er war nach seiner Landung links an der Bande entlang gesaust und hatte hüpfend und springend den Gegenhang erklommen, war über das in den Schnee gesprühte Stadtwappen von Titisee-Neustadt gefegt, wurde von einer Unebenheit im Auslauf noch einmal in die Luft katapultiert, flog über die Köpfe der staunenden Zuschauer hinweg und krachte wie eine Rakete gegen die Glasscheibe der RTL-Sprecherkabine, die in tausend Scherben zersprang. Der Ski kam ziemlich genau auf dem Pult vor den verdutzten Experten Dieter Thoma und Günther Jauch zum Liegen, etwa in der Sekunde, als Günther Jauch die Frage gestellt hatte: „Hatte Sven Hannawalds Sieg vielleicht auch etwas mit dem besseren Material zu tun?"

Dieter Thoma wollte antworte: „Nein, der Ski spielt keine Rolle." Das unterließ er aber und sagte stattdessen, mit Blick auf das soeben gelandete Einzelstück: „Das kann man nie ganz ausschließen!"

WELTCUP (NACHHER)

Bosco und Steffano wurden sozusagen vom Schanzentisch weg sofort verhaftet. Mordverdacht (im Falle der Feldsee-Leiche) und Mordversuch (für die Aktionen rund um das Weltcup-Springen) lauteten die Haftgründe, die der Staatsanwaltschaft Freiburg stichhaltig belegt schienen. Julios Verhaftung erfolgte erst einige Stunden später. Dem smarten Strippenzieher war zunächst nämlich noch die Flucht aus dem Skistadion gelungen. Doch beim Versuch, mit angeklebtem Vollbart und einem Krückstock am Freiburger Hauptbahnhof als tattriger Rentner durchzugehen und in den ICE Richtung Basel zu entwischen, wurde er von der Bahnpolizei gestoppt und aus dem Verkehr gezogen. Wang landete zuerst in der Helios-Klinik in Neustadt. Diagnose: Beckenbruch! Die Folge seines 15-Meter-Sprunges. Da er bereits zur Fahndung ausgeschrieben war, stand sein weiteres Schicksal fest. Auch er würde im „Café Viereck“ landen, wie die Freiburger Justizvollzugsanstalt im Volksmund hieß.

„Dabei wissen wir immer noch nicht so genau, was wir ihm eigentlich vorwerfen können“, räumte Polizeisprecher Ulrich Brecht am nächsten Tag am Telefon im Gespräch mit Alfred ein. „Unsere Beweislage ist ziemlich dünn. Vielleicht hat er was mit dem Tod seines Landsmannes im Sechser-Sessellift zu tun, vielleicht etwas mit dem zweiten Toten im Feldsee. Vielleicht aber auch nicht. Den Angriff auf den Geschäftmann Brunner in Titisee, den können wir ihm anlasten. Aber das bringt nicht viel. So, wie der Brunner zurück gehauen hat, war unser Freund bei dieser Geschichte ja beinahe eher das Opfer als der Täter.“

„Das heißt, Sie müssen ihn wieder laufen lassen?“ fragte Alfred nach.

„Wenn wir nicht herausfinden, um was es bei dieser ganzen Geschichte eigentlich ging, dann läuft es darauf hinaus“, bestätigte der Polizeisprecher.

„Sie tickt einfach nicht." Mit dieser lapidaren Krankmeldung hatte Alfred seinerzeit seine Riesenkuckucksuhr bei jenem Neustädter Frauenarzt abgegeben, der ihm von Konrad Horch als Uhrenexperte empfohlen worden war. Inzwischen war einige Zeit vergangen. Alfred hatte den Uhren-Medizinmann ein paar Mal bei seinen Feierabend-Bieren gesichtet, mal in der dem Hochschwarzwald-Kurier benachbarten „Funzel", mal in der „Spritz" (am Ärzte- und Rechtsanwälte-Stammtisch), und ihn jedes Mal auf die Patientin angesprochen. Der Frauenarzt hatte ihn immer vertröstet. Aber Alfred war eine Nervensäge. Zweimal hatte er auch schon angerufen. Die Sprechstundenhilfe war schon ganz verwirrt: „Der Mann von Frau Kuckuck hat wieder angerufen. Aber wir haben keine Patientin, die so heißt ..." Es wurde jedenfalls nervig für den Frauenarzt. Und er wollte das Monstrum, das er zu Hause im Wohnzimmer gelagert hatte, nun auch endlich loswerden. In seinen Augen war es sowieso nur Touristenkitsch, grotesk überladen und unanständig überteuert.
Nun war endlich die Gelegenheit, den lästigen Auftrag zu einem befriedigenden Ende zu bringen. Denn der Frauenarzt hatte an diesem Abend Besuch von guten Freunden, die allesamt Experten in Sachen Schwarzwalduhren waren: Ein auf antike Uhren spezialisierter Uhrmacher, ein auf Uhrenschilder spezialisierter Maler, ein Werbegrafiker und Uhrensammler, ein Zahnarzt. Mit diesen Vieren zusammen hatte der Frauenarzt zur Jahrtausendwende in Neustadt die Uhrenausstellung „In die neue Zeit" organisiert und dazu ein Buch über die Geschichte der Uhrmacherei in Titisee-Neustadt heraus gebracht. Das war also die Creme de la Creme in Sachen Schwarzwalduhren im Hochschwarzwald. Da diese guten al-

ten Freunde nun schon mal zu Besuch weilten, die satten Bäuche nach einem guten Essen wohlig gespannt waren, der Rotwein die richtige Temperatur hatte und das Gespräch zwangsläufig, wie immer, wenn sie in dieser Konstellation zusammen saßen, auf Uhren gekommen war, fiel dem Frauenarzt plötzlich sein Monstrum ein: „Ich hab da noch was", kündigte er verheißungsvoll an. Er stand vom Tisch auf und holte hinter der Wohnzimmercouch den riesigen Karton hervor, in dem Alfreds Kuckucksuhr verpackt war. Als er sie heraushievte, geschah das unter belustigten „Ahs" und „Ohs" und spöttischen Kommentaren seiner Gäste.
„Die hast du wahrscheinlich schon lange heimlich unter dem Sofa versteckt und dich bisher geniert, sie uns vorzuführen", meinte der Werbegrafiker.
„Das ist eine echte Schwarzwälder Riesenkuckucksuhr, die ein dämlicher Redakteur beim Brunner Alexander in Titisee gekauft hat. Sie ist nagelneu", erklärte der Frauenarzt, während er den Kasten auf den Wohnzimmertisch wuchtete. „Einziges Problem: Sie funktioniert nicht!"
Selbst die einigermaßen unsanfte Verladeaktion vom Fußboden auf den Tisch hatte dem Uhrengehäuse keinerlei Geräusche entlockt.
„Seltsam", meinte der Antik-Uhren-Experte. „Normalerweise krachen und scheppern die Dinger, wenn man sie bewegt."
Sie saßen jetzt alle um den Wohnzimmertisch herum und betrachteten das Wunderwerk. Die Riesenkuckucksuhr war umkränzt von barocken Tannenzapfen, Eichenlaub und anderem Schnitzwerk. Zum Ziffernblatt hin verdichteten sich die Schnitzereien zu einer ländlichen Jägerszene, mit Wildsauen, Hunden, Jagdhornbläsern und röhrenden Hirschen.
„Ist das hier ein Elch?" wollte der Zahnarzt wissen.
„Eher eine Milchkuh", vermutete der Werbegrafiker.

Sie amüsierten sich über die mangelhafte Maßstäblichkeit des ganzen Reliefs. Insgesamt war es aber ansprechend. Es hätte auch für die Dekoration einer Weihnachtskrippe getaugt. Die Zeiger am Ziffernblatt hingen schlapp herunter auf halb sechs Uhr. Der Antik-Uhren-Experte schob sie mit dem Zeigefinger hin und her, zwei Stunden nach links, zwei Stunden nach rechts.

„Keinerlei Spannung drauf!" diagnostizierte er.

Mit vereinten Kräften wendeten der Frauenarzt und der Zahnarzt die Riesenkuckucksuhr auf den Bauch. Die Rückseite war versiegelt.

„Holzleim oder Heißkleber", analysierte der Frauenarzt, nachdem er mit seinem Schraubenzieher an mehreren Stellen in den Fugen herum gebohrt hatte. „Keine einzige Schraube."

Der Antik-Uhren-Experte nahm einen tiefen Schluck aus seinem Rotweinglas: „Ich ertrage es nur unter Narkose", stichelte er.

Die Neugierde und Schadenfreude der Gäste war ungebrochen, doch es oblag dem Hausherrn, die Kuckucksuhr auseinander zu nehmen. Nach kurzem Zögern hebelte er den Schraubenzieher in die Fuge, und versuchte, die Rückplatte zu lockern. Der Schraubenzieher war zu klein, der Frauenarzt streckte die Hand aus und verlangte nach einem größeren, der vom Antik-Uhren-Experten gereicht wurde. „Skalpell!" kommentierte der Werbegrafiker. Und „Schere, Schwester!", als der Frauenarzt auch noch dieses Instrument forderte.

„Tupfer!" äffte der Zahnarzt nach und reichte grinsend noch ein Tempo-Taschentuch.

Es begann die heikle Phase der Operation. Das Uhrengehäuse wurde geöffnet. Der Frauenarzt griff mit den Fingern unter die Rückenabdeckung und riss und zerrte mit sanfter Gewalt daran.

„Das können wir nachher aber nicht mehr zunähen", feixte der Werbegrafiker. Er hatte Gefallen am OP-Jargon gefunden und wollte vom Uhrschildermaler wissen: „Blutdruck, Herztöne, Puls, – alles noch okay, Herr Kollege?"

Ein ratschendes Geräusch, wie wenn unsanft irgendwo ein Paketkleber abgerissen wird, dann hielt der Frauenarzt die Rückabdeckung der Kuckucksuhr in den Händen. Alle fünf Männer starrten auf die Innereien. Von Uhrwerk, Federn, Spangen, Rädchen und den anderen üblichen Teilen aus dem Innenleben einer mechanischen Uhr keine Spur. Stattdessen enthielt die Riesenkuckucksuhr nur eine ausgebeulte Blechwanne, in der, dicht an dicht, aneinandergepresst wie der Nachwuchs in einem Rattennest, ein gutes Dutzend kleiner Plastikbeutelchen verstaut war. Der Inhalt war schnell identifiziert: Weißes Pulver! Rauschgift!

„Krebsgeschwür, fortgeschrittenes Stadium, bösartig!" meinte der Zahnarzt sarkastisch. „Ich würde vorschlagen, wir rufen gleich die Polizei an."

ALFRED WIRD NEUSTÄDTER

Wenn die Probezeit von sechs Monaten vom Arbeitgeber bereits nach zwei Monaten für beendet erklärt wird, so ist das in der Regel für den Betroffenen eine schlechte Nachricht. Sie bedeutet nämlich, dass er gefeuert wird. Bei Alfred war es andersherum. Seine Chefs im fernen Konstanz teilten ihm schriftlich und mündlich und voll des Lobes mit, der Rest seiner Probezeit werde ihm aufgrund seiner herausragenden Leistungen erlassen. Ab sofort sei er zeitlich unbefristet fest angestellt beim Hochschwarzwald-Kurier. Damit war für Alfred klar: Jetzt war er endgültig ein Neustädter geworden, hier würde er eine Weile bleiben. Das ganze Lob hatte Alfred nicht etwa seiner Artikelserie über die keltischen Orte der Kraft zu verdanken, sondern seiner Berichterstattung über den „Kuckucksuhren-Fall", wie er ihn jetzt getauft hatte. Vor allem hatte er die Wertschätzung seinem spektakulären und exklusiven Aufklärungsartikel zu verdanken, den er – mit großem Foto von den Innereien der Riesenkuckucksuhr – nach der Entdeckung der Rauschgiftpäckchen verfasst hatte. Sogar die Polizei hatte aus diesem Artikel noch Neuigkeiten erfahren, von denen sie selbst noch nichts gewusst hatte. Unter der Überschrift: „Der Kuckuck war bekifft ..." hatte Alfred geschrieben:

„Der Kriminalfall um den verhafteten Asiaten Wang und seine Verfolger beim Weltcup-Springen in Neustadt scheint aufgeklärt. Hintergrund all der turbulenten Ereignisse ist ein groß angelegter Rauschgiftschmuggel. Dabei geht es um große Mengen von Heroin, das über Asien in den Schwarzwald geschafft und hier weiter verteilt wurde. Erste Schätzungen der Polizei sprechen von vier bis zehn Kilogramm zum Marktwert von 4000 Euro je 100 Gramm. Nach Recher-

chen des Hochschwarzwald-Kurier geht es aber um noch viel größere Mengen und Beträge: Mindestens 25 Kilogramm Heroin im Gesamtwert von 10 Millionen Euro.
Eine asiatische Schmugglerbande, zu der auch der in Neustadt verhaftete Japaner Wang gehörte, hat das Rauschgift nach Recherchen unserer Zeitung auf raffiniertem Wege ins Land geschmuggelt: In einer Uhrenfabrik in Taiwan, in der „original Schwarzwälder Kuckucksuhren" für den Tourismus-Einzelhandel im Schwarzwald gefertigt werden, wurden so genannte Riesenkuckucksuhren präpariert. Statt eines Uhrwerkes enthielten sie portionierte Heroinpäckchen, im Einzelfall pro Uhr bis zu vier Kilogramm. Diese Uhren werden vom Werk in Taiwan aus nur auf Bestellung geliefert. Der Trick der Schmugglerbande: Sie orderten bei den großen Uhrenhändlern des Schwarzwaldes per Katalog solche Riesenkuckucksuhren und ließen sie vorab reservieren. Die Händler bestellten in Taiwan und bekamen die präparierten Uhren geliefert, brachten sie aber nie in den Handel, da sie ja vorbestellt waren. Der extrem teure Lieferpreis sorgte dafür, dass die Uhrenhändler nur vorbestellte Uhren orderten.
Als Touristen getarnt holten die Schmuggler dann in aller Ruhe ihre Riesenkuckucksuhren bei den Händlern im Schwarzwald ab. Das ist nach Recherchen des Hochschwarzwald-Kurier nicht nur in Titisee und in der Ravennaschlucht so gewesen, sondern auch bei großen Schwarzwalduhren-Händlern in Triberg, Furtwangen und Schönwald. Wenn überall jeweils nur eine Kuckucksuhr geliefert wurde, dann wären schon alleine bei diesen Händlern etwa 25 Kilogramm Heroin im Marktwert von 10 Millionen Euro zusammen gekommen. Vermutlich ist die Dunkelziffer aber noch viel höher.
Vor Ort im Schwarzwald verkauften die asiatischen Schmuggler dann ihre Portionen an lokale Dealer weiter. Einer davon

war der am Freiburger Hauptbahnhof verhaftete 48jährige Italiener J., zuletzt wohnhaft in Titisee-Neustadt. Er organisierte nach Erkenntnissen der Kripo Freiburg den regionalen Vertrieb auf eigene Faust und streckte dabei das Rauschgift im Verhältnis 1:4. Zusammen mit seinen Komplizen S., einem mehrfach vorbestraften Italiener, und B., einem albanischen Flüchtling, beherrschte er den Drogenmarkt im ganzen Südschwarzwald, bis hinunter nach Waldshut und Lörrach.
Der ganze Schmugglerring ist aufgeflogen, weil diesmal bei der Abholung der Uhren und damit beim Weiterverkauf des Rauschgiftes etwas schief gelaufen war. Der Anführer der asiatischen Bande, der als einziger exakt alle Uhrenhändler kannte und der gleichzeitig Kontaktmann für die lokalen Dealer war, starb aus noch nicht genau bekannter Ursache bei einer Fahrt im Sechser-Sessellift auf dem Feldberg. Die Polizei geht inzwischen davon aus, dass es sich um einen natürlichen Tod handelte, vermutlich um Herzversagen. Die beiden Kumpane des Toten gerieten jedoch in Panik und tauchten unter. Da sie die genauen Uhrenhändler-Adressen nicht kannten, vor allem aber nicht mehr im Besitz aller Bestellscheine waren, kamen sie nicht an das Rauschgift heran. Gleichzeitig saßen ihnen aber die lokalen Dealer im Nacken, die wiederum unter Druck standen, weil sie keinen Nachschub mehr für die Drogenszene liefern konnten. Dies führte zu dramatischen Engpässen am Markt, mit der Folge, dass große Mengen unreinen Stoffes in Umlauf kamen. Darauf führt die Polizei die sprunghaft angestiegene Zahl von Drogentoten in den letzten Wochen zurück. Die lokale Dealerbande des genannten Italieners J. versuchte, auf eigene Faust und mit Gewalt an das Rauschgift heran zu kommen. Dies führte Ende Novem-

ber am Feldsee zu einer dramatischen Konfrontation zwischen den Asiaten und der Dealerbande, in deren Folge der zweite Asiate, ein gewisser Okinawe, im Feldsee zu Tode kam (Wir haben ausführlich berichtet). Hier geht die Polizei inzwischen von einem Gewaltverbrechen aus. Sie glaubt, dass J. mit seiner Bande den Asiaten im Feldsee ertränkt hat.
Der verbliebene Asiate Wang befand sich seither auf der Flucht und konnte sich bis zum Neustädter Weltcup-Springen vor seinen Verfolgern verstecken. Dort kam es dann zu dem bekannten Showdown (Siehe Bericht in unserer vorigen Ausgabe), bei dem die Polizei dann glücklich alle Beteiligten verhaften konnte.
Interessant am Rande: Die beteiligten Uhrenhändler wussten bis zum Schluss nicht, mit wem sie es zu tun hatten. Sie waren von den Schmugglern als ahnungslose Opfer missbraucht worden. Inzwischen hat die Polizei aber sowohl in Titisee als auch im „Hofgut Sternen" in der Ravennaschlucht alle auffindbaren Riesenkuckucksuhren beschlagnahmt."
Der Artikel war noch garniert mit Bildern von Alfreds obduzierter Kuckucksuhr und dem dort gefundenen Rauschgift und von den verschiedenen Uhrengeschäften in benachbarten Schwarzwaldorten.
Der Malermeister, der den Zeitungsartikel laut vorgelesen hatte, schlug den Hochschwarzwald-Kurier zu und knallte ihn vor sich auf den Stammtisch. Die anderen, die rund um den Stammtisch in der „Spritz" saßen, hatten gespannt zugehört.
„Dickes Ding!" sagte der Alt-Stadtrat.
„Ich hab's gleich gewusst", erwiderte der Malermeister.
„Was?"
„Na das mit dem Sechser-Sessellift. Dass das kein Unglück war."

Der Stadtarbeiter griff sich den Hochschwarzwald-Kurier: „Was redest du. Hier steht doch ausdrücklich, dass es ein Unglücksfall war. Herztod!"
„Glaubt ihr wirklich alles, was in der Zeitung steht?"